KB080234

어디에나 있고
어디에도 없는
나나랜드

외롭고 단단한 독백을 읽는 시간

Monologue, the Beginning of all Creation
The Echo of your Mind

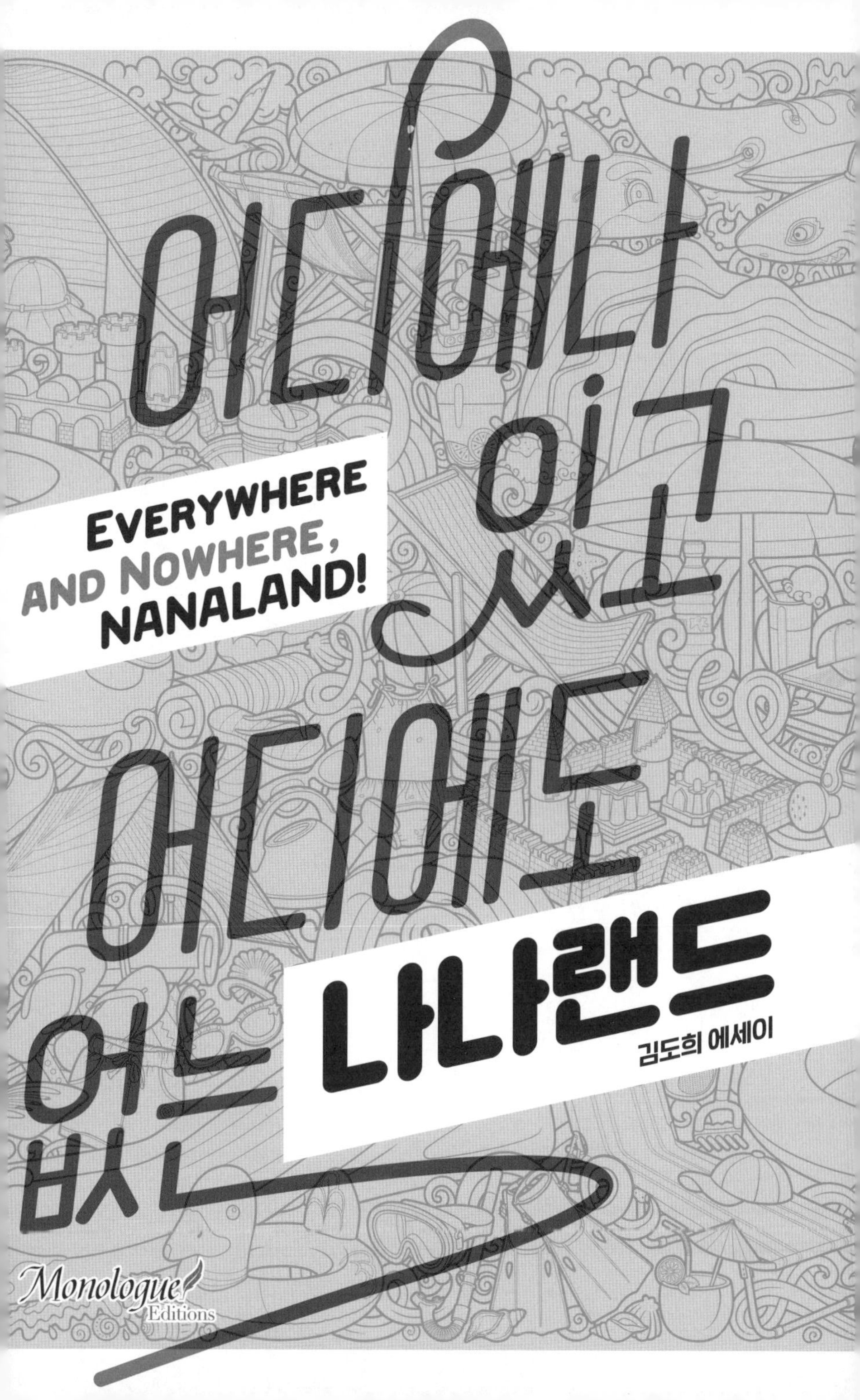
어디에나 있고
EVERYWHERE
AND NOWHERE,
NANALAND!
어디에도
없는
나나랜드
김도희 에세이
Monologue Editions

프롤로그 : 가장 나다운 나

오늘도 칼날 같은 말들과 자유를 옥죄는 당연한 것들에 부디 상처받지 않기를. 당연한 것은 당연한 것이 아니기에, 익숙한 것에 거리를 두는 것만으로도 나를 보호할 방패막을 가질 수 있다. 우리 모두가 행복의 본질을 침해받지 않기를.

인생이란 나를 둘러싼 알, 즉 프레임을 깨는 과정이라고 생각한다. 시간과 이동에 제약이 없으면 좋으련만, 누구에게나 24시간이 주어지고 우리는 사는 곳을 중심으로 생각의 틀을 형성하게 된다. 그러니 자신이 처한 환경을 혼신의 힘을 다해 바꿔가지 않는다면 우리의 생각은 늘 익숙하고 당연한 지점에 머물게 된다. '생각하는 대로 살지 않으면 사는 대로 생각하게 된다'는 그 말처럼.

어차피 정답 없는 삶에 정답을 찾거나 현자의 답을 구하는 대신 각자가 새로운 관점, 즉 프레임을 확장해나가야 한다고 믿는다. 당연한 것을 당연하게 여기지 않고 질문하고, 익숙한 것을 새로운 방법으로 해보는 습관이야말로 프레임 확장에 필요한 힘이다. 여행에서 수많은 난관을 스스로 헤쳐나가며 삶을 다각도로 바라볼 기회를 만나듯, 우리는 일상의 당연한 것에 질문하며 각자만의 알깨기 방식을 터득해나갈 것이다. 그리고 알을 깨는 순간 또 다른 가능성과 조우할 것이다.

이 책은 너무나도 평범한 대한민국 1990년생의 10년간 사회적 거리두기의 기록이자, 사회가 시키는 대로 하지 않고자 싸워온 일종의 '반위정척사운동'의 기록이다. 한국 사회에서 당연히 여겨지는 모든 것에 '왜?'라는 질문을 던지고 행복의 본질에 더 가까워지고자 노력했던 발자국 모음집이라 하면 될까.

10대 때 나는 부모님 말씀을 잘 듣고 사회가 그려놓은 트랙 위를 사회가 지정해놓은 속도대로 달리는, 극한의 모범생이었다. 한마디로 좋은 대학을 가기 위해 태어난 내게 삶의 자유란 사치였다. 대학에 와서도 삶은 별반 다르지 않았다. 온전한 자유를 맛보았던 꿈같은 신입생 시절을 지나 대입보다 더 지독한 취업의 지옥문이 기다리고 있었으니까. 취업 후에는 어떠한가? 우리는 모두, 평생 끝나지 않는 레이스를 죽을 힘을 다해 달린다. 한국인으로 한국에서 태어난 내 인생에는 대소사에 '정답'이 정해져 있었다. 스무 살에 대학에 가서 23살에 졸업이나 취업을 하고 29살까지는 결혼. 30대 초반에는 아이를 낳고 30대 후반에는 본인 명의로 아파트 한 채는 두는 것.

그러나 스물셋, 태어나 처음으로 치열한 레이스가 벌어지고 있는 트랙 위에 멈춰섰다. 입시를 위해, 취업을 위해 앞만 보고 달리다가, 처음으로 삶의 브레이크를 잡고 쳇바퀴 같은 레이스에서 벗어났다. 그렇게 달리다간 한순간에 죽음을 맞이할 수도 있음을, 가장 소중한 사람을 잃은 뒤에야 깨달았다. 한국 너머에 어떤 삶이 있는지, 그 삶이 더 아름다울지는 몰랐지만 실낱같은 희망을 안고 매해 다른 나라로 떠났다.

스무 살까지 여권도 없던 소녀에서 여권을 도장으로 한 장씩 가득 채우며 약 8년간, 36개국을 여행했고 3개국에서 살았다. 여권에 도장이 쌓일 때마다, 술잔과 달이 기운 횟수만큼, 카우치서핑의 친구가 늘어나는 만큼, 각양각색의 프레임을 통해 세상을 바라볼 기회를 얻었다. 남들보다 뒤처지지 않을까 두렵지 않았다면 거짓말이다. 하지만 그보다는 내일이 없을지도 모른다는 생각에 두려웠고, 쫓기듯 달려왔는데 잘못된 목적지에 도착할까 봐 무서웠다. 그리고 지금 여기 나는 온전히, 지금 여기 내 두 발로 내가 원하는 곳에 당당하고 자유롭게 서 있다. 반수, 2년간의 대학 휴학, 도망가듯 떠난 스웨덴 유학, 서른 살에야 첫 취업 그리고 외국인인 남편과의 결혼까지. 남들보다 한참 늦고 사회가 그려놓은 트랙에서 멀리 벗어났지만 나는 이 뒤처진 선택에 대해 후회하지 않는다. 평생 남이 그려주는 삶을 좇아 살다가 비로소 내 인생의 핸들을 손에 쥐게 되었으니까.

지구 산책길에서 만난 다양한 사람들은 타인의 욕망을 좇는 것을 멈추고, 나이, 학벌, 외모 등 나를 규정하는 수많은 조건을 벗어던질 용기를 주었다. 내 속에 나만의 우주가 태동하기 시작한 순간.

'여행은 새로운 풍경을 보는 것이 아니라 새로운 눈을 가지는 데 있다'라는 말처럼, 이 기록이 누군가에게 새로운 눈을 가질 기회가 되기를 바라며 글을 쓴다.

나를 둘러싼 환경이 바뀌면 나 자신뿐만 아니라 주변 사람과의 관계나 환경에 대해 수많은 질문이 떠오른다. 이 책은 그 질문에 대한 답을 찾아간 기록이다. 호기심은 질문으로 태어났고, 질문은 또 다른 질문으로 이어졌으며, 환경 변화는 180도 다른 행동을 이끌어냈다. 일종의 '유교걸 반위정척사운동'이랄까. 자연스럽게 익숙했던 모든 가치, 습관, 사고방식이 새롭게 다가왔고, 여행지에서 선택의 대안을 찾았다. 같은 것을 두고도 어떻게 가치 판단할지 새로운 선택지가 생긴 셈이다. 덕분에 나에게 맞는 바를 찾아가며 나는 조금씩, 내가 그리는 자유와 행복에 가까워졌다.

청개구리가 되어보자. 누군가가 시키는 대로가 아니라, 나만의 프레임을 확장해나가자. 보고 느낀 대로 마음껏 노래 부르고, 원하는 방향으로 폴짝폴짝 뛰어가자. 삶은 무수한 가능성으로 가득 차 있고 시간은 유한하다. 무엇보다도 엄마 말을 잘 안 듣는 청개구리가 행복한 길은 청개구리답게 사는 것이다. 자기 자신으로서 생존하고 행복해질 수 있는 방법은 그 누구보다 스스로가 가장 잘 알고 있다고, 그렇게 믿는다.

우리 모두 오롯이 자기 자신으로서 행복하면 좋겠다. 네모난 사람은 네모난 대로, 세모난 사람은 세모난 대로, 동그란 사람은 동그란 대로, 우리 모두 고유한 모습대로 살 수 있는 용기를 기르는 것은 누구에게나 필요하다. 한 번뿐인 인생인데 사회가 만들어놓은 틀에 따라 정해진 모양으로만 살아야 할까? 우리는 어떤 모습으로든 달라질 수 있다. 나만의 모양과 방향은 나만이 만들어갈 수 있고, 그래야 한다고 믿는다. 그 용기는 익숙한 것에서 거리를 두고 익숙한 것에 '왜?'라는 질문을 던질 때 생긴다고 굳게 믿는다. 익숙한 것과의 결별인 여행은 가장 나다운 나를 찾기 위한 첫 시작이다.

Chapter. 1 : '나나랜드'를 찾아서

Chapter. 2 : 나나랜드 적응기

Chapter. 3 : 나나랜드 투쟁기

Chapter. 4 : 나나랜드에서 행복하기

Chapter. 1

'나나랜드'를 찾아서

오늘, 일단 멈춤

미래에 대한 불안은 내 삶의 원동력이었다. 한창 꿈을 꾸어야 할 10대 때부터 불안은 내 삶을 잠식하기 시작했다. 좋은 대학을 가지 못하면 좋은 삶을 누릴 수 없을지도 모른다는 막연한 불안감에, 오로지 공부만 하며 열심히 버텼다.

아침 7시에 집을 나서 학교에서 야간 자율 학습을 마치고 추가 야간 자율 학습을 끝낸 후 밤 11시 30분이 되어야 집에 돌아왔다. 지방에서 고등학교를 다닌 나는 학원 강의 대신 서울의 유명한 인터넷 강의를 PMP로 들으며 대입 수학능력 시험을 준비했다. 평일에는 학교에서, 주말에는 독서실에서 하루를 보냈다. 하루 평균 수면 시간은 4~5시간, 부족한 잠은 쉬는 시간 책상에 엎드려 쪽잠으로 보충했다. 운동과 여가 생활은 사치였다. 체육 시간은 교실이나 농구대 밑에서 모의고사 문제집을 푸는 시간이었다. 중고등학교 시절, 지루하게 반복되는 이 생활은 '좋은 대학을 가야 잘살 수 있다'라는 한국 사회의 진리 앞에서는 당연한 것이었다. 하고 싶은 것을 자유롭게 할 수 있는 삶이란 없었다. 사회가 짜놓은 경쟁판에서 뒤처지지 않으려면, 남들만큼 하는 정도론 충분하지 않았으니까. 부족한 잠을 줄이고 이동 시간을 아껴 더 열심히 하는 방법밖에 말고는 몰랐다.

"네 성적으로 '인서울' 대학은 어려울 것 같구나."

내 수능 성적표를 보고 담임 선생님은 '안전하게' 지방 국립대 진학을 권했다.

'안전하게? 무엇 때문에 이 지긋지긋한 입시 생활을 버텼는데!'

지방을 벗어나 더 큰 세상으로 나아가고 싶었고, 부모님에게서 독립하고 싶었다.

담임 선생님과의 상담을 끝내고 가나다군 모두 인서울 대학을 써넣었다. 나름 인생을 건 도박이었지만, 선생님이 내 인생을 결정하게 두고 싶지 않았으니까. 난생처음으로 어른 말씀을 거역한 내 첫 '자유의지'가 발현된 순간이었다. 간절한 소원이 우주에 가 닿은 걸까? 이듬해 턱걸이로 어렵사리 인서울 대학에 추가 합격했다. 담임 선생님 말씀을 듣지 않아서 어찌나 다행이었는지! 인서울 대학에 합격해서 기분이 좋았다기보다, 나아가야 할 길을 스스로 만들어낸 기쁨과 시키는 대로 하지 않았다는 나름의 반항감이 짜릿했다.

자취, 술, 자유로운 시간표, 새로운 친구들과 사회. 처음으로 맛본 인생의 자유는 상상했던 것보다 더 달콤했다. 하루에 두세 개의 수업을 듣고 나면 모든 시간이 온전히 내 것이었다. 공강 시간에는 친구들과 수다를 떨고 수업이 끝나면 식당, 카페, 술집이나 노래연습장으로 향했다. 10년 넘게 억압된 자유를 분출하던, 치열하게 놀았던 시간들.

그러나 대학 신입생의 자유와 낭만도 잠시, 1학년 1학기를 마치고 나는 자진해 다시 입시 지옥에 들어갔다. 대학 이름이 내 가치를 결정한다고 믿었던 나는, 한 단계라도 높은 대학으로 간판을 바꾸고 싶었다. 지방에서 서울로 유학 간 것만으로도 고향에서는 성공했다고 추켜세워주었지만, 서울에서 만난 현실은 더욱 냉혹했다. 미팅과 축제는 대부분 각 대학의 '급'에 맞게 이루어졌고, 대학 이름이 박힌 야구 점퍼를 누구나 다 자랑스러운 마음으로 입을 수는 없었다. 내 안에서 나도 모르게 새로운 자격지심이 스멀스멀 피어올라 나를 갉아먹고 있었다. 서울 이모 댁에서 5평 남짓한 사촌 언니 방에서 신세를 지며 강남에 있는 입시 학원에 등록했다. 공부 시간에는 외출도 허용되지 않았고 점심 저녁은 도시락으로 해결하던 감옥 같던 생활. 4개월 뒤, 나는 다시 내 인생을 결정지을 수능 시험장으로 향했다.

그해 수능성적표는 수백만 원의 학원비와, 다시는 돌아오지 않을 젊은 시간을 투자한 만큼 만족스럽진 못했다. 언제나 목표는 하늘 위

‘스카이’에 있었지만 내 능력은 그만큼은 안 된다는 사실을 두 번째 수능에서는 받아들이기로 했다. 그래도 첫 학교보다는 한마디로 ‘높은’ 학교에 들어갔다. 또다시 추가 합격이었지만 아무렴 어떤가. 어찌 됐든 가고 싶은 과에 진학한 데 감사했고 사회적 계급이 한 칸이라도 상승했다는 마음에 안도했지만, 친구들보다 1년 뒤늦게 대학에 진학한 탓에 그들보다 뒤처졌다는 조급한 마음이 들었고, 시험 기간만 되면 성적과 취업에 대한 불안감이 엄습했다. 그렇게 원하던 어른으로서의 자유를 쟁취했는데, 나는 스스로 자유를 억압하며 매일 수업이 끝나고 어두컴컴한 자습실에서 전공 서적을 펴두고 공부를 했다. 무엇을 해야 할지도 몰랐지만 밤늦게까지 앉아 있었다. 무엇이든 해야 할 것 같아서.

시키는 대로만 살아온 탓일까, 20대 어른이 되어서도 나는 내가 무엇을 원하는지도 모른 채, 방향성 없이 무조건 무엇이라도 그저 열심히만 하며 시간과 에너지를 투입하는 기계가 되어 있었다. 불안만이 유일한 동력이었다.

‘취업만 하고 나면 하고 싶은 거 다할 수 있어~.’
‘대학만 가면 하고 싶은 거 다 할 수 있어~.’

10대의 내 행복을 유예한 그 마법 같은 주문이 더는 유효하지 않다는 사실을 왜 그땐 깨닫지 못했을까. 나는 대학생이 된 이후에도 트랙 위를 버펄로처럼 다시 전력 질주하기 시작했다. A+를 받기 위해, 진짜 영어 실력과는 큰 상관 없는 토익 점수를 만들기 위해, 왠지 도움이 될 것 같은 컴퓨터 활용 자격증 공부에 여가 시간을 쏟았다. 대학 생활 내내 나는 다시 행복을 유예하고 있었다. 주변 친구들도 마찬가지였다. 회계사, 공무원 시험, 대학원, 각종 자격증 시험을 준비하며 우리는 도서관에서 또다시 치열한 싸움을 준비했다. 데자뷔 같았지만 그 누구도 질문하지 않던 시간. 누가 이 레이스를 시작했으며 그 끝은 어디일까 누구도 묻지 않았다. 하지만 달리기만 하면 지치는 법, 자의든 타의든 우리는 멈춰 서야 할 때를 만난다.

노을이 지던 2011년 10월의 어느 멋진 날이었다. 삶은 한순간에 아빠에게서 내일을 앗아가버렸다. 'H자동차 30년 근속 모범 표창장'. 그 표창장을 우리에게 자랑한 지 얼마 되지도 않아 아빠는 돌아가셨다. 늘 내일의 태양이 새롭게 뜰 거라 생각했는데, 죽음이 바로 곁에 있었다. 아빠도 그렇게 생각하고 오늘의 행복을 유예하며 60평생을 버텨오셨다는 사실을, 아빠가 돌아가시고 나서야 비로소 깨달았다. 결혼하고 나서, 아이들 졸업하고 나서, 은퇴하고 나서…. 고등학교를 졸업하자마자 한 대기업에 취업한 아빠는 우리나라 경제 발전의 엔진 부품과 마찬가지였다. 회색 작업복을 입고 2~3교대를 하며 우리나라 경제성장과 회사의 성공에 삶을 바쳤다. 내 머릿속에 남은 아빠의 상징은, 작업복을 입고 자전거를 타고 출퇴근하던 뒷모습이다. '회사-집', '학교-집'이라는 각자의 쳇바퀴 생활을 반복하느라 아빠와 나는 함께 시간을 많이 보내지 못했다. 우리 가족의 외로운 울타리였던 아빠는 내가 대학 2학년 기말고사를 끝내고 집에 돌아갈 날만 손꼽아 기다리던 어느 날, 한순간에 별이 되었다.

아빠의 삶은 어땠을까? 아빠는 무얼 좋아했나? 새하얀 장례식장에서 아무리 생각하려 해도 머리는 새까매졌다. '잘 모르겠어….' 정기적인 2~3교대, 생체 리듬이 바뀌는 일을 30년간 해온 아빠. 그 고단함을 제대로 알기엔 나는 너무 어렸다. 새하얀 국화꽃에 둘러싸인 아빠를 그저 멍하니 바라만 보았다. 아빠는 내 눈앞에 있는데, 아빠는 이 세상에 없었다. 삶과 죽음은 한 끗 차이구나. 아빠를 보내드리고 나서도 아빠의 죽음을 받아들이기까지 수개월이 걸렸다. 아빠의 유품을 정리하고 나서야 비로소 아빠를 떠나보내드렸지만 여전히 아빠는 내 곁에 있다.

'딸아, 삶은 유한하다. 너만의 답을 찾아보렴.'

아빠가 내게 무언으로 건넨 마지막 인사. 아빠의 죽음을 받아들이는 과정은 어느 정도는 영원히 반복될 듯하던 삶의 유한함과, 당연한 것들이 당연하지 않을 수 있음을 깨닫는 시간이었다. 난생처음으로 불안이라는 엔진을 꺼뜨린 시간이기도 했다.

'도대체 왜 사는 거지?

돈, 명예, 성공을 위해 지금의 행복을 미루는 게 당연한가?

그것만이 행복해지는 길일까?

그러다가 아빠처럼 내일 죽으면 어떡하지…?'

아빠처럼 쳇바퀴 같은 삶을 살게 될지도 모른다는 두려움과, 더 나은 삶에 대한 간절함 그리고 죽음에 대한 두려움이 혼재되어 나를 휘감았다. 늘 내일의 행복을 그리며 불안을 외면해왔는데, 처음으로 내일이 없을지도 모른다는 두려움과 절박함에 머리가 멍해졌다. 누구도 대답할 수 없는 질문에 대한 나만의 답을 찾아야 했다.

그 답을 찾기 위한 유일한 길은 멈춰 서는 것이었다.

낯선 이와의 동침

사회는 나를 N포 세대라고 했다. 1990년생 백말띠로, 60년에 한 번 온다는 천운을 가지고 태어났다는데도 부모보다 더 가난하고, 취업, 연애, 내 집 마련, 결혼, 꿈 등 인생의 많은 것을 포기한 세대가 되었다. 한창 꿈 많은 나이 20대에 인생의 중요한 '셀 수 없는 많은 것'들을 다 하기엔 돈이 없고, 시간이 부족하고, 사회는 냉혹했다. 그렇게 나는 N포 세대가 되었다. 포기하고 싶어 포기한 건 아닌데.

아빠의 장례식장에서 돌연 휴학을 결심했다. 죽음 앞에서 삶에 대한 의지가 간절해졌다. 살아 있을 땐 내가 숨 쉬고 있다는 사실을 인지하지도 못한다. 내게 삶은 그저 살아 있는 상태로 시간 속에 머무르는 것뿐이었다는 걸 뒤늦게야 깨달았다. 그저 숨만 쉬는 삶이 아니라, 살아 있음을 매 순간 뾰족하게 느끼는 삶을 살고 싶었다. 3학년 1학기, 남들이 열심히 졸업과 취업을 준비하며 삶의 엑셀을 밟을 때, 나는 브레이크를 밟았다.

'탈출하고 싶어, 희망은 밖에 있지 않을까?'

무기력한 현실이 답답했다. 한 줄기, 단 한 줄기 아니 태양이 뜨기 전 희미하게 비치는 희망의 태동조차 보지 못했다. 삶에 대해 불타는 의지를 가지고 그저 열심히 살아본다고 해서 삶이 더 나아질 것 같지는 않았다. 아빠도 충분히 열심히 살았는데 그 대가가 죽음과 허무가 아니었던가. 그 무렵 유시민 작가의 책 《국가란 무엇인가》를 만났다.

"당신은 대한민국이 마음에 드는가?"

작가의 이 질문 앞에 '아니다'라는 답이 가장 먼저 떠올랐지만, 처음엔 섣불리 대답할 수 없었다. '그래도 내가 태어난 나라인데. 사랑하는 가족이 있고 안전하고 부유한 나라 아니던가, 무려 경제 선진국만 가입할 수 있다는 OECD국가인데'라는 생각도 잠시, 한국에서 지금까지 그리고 앞으로도 행복하지 않을 것 같다는 불안에 휩싸였다.

"우리 각자는 이 나라를 좋아하거나 싫어할 자유가 있다.
내가 이 나라를 싫어한다고 해서 누가 나를 해치지는 않는다.
그런데 대한민국이 내 마음에 들지 않는다면,
나는 무엇을 할 수 있을까? 또는 무엇을 해야 할까?"

작가는 대한민국이 마음에 들지 않을 경우 자발적 이민과 내 마음에 들도록 국가를 바꾸기, 이 두 가지 선택지를 대안으로 제시한다.

지난 100여 년 동안 수많은 한국인이 선택한 길들. "자발적 이민은 존중해야 마땅한 삶의 설계이며, 누구도 비난할 수 없는 실존적 선택이다"라는 책 속의 강력한 한 문장이 심장에 꽂혔다.

나라를 바꿀 것인가, 떠날 것인가?

정답은 없었다. 선택의 자유일 뿐. 한참 고민한 끝에 나 자신에게 솔직해지기로 했다. 적극적으로 나서서 사회를 바꿀 만큼의 용기도 배짱도 없으니 일단 떠나기로 했다. 정치인, 기업인 등 고위층 자녀는 어릴 적부터 한국을 떠나는 마당에. 그래서 20대의 나는 자꾸 다른 나라로 나갔다. 더는 포기하지 않고 살아도 되는 그런 곳이 있지 않을까 하는 희망을 품고, 익숙한 환경에서 벗어나 새로운 착지점을 탐색하며 탈출에 필요한 연료를 모으고 싶었다.

휴학 후 한 달간 유럽 배낭여행을 떠나기로 용기를 냈다. 유서 깊은 역사를 바탕으로 다양한 나라가 국경을 맞대고, 다르면서도 하나의 연합체로 살아가는 모습이 묘하게 마음을 울렸다. 획일적인 사회에서 평생을 살던 마음이 동했다.

유럽 여행 준비의 첫 시작은 영어 회화 학원 등록이었다. 나가서 말이라도 통해야 먹고 자고 돌아다닐 수 있을 테니까.

"왜 학원을 딱 두 달만 다녀요?"

"한 달 동안 유럽 여행 가려고요. 더 넓은 세상을 경험하고 싶어요. 그런데 돈이 없어서 걱정이에요."

갈 용기는 간신히 뽑아냈는데 충분한 돈은 없었던 내게, 미국인 선생님은 '카우치서핑'을 추천했다.

"카우치서핑은 여행자가 현지인을 연결해주는 플랫폼이에요.
현지인은 호스트로 집을 내주고 여행자는 게스트로 공짜로 머물며
서로 문화를 교류하죠. 여행자들이 거실에 놓인 카우치(소파)에서
잠을 해결한다는 의미에서 '카우치서핑'이라고 해요."

미국과 유럽에서 인기가 많은 서비스라고 했다. 에어비앤비가 생기기 전 공짜 버전이랄까. 카우치서핑은 가난한 학생인 내가 숙박을 해결하고 현지 사람들을 만날 수 있는 최적의 방법이었다. 한 번도 만나보지 않은 외국인의 집에서 생활한다는 게 낯설긴 했지만 여행은 모험이라 스스로 되뇌었다. 집에 오자마자 컴퓨터를 켜 카우치서핑에 접속했다. 수십만 명의 사람들이 때로는 여행자로, 때로는 호스트로 서로 연결되어 있었다. 아무 조건 없이, 상대에 대한 구체적인 정보 없이, 낯선 곳에서 더 낯선 사람들과의 만남에 자신을 내던지는 사람들. 어릴 적부터 낯선 사람은 따라가지 말라고 배웠는데 같이 산다고? 그야말로 신세계였다.

카우치서핑에서 호스트를 찾기란 나를 세일즈(영업) 하는 것과 같다. 먼저 여행할 곳을 선택하면, 해당 지역에 호스트로 등록된 사람

들의 프로필이 뜬다. 해당 호스트의 프로필을 읽고 내가 만나고 싶은 사람에게 메시지를 보내면, 그 메시지를 받은 호스트는 내 프로필과 메시지를 읽고 나를 호스팅할지 결정한다. 온라인으로만 소통하는 데다 타지에서 오는 낯선 개인이기에, 내 프로필과 메시지를 매력적이고 신뢰할 수 있도록 작성하는 게 중요하다. 취미, 가치관, 여행 경험, 좋아하는 책, 영화 등으로 가득 채운 프로필이 내 첫인상이니까.

Hello, my name is Dohee and I'm from South Korea. I like…

타닥타닥 구글 번역기를 돌려가며 서툰 영어로 프로필을 한 자 한 자 채워나갔다. 호스트의 프로필과 후기를 꼼꼼히 읽고 나와 공통점이 많거나 한국에 관심이 있는 사람들을 찾았다. 호스트와 이미 함께 지낸 여행자들의 후기를 확인하고, 호스트 역시 내가 안전한 사람임을 느낄 수 있도록 주변 친구들에게 추천서 작성을 부탁했다. 좋아하는 것과 관심사를 바탕으로 순수하게 연결되는 그런 만남이 참 오랜만이어서인지, 메시지도 보내기 전에 마음이 일렁였다. '카우치서핑'에서는 신뢰가 유일한 고리이기에, 한 자 한 자 정성을 들여 내 프로필을 채웠다. 호스팅 메시지를 보낼 때는 진심을 다해 나에 대해 소개하고, 내가 신뢰하고 만나고 싶은 사람으로 느껴지도록 세심함을 기울였다. 연애편지를 쓴다는 마음으로. 내가 쓰는 말투와 단어 그리고 사진을 통해 컴퓨터 너머의 사람을 느낄 수 있다고 믿으니까.

지구 반대편 낯선 이의 집에 머문다는 게 위험하게 들릴 수도 있다. 하지만 반대로 생각하면 그 누군가도 내가 어떤 사람인지도 모른 채 평온한 자기 삶의 터전에 나를 초대하는 것이기에, 서로 동시에 위험을 무릅쓰는 셈이다. 익숙한 세계를 깨부수고 새로운 세상을 만나려면, 용기와 더불어 자신과 타인을 신뢰해야 한다. 여행을 할 때는 스스로를 보호할 줄 알아야 하고, 경계는 하되 더욱 열린 마음으로 상대의 세계를 탐구할 준비가 되어 있어야 한다.

호스트에게 수십 통의 메시지를 보냈지만 나를 받아주는 사람을 찾기란 쉽지 않았다. 내가 누군지, 한국이 어떤 나라인지, 내가 왜 그 사람을 만나고 싶은지 우리가 연결될 포인트를 찾아 낯선 상대를 설득해야 했다. 역시나 정말 예측할 수 없는 일로 가득한 게 여행이 아니던가. 아쉽게도 '여행 내내 카우치서핑을 할 거야!'라는 당찬 계획은 실패로 돌아갔다. 간신히 연결된 호스트에게 바람을 맞아 프랑스에서 미아 신세가 되기도 했고, 잘 곳도 없어서 생판 처음 보는 친구의 친구 집에 신세를 지기도 했다. 호스트를 구하지 못해 호스텔 도미토리에서 잘 때도 있었다. 하지만 기회가 닿을 때마다 카우치서핑을 통해 현지인과 함께 생활하는 기회를 얻었다.

생김새도 언어도 생활 습관도 다른 낯선 외국인에게 보금자리를 내주던 사람들. 잠자리는 공짜였지만 그 의미는 전혀 가볍지 않았다. 내 집을 생전 본 적 없는 사람들에게 열어주는 행위에는 서로에 대한 신뢰가 깃들어 있었고, 함께 지내는 시간은 낯선 사람과 연결되는 모험이었다. 여행 경비도 절약할 수 있었지만 무엇보다도 여행객으로는 볼 수 없는 것을 경험할 수 있어서 굉장히 뜻깊었던 시간들. 호스트와 나는 때로는 여행을 같이하며, 때로는 한국 음식과 현지 음식을 놓고 밤새 이야기를 나눴다. '이 음식은 뭐야? 너는 모국어가 뭐야?'로 시작한 가벼운 대화는 같은 주제에 대해서도 우리와 그들의 차이를 발견하는 계기가 되기도 했고, '네가 좋아하는 건 뭐야? 어떤 삶을 살고 싶어?' 등 주체적인 나를 발견하는 질문으로 확장됐다. 그 과정에서 수많은 나를 만났다. 내가 당연하게 생각했던 것들이 당연하지 않다는 것을 깨달았을 때 당황하던 나, 내가 무얼 좋아하고 잘하는지조차도 모르고 살아왔던 나, 세상에 대한 호기심이 많은 나.

2~3일간의 짧은 시간이었지만 낯선 한 개인의 집에서 우리는 서로의 취향, 생각, 살아온 역사를 나누며 밀도 있는 시간을 보냈다. 직장, 돈, 인간관계 등 삶에 대한 고민거리나 해야 할 일은 우리와 별반 다르지 않지만, 늘 자신의 철학과 가치관을 바탕으로 삶을 꾸려나가는 사람들. 이 세상에서 서로의 존재조차 몰랐던 우리는 그렇게 친구가 되었다. 삶에 대한 애정을 가지고 자기만의 길, 자기만의 삶의 모습을 만들어나가던 많은 지구인 친구들.

밤새도록 이야기를 나누며, 때로는 정처 없이 걸으며 나눈 호스트와의 대화는 나 자신과의 대화로 이어졌다.

'나는 주체적인 삶을 살아가고 있나?'

'왜 나만의 길을 만들어나가기 어려운 걸까?'

여행의 끝자락에 답을 찾을 수 있을까 기대했지만, 질문에 대한 답을 찾기도 전 어느새 한국으로 돌아올 시간이었다. 비행기가 프랑스 파리 샤를 드골 공항을 이륙했다. 이륙하던 그 순간은 조금 슬펐다. 그리고 두려웠다. 삶을 색칠할 수 있다면, 컬러 팔레트를 포기하고 흑백 컬러 팔레트를 손에 쥐는 느낌이랄까.

'우리에게도 선택의 자유가 있지만, 암묵적으로 우리에게는 단 한 가지 길만이 존재하는 게 아닐까.'

부모님이나 선생님이 시키는 대로, 남들이 하는 대로 대부분 선택했을 뿐…. 아니 애당초 나에게 선택권이 있었나? 삶에 선택의 자유가 있다면 왜 나는 용기를 내지 못했을까?

한 달간의 짧은 여행은 많은 질문을 남겼지만 애석하게도 답을 찾을 시간은 충분치 않았다. 짧은 배낭여행보다는 더 긴 시간이 필요했지만, 마음과 달리 비행기는 어느새 인천 공항에 도착했다.

헬조선 탈출 연료 모으기

인간이 미지의 우주를 탐험하고자 우주선을 발사하기 전에 해야 하는 일이 있다. 먼저 궤도를 그리고 착지점을 정한다. 그다음 새로운 우주 환경에 익숙해지기 위한 훈련을 하고, 대기를 뚫고 우주정거장까지 가는 데 필요한 연료와 속도를 계산하여 우주선 발사 준비를 한다. 인간이 살 수 있는 또 다른 행성을 찾는 것처럼, 나도 한국을 벗어나 내가 살 수 있는 별을 찾고 싶었다.

어둡고 길고 긴 겨울, 눈이 내 허리 높이만큼까지나 많이 오는 곳, 차가운 회색빛의 네모난 콘크리트 상자 같은 건물이 즐비한 곳. 2013년 1월, 동유럽의 작은 발틱 국가 리투아니아에 두 발을 내딛었다. 4개월 동안 삶의 터전이 되어줄 곳.

대학교 3학년 휴학 후 떠난 유럽 배낭여행에서 돌아오자마자 계획에도 없던 교환학생 프로그램에 지원했다. 유럽으로 다시 떠날 수 있는 가장 빠르고 저렴하고 확실했던 방법. 물론 합격한다는 전제하에 말이다. 한 달간의 배낭여행이 모험적이고 주체적인 삶을 살고 있는가에 대한 질문을 나에게 던지는 시간이었다면, 내게 질문을 던진 그곳에 살면서 한 학기 동안 인생에 대한 답을 찾고 싶었다. 잠시 머물던 유럽에서의 시간은 너무나 자유롭고 행복했었으니까 그곳에 희망이 있지 않을까 싶은 마음에. 지금껏 살아온 환경과는 완전히 다른 새로운 곳에서 새로운 사람들을 만나며, 다양한 삶의 선택지를 만들어보는 것이 교환학생에 지원한 단 하나의 목표였다. 그렇게 선택한 나라는 동유럽의 작은 발틱 국가 리투아니아였다.

더 넓은 세상을 배우러 유럽에 간다더니, 독일, 영국, 프랑스도 아니고 들어본 적도 없던 리투아니아? 가족부터 친구들까지 주변 많은 사람들이 시간과 돈을 헛되이 낭비하는 게 아니냐며 의아해했지만, 내 목표를 위해 리투아니아만큼 최적인 곳이 없었다. 지리적으로 유럽 대륙의 중간 지점에 있어 유럽 전역을 여행하기도 좋을 뿐만 아니라 물가도 싼 나라. 심지어 내가 다니던 대학교와 자매결연이 맺어 있던 빌뉴스 대학교에 합격하면, 기숙사도 공짜에 한 달에 10만 원 정도의 보조금도 받을 수 있었다. 4학년 1학기를 앞두고 남들보다는 조금 늦었던 교환학생 지원. 이 경험이 어떤 도움이 될지는 몰랐지만, 마음 깊이 절실함이 피어올랐다.

"엄마, 나 유럽에서 살아보고 싶어. 교환학생으로 다녀올게."

한 달간 유럽 여행을 다녀오자마자 무엇에 홀린 듯 이제는 유럽에 살러 가겠다는 딸에게, 엄마는 알아서 하라며 나를 믿는다고 말했다. 처음이었다, 엄마가 나를 믿는다고 말해준 것은.

"알아서 해라. 잘 하겠지. 엄마는 이제 너를 믿는다."

불과 4개월 전만 해도 "여자애가 어딜 혼자 돌아다니니! 비행기랑 호스텔 다 취소하고 취업 준비해라!" 소리치며, 여행을 혼자 다녀오겠다는 내게 단호한 목소리로 당장 다 취소하라던 엄마가, 그런 엄마가 이제는 나를 믿는다고 했다. 큰 변화였다. 인생에서 주체적인 선택의 순간에, 삶에서 가장 가까운 존재의 지지를 받는다는 건 홀가분한 마음 그 이상의 것을 선사했다. 불확실한 미래를 두려워하기보다 탐험할 수 있는 용기와, 내 선택을 더 나은 선택으로 만들어야겠다는 책임감. 모험은 또 다른 모험으로 이어졌고 새로운 기회를 선물했다. 혼자 시작한 여행은 낯설고 새로운 곳으로 떠날 수 있는 용기를 내 안에 불어넣었고, 유럽 여행은 교환학생이라는 또 다른 모험으로 이어졌다. 그렇게 나는 6개월 간격으로 한국을 떠났다. 가보지 않은 길에 대한 두려움마저 기대감으로 승화하며 호기롭게 품은 용기가 꺼지기 전에.

8:1의 치열한 교환학생 경쟁률을 뚫고 스물셋 겨울에 16시간 비행에 몸을 실었다. 베이징, 코펜하겐 두 번의 경유를 거쳐 리투아니아

빌뉴스에 도착했다. 유럽 여행 후 6개월 만에 다시 유럽 대륙을 밟았다. 앞으로 5개월간 첫 해외 생활이 내 인생을 어떤 방향으로 이끌지는 몰랐다. 눈이 내 허리 높이보다 쌓이던 한겨울 1월에 리투아니아 빌뉴스에 도착해, 꽃과 나무가 따스한 햇살을 받으며 무럭무럭 자라던 6월 한국으로 돌아왔다. 세상의 모든 것이 메말랐던 한겨울, 한 번도 가보지도 않았던 머나먼 리투아니아로 떠났던 나는, 5개월 뒤 꽃과 나무가 자란 만큼 한 뼘 성장해 한국의 따스한 햇살을 맞았다.

20년도 더 된 차디찬 콘크리트 기숙사에서 20명의 친구들과 부대끼며 살았던 5개월. 공용 화장실과 주방에, 낡은 침대와 책상, 생활 환경은 그 무엇 하나 세련되거나 편하지는 않았지만 그곳에서의 5개월은 23년 남짓한 내 인생에서 가장 행복한 시간이었다.

성적 걱정 없이 놀기만 해서? 온전히 자유롭게 시간을 쓸 수 있어서? 유럽 전역으로 여행을 마음껏 다닐 수 있어서? 아니, 이 모든 부차적인 이유를 차치하고 내 행복감의 중심에는 '현재에 온전히 집중하던 환경'과 '존중과 진심이 담긴 관계'가 있었다. 취업, 돈 등 미래 걱정 없이 유일하게 온전히 현재에 몰입해 살던 시간이자, 전 세계 각지에서 온 다양한 친구들과 부대껴 살며 국적, 인종, 나이, 학교, 성 정체성 등 우리를 가르거나 규정짓는 껍데기를 벗어던지고 마음과 마음이 온전히 이어질 수 있음을 느낀 시간. 정답 없는 문제에 대해 열띤 토론을 하는 동안 평생 한국에서 살며 내가 만들어온 생각이 얼마나 편협한지 깨달았던 시간. 나와 타인의 다름을 존중하는 것이 궁극적으로 내가 존중받는 길임을 깨달은 시간. 기존의 고정관념이 와장창 깨지며 붕괴하고 새로운 생각이 마음의 질서를 혼란스럽게 뒤흔들었지만, 당황스럽지도 두렵지도 않았다. 내 세계는 균열했고 그 틈에 새로운 세계가 자리를 잡았다. 새로운 세상의 공기를 들이마시자 숨통이 트였다.

누군가를 사랑하는 데 성별이 중요하지 않다는 사실을 알려준 친구 마르코, 소비 요정인 나와는 달리 100년 이상 된 고가구를 버리지 않고 가족의 역사가 깃들어 있다며 아끼던 레베카 가족, 반복되는 일상의 지루함이 아닌 안정감을 깨우쳐주고, 온전한 쉼이 일상을 살아가는 에너지가 된다는 사실을 알려주던 많은 친구들. 덕분에 휴식에 죄책감을 느낄 필요가 없음을 그제야 깨달았다. 늘 남의 눈치를 보는 나와는 달리, 좋고 싫음을 명료하게 그러나 불쾌하지 않게 전달하던 친구들.

타인의 삶을 관찰만 하던 여행과 달리, 리투아니아에서의 시간은 다른 삶을 더 적극적으로 흡수하며 실천적으로 살아본 시간이었다. 현재에 집중하자 나도 모르는 새에 미래에 대한 불안은 잠잠해졌고, 어느새 삶을 바라보는 렌즈가 늘어났다. 이렇게도 보고 저렇게도 보고…. 내가 원하는 삶의 모습은 어디에 있을지 찾기 시작한 시간.

리투아니아에서 돌아오자마자 졸업을 코앞에 둔 4학년 취업준비생이 되었지만 두렵지만은 않았다. 나에겐 오직 한 가지 길만 있다고 늘 생각했는데, 삶의 여정은 다양한 갈래로 뻗어나갈 수 있다는 사실을 깨달았으니까. 우주인이 인간이 살 수 있는 다른 행성을 찾기 위해 실험을 반복하고 실패하며 더욱 정교한 발사준비를 하는 것처럼, 리투아니아에서의 삶은 내가 원하는 삶을 살 수 있는 다른 별을 찾는 과정이었다.

자석처럼 끌린 나라를 향해

사르트르는 인생을 'B(Birth)와 D(Death) 사이의 C(Choice)'라고 했다.

우리는 모두 우주에 던져진 존재지만 삶을 스스로 던져버리거나 포기해서는 안 된다고 생각했다. 살아 있음의 이유는 결국 삶을 찬란하고 소중한 순간들로 채워 한 줄기 빛으로 만들기 위해서니까.

영어로는 Choice, 우리말로 '선택(選擇)'은 가릴 '선'과 가릴 '택'이라는 한자를 쓴다. 여럿 중에 가리고 가린다는 뜻이다. 일본, 대만, 베트남 등 아시아를 넘어 혼자 떠난 유럽 여행과 리투아니아에서의 생활은 다른 삶의 가능성을 보여주었다. 실존을 위해 지구상 196개국 중에 살고 싶은 나라를 선택하기로 했다. 어쩌면 인생에서 단 한 번의 기회일지도 모르는 자발적 이민을 준비하기 위해 나만의 가리고 가리는 기준을 고심했다. 약 25년간 살아오며 경험한 일과 아직 덜 여물었지만 나름 쌓아온 나만의 가치관을 통해 목적지를 설정했다. 나는 대체로 정의가 잘 구현되고 개인의 다양성이 존중받는, 모두가 인간다운 삶을 살 수 있는 사회를 꿈꿨다.

어릴 적부터 정의롭지 못한 일들에 자주 분노하곤 했다. 정의는 개인 또는 사회에서 지켜지는 올바르고 공정한 도리인데, 살면서 정의롭지 못한 경우를 더 많이 접했다. 권력, 재력, 타고난 배경에 따라 흔들리고 지켜지지 않던 정의. 노동 계층으로 진입을 앞둔 나는 친구들에게서, 뉴스에서, 회사가 노동자를 인간답게 대우하지 않는 사례를 허다하게 들었다. 일명 갑질 전성시대였다. 더군다나 '여자는 좋은 남편 만나 시집가서 아이 낳고 육아하고 집안일 하며 살면 가장 잘 사는 법'이라고 귀에 못이 박히도록 들었다. 심지어 어렵사리 나를 대학까지 보낸 엄마까지도.

나도 남들처럼 힘들게 공부해 대학에 왔고, 하고 싶은 게 많은데 왜 여자라는 이유로 사회적 압력에서 벗어날 수 없는지 이해할 수도 없었고, 이해하기도 싫었다. 가수를 꿈꾸던 엄마는 남동생들을 대학에 보내기 위해 공장에서 일했고, 할머니의 등쌀에 떠밀려 결혼까지 하는 바람에 가수라는 꿈은 요원해졌다며 맥주 한잔할 때마다 푸념하면서도, 나에게 똑같은 삶을 강요했다. 수십 년이 지난 지금에도 엄마와 내 삶이 크게 다를 바가 없으리라는 현실이 답답하기만 했다. 결혼을 앞둔 친구들은 어렵사리 들어간 직장에서 육아 휴직으로 책상을 빼느니 아이를 갖지 않는 선배들이 많다고, 바쁜 회사 생활 때문에 유산이나 불임하는 경우가 허다하다고, 그들의 현재에서 자신의 미래가 보이는 것 같아 무섭다고 했다. 우리는 회사를 위해 태어난 기계인가? 여자로 태어난 게 죄일까?

어릴 때부터 장사를 하고 싶었던 동생은 고등학교 졸업 후 군대에 갔다. 제대 후 대학 진학을 포기하고 장사를 시작했다. 꿈 많던 20대 중반 장사를 접고 다시 새로운 길을 모색하고자 취업 전선에 뛰어들었지만, 대학 졸업장, 전문대 졸업장도 없다는 이유로 대다수 기업에 지원조차 할 수 없었다. '지원 자격: 최소 2년제 대학 졸업자.' 그러나 영업력과 서비스 마인드가 탁월하고, 밑바닥부터 직접 자기 힘으로만 사업을 해본 동생이었다. 나는 그에게 기회라도 주어져야 한다고 생각했다. 인생에서 내린 단 한 번의 결정으로, 다른 기회를 모색할 기회를 박탈하는 것은 너무 비합리적이고 잔인했으니까.

'모든 인간은 존엄하며…'

학교에서 국가의 기초가 되는 헌법의 제2조항이 인간의 존엄성이라 귀에 박히도록 외웠는데, 왜 배운 것들은 현실에서는 전혀 실현되지 않는 걸까? '인간으로서의 존엄', 참 어려운 말이다. 그러나 언제 스스로 존엄하다고 느끼는지 생각해보면 예상보다 그 개념을 받아들이기가 어렵지 않았다. 언제 기분이 나쁜지, 존중받지 못한다고 느끼는지 곰곰이 생각해봤다.

"너는 왜 그러니?"
"너무 유별나다. 남들처럼 그냥 평범하게 살아!"

이런 말들을 들을 때마다 슬펐고 화가 났다. 평범하다는 것은 뛰어나거나 색다른 면 없이 보통이라는 의미인데, 삶을 무조건 남들과 똑같이 맞추는 것은 나의 주체적인 삶을 짓이겨버리는 것 같았다. 내 경험과 판단에 근거에 나만의 삶을 살고 싶은데, 주변 사람들과 사회는 자꾸 남들이 하는대로 좇아가라고 했다. 아무리 걱정 어린 조언이라 해도 도움되지 않는 조언들이 마음을 할퀴었다. 10대의 나는 친구가 가는 학원에 가고, 그해 유행하는 옷이라면 떼를 써서라도 엄마에게 사달라고 했다. 공부는 어떤 목적을 위해 해야 할지 잘 몰랐지만, 대한민국 90% 이상의 학생이 대학에 가고, 대학에 가지 않으면 내 삶이 망가질 것 같아 대학에 왔다.

그러나 20대인 내가 한국 밖에서 경험한 세상은 더 넓었다. 비슷한 머리 모양과 검은색 정장을 입고 면접을 보러 다니는 것만이 정답은 아니었다. 취업하고 결혼하고 아이를 낳을 때쯤 회사를 그만두고, 꼭 그렇게 사는 것만이 답이 아님을 직접 눈으로 보고 온몸으로 경험했다. 우리는 다 다른 존재인데, 왜 남들이 사는 대로 살아야 할까.

마침 그때, 학교 수업에서 덴마크와 스웨덴에서 온 친구 둘을 사귀었다. 내 삶의 귀인과 마찬가지인 낯선 외국인 친구들. 매년 UN 행복보고서에서 선정하는 전 세계에서 가장 행복한 나라에서 온 이 친구들은 나보다 서너 살 나이가 많았는데, 우리는 매주 과제를 같이하며 서로가 살아온 삶 그리고 앞으로 꿈꾸는 삶에 대해 자연스럽게 이야기를 나누기 시작했다. 그 친구들은 덴마크나 스웨덴 기준으로도 남들보다 대학에 늦게 진학했다. 고등학교 졸업 후 대학 진학 필요성을 느끼지 못해 일을 먼저 시작했다고 했다. 일을 하면서 공부하고 싶은 분야가 생겨 대학에 진학했다는데, 대학 진학 여부를 선택할 수 있다는 사실 자체가 문화 충격이었다! 게다가 늦게 진학해도 아무 문제가 없다니…. 중학교 때부터 나는 오로지 대입만을 목표로 달려온 데다 겨우 1년 늦게 대학에 진학했을 뿐인데도 사회에서 뒤처지진 않을까 걱정했는데, 쫓기듯 살지 않고 주체적으로 삶을 가꿔나가는 모습이 참 부러웠다. 그들이 사는 세상은 도대체 어떤 세상이란 말인가. 게다가 또래인데도 참 어른스러웠다. 수업 시간에 교수님 앞에서도 의견을 내기를 주저하지 않고, 독선적이지도 않으면서 나이에 상관없이 누구와도 잘 어울리던 친구들.

마음 한 켠에 늘 해외에 대한 동경이 있던 나는, 그 친구들과의 대화를 통해 우리나라 너머의 세상을 탐험했다.

"교환학생 오려면 돈 많이 들지 않아?
비행기 값, 기숙사 값, 생활비…. 너희도 부모님 도움을 받니?"

당연한 질문을 하던 내게 친구들은 스스로 번 돈으로 해결한다고 대답했다.

"우리는 18살이 되면 부모에게서 독립해. 누구에게나 대학은 무료고 공부하는 동안 국가에서 생활비를 보조해줘. 해외에 나갈 때도 마찬가지야. 아르바이트로 번 돈과 보조금이 있으면 부모님께 손 벌릴 일이 없어. 성인이 되면 내 삶은 내가 책임져야 하니까."

매 학기 등록금과 매달 꼬박꼬박 부모님이 보내주시는 100만 원에 이르는 생활비를 나는 당연한 양 받았는데. 우리에게 주어진 교육과 사회 제도는 삶을 대하는 방식을 다르게 만들었고, 우리가 삶을 대하는 자세와 우리 삶의 모습도 너무나도 달랐다. 삶에서 평등, 개인의 자유, 다양성 존중을 가장 중요한 가치로 여기던 친구들.

"교육은 시험을 위해서가 아니라, 비판적인 사고를 통해 행복할 수 있는 방법을 찾아가는 과정이야."

덴마크 친구의 한마디는 지난 10여 년간 내가 받아야 했던 진정한 교육이 무엇인지 단숨에 일깨웠다.

"무엇이 북유럽 사람들을 행복하게 만든다고 생각해?"

북유럽에 대해 끊임없이 질문하던 내게, 친구들은 도리어 한국 사람들은 왜 행복하지 않은지에 대해 물었다. 왜 그렇게 많은 청소년들이 자살을 하며, 하루 종일 일하면 언제 가족들과 시간을 보내고 쉬는지, 우리 몸이 버틸 수는 있는 건지, 한 번뿐인 삶인데 사람들은 만족해하며 사는 건지…. 그들의 질문에 선뜻 대답하기가 어려웠지만, 분명 내가 북유럽에 대해 품고 있던 선망에 그 대답이 녹아 있었을 것이다.

그 친구들은 내가 미국, 영국, 독일, 프랑스 등 한국에 잘 알려진 나라가 아닌, 변방국인 북유럽 국가에 관심을 가지자 의아해했다. 동시에 평등, 지속가능성 등 그들에게는 날 때부터 너무나 당연한 가치가 오히려 내게는 새롭다는 사실에 놀라워했다.

"복지, 투명한 정치, 평등, 지속가능성 등 현재 우리 사회에 결핍된 가치를 제도적으로 잘 실천해온 나라인 것 같아. 그런 문화와 제도가 사람들의 행복도에 큰 영향을 미치는 건 분명하고. 특히 스웨덴은 우리나라와 비슷한 점이 많아. 대기업 중심인 경제 구조와 극심한 가난을 겪었고, 노동자 파업의 나라였다는 점이 비슷해."

그로부터 4년 뒤 나는 스웨덴으로 떠날 준비를 하고 있었다. 짧은 여행과 리투아니아에서의 교환학생 경험은 더 넓은 세계에 대한 탐험심을 부추겼다. 여행보다 더 오랜 시간 나갈 수 있는 기회를 찾고 또 찾아 준비했지만, 기회는 생각만큼 쉽게 주어지지 않았다. 1년 휴학을 하고 준비한 국제기구 인턴십에도 떨어지고 해외 취업은 요원해 보였다. 그러던 중 스웨덴으로 떠날 기회를 우연히 만났다. 졸업을 앞두고 한 소셜 벤처에서 인턴 생활을 하던 중, 학교 국제교류처 계장님에게서 스웨덴 정부 장학금 프로그램을 소개받은 것이다. 매 학기 다른 세계에 대한 엄청난 호기심을 바탕으로 외국인 유학생을 돕던 나를 기억하셨는지 계장님은 장학금에 지원해보라고 제안하셨다. 스웨덴 내 5개 대학에서 전액 장학금을 받고 공부할 수 있는 기회였다.

마음속 꽁꽁 묵혀두었던 북유럽에 대한 동경과 한국 탈출에 대한 의지에 불이 붙고 꺼지기를 반복했다.

'취업으로 이어질지도 모르는 인턴십을 그만두는 게 맞을까?
3개월 만에 대학원 준비를 할 수 있을까?
실패하면 다시 길을 찾을 수 있을까?'

끊이지 않는 회의에 젖어갈 때쯤, 간신히 불안을 잠재우고 현재에 집중할 수 있는 방향키를 잡았다. 다시는 불안을 동력으로 현재를 놓치며 살지 않기로 했으니까.

인턴으로 일하던 회사를 그만두고 장학금과 대학원 진학 준비를 시작했다. 친구들은 취업 후 경력 2~3년차에 접어들고 있었지만, 졸업 전 마지막 기회라는 생각에 절박함으로 두려움을 잠시 덮었다. 목표는 후회 없이 장학금을 받기 위해 할 수 있는 모든 것을 다해보는 것. 온갖 유학 박람회를 다 찾아다니며 아침부터 밤 11시까지 도서관에서 혼자 토플 시험을 준비했고, 학업 계획서와 장학금 에세이를 쓰며 3개월을 보냈다. 두 번의 토플 시험 끝에 입학 가능한 토플 점수를 간신히 만들었다. 2016년 1월 15일 아직도 정확히 기억하는 원서 마감일, 스웨덴과 한국에서 만난 많은 이들의 도움을 거쳐 지원서는 내 손을 떠났다. 주사위는 던져졌다.

그리고 3개월 후, 장학금 발표가 나던 그날도 여전히 생생히 기억한다. 장학금 발표가 나기까지 취업 준비는커녕, 카페에서 아르바이트를 하며 발표가 나기만을 손꼽아 기다리던 어느 날 도착한 이메일 한 통. 'We are sorry for…' 서두부터 미안하다는 문장이었다. 절실히 준비했던 장학금 프로그램에서는 떨어졌다는 소식. 내가 지원한 대학에서 다른 한국 학생을 뽑았다는 소식이었다. 우승자 리스트에는 내 이름이 없었다. 너무나 절박했던 만큼 아쉬움이 컸지만 어쩔 수 없었다. 기회는 누구에게나 공평하게 주어졌으니까. 의지와 달리 자꾸 눈물이 흘렀다. 아르바이트를 끝내고 점심으로 먹던 작은 삼치구이 위로 눈물이 멈추지 않았다.

"왜 그렇게 세월을 낭비하니? 정신 차리고 얼른 준비해.
남들과 네가 뭐가 다르다고 그렇게 유별나게 구니?"

휴학에 졸업 유예에 갑작스러운 대학원 준비까지, 안 될 거라고, 쓸데없이 시간 낭비하지 말라는 주변의 말에 자신감과 자존감이 바닥을 치던 당시, 아르바이트 시급보다 비싼 8천 원짜리 삼치구이 정식은 내겐 사치 같았다. 오로지 스웨덴 유학 하나만 보고 취업 준비도 하지 못했는데, 스물일곱 살에 졸업도 아직 못한 나는 무얼 해야 하나 막막했다.

불안감과 막막함이 엄습하던 그때, 3주 후 내가 지원했던 스웨덴 대학에서 이메일 한 통을 받았다. 'We are sorry'로 시작하던 이메일과 달리, 이메일 서두에는 'Congratulations!'라고 적혀 있었다. 생각지도 못했던 축하 메시지에 오히려 마음 졸이며 이메일을 열었다. 혹시나 잘못 온 게 아닐까 하는 의심을 놓지 않으며.

열어본 이메일에는 내가 지원한 대학에서 전액 장학금을 받고 공부할 수 있게 되었다는 축하 메시지가 적혀 있었다. 생각지도 못했던 일이었다. 한국 학생들만 대상으로 하는 장학금 프로그램에서도 떨어졌는데, 전 세계 학생들이 지원하는 학교 장학금을 받을 수 있기나 할까 싶었으니 이메일을 보고도 믿을 수가 없었다. 이메일을 수십 번씩 확인하며 내 이름이 제대로 적혀 있는지 확인하고 또 확인했다.

'간절히 원하면 우주가 돕는다'라는 파울로 코엘료의 말이 가슴에 새겨지는 순간이었다. N극이 S극을 당기듯, 북유럽에 위치한 스웨덴은 내 운명이었을까?

운명이라 믿음과 동시에, 나는 원서를 준비하며 도움받은 수많은 이들 덕분에 천금 같은 기회를 얻었다는 사실을 잊지 않기로 했다.

그해 8월 중순, 60.1282° N, 18.6435° E, 꿈만 꾸던 유토피아로 떠났다.

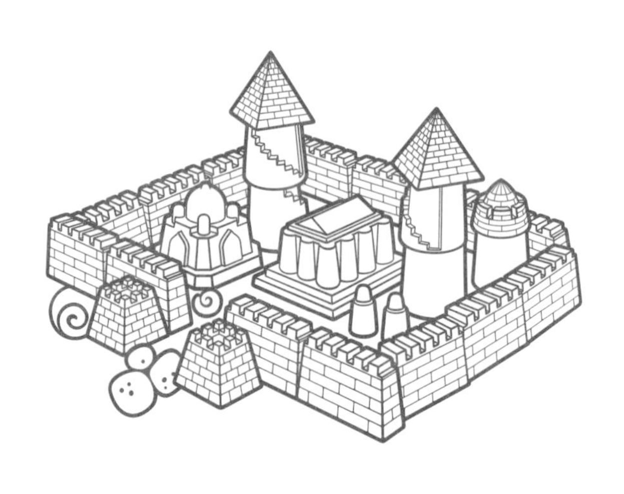

나의 첫 해방일지

책장 맨 윗줄의 구석진 한 칸은 어릴 적부터 써오던 일기장을 모아두기 위해 비워놓았다. 치열한 입시 기간에 썼던 일기장 속에는 공부하다 잠들어버린 나를 꾸짖는 내용도 있고, 여행 중 쓴 일기에는 새로이 알게 된 스스로의 모습에 대해 놀라는 나 자신과, 다른 세계를 동경하는 모습도 녹아 있었다. 여러 일기장을 읽다 우연히 대학 2학년 때 쓴 일기장을 집어 들었다.

'아, 뚱뚱한 내 모습이 정말 싫다. 오늘도 비스킷 한 개를 먹었다.
왜 나는 식욕을 참지 못할까…'

그 시절 일기장에는 그다지 행복한 모습이 없었다. 대학교 2학년, 친구들과 한창 다이어트 경쟁을 할 때의 자기 혐오가 고스란히 녹아 있었다. 대부분 내용은 남과 나를 비교하고 나를 비하하는 생각뿐이었다. 한국 여성의 평균 키보다 큰 169cm에, 당시 미의 기준이던 '소녀시대'만큼 마르지도 않은 몸이 내게는 큰 문젯거리였다. 주변에는 '청바지에 흰 티만 입어도' 예쁜 친구들이 너무 많았다.

이 스트레스로 대학교 2학년 때 단백질 파우더만 먹으며 PT(퍼스널 트레이닝)를 받고 8킬로를 감량했는데, 살을 빼니 자신감과 자존감이 솟아올랐다. '살 많이 빠졌다~ 예뻐졌다~'라는 칭찬을 들으면 '에이, 아니에요~'라고 하면서도 내심 좋았다. 그때는 그게 칭찬이라 생각했다. 그리고 더 경쟁적으로 예뻐지려 노력했다. 스스로 미의 기준은 정립하지 못한 채 남이 보기에 예쁘다는 기준을 충족하기 위해.

우리는 무심코 칭찬으로 누군가에게 '살 진짜 많이 뺐다~ 턱선이 살아 있네'라고 말하거나 '살 좀 쪘다? 요즘 편한가 봐' 등의 외모 평가를 아무 생각 없이 흘려보낸다. 적대감 없이 내뱉은 말이지만, 과연 그 말이 진정 칭찬이거나 무례하지 않은 표현이었을까? 남이 나의 외적인 부분에 대해 말할 권리가 있을까. 머릿속으로 생각을 할 수야 있겠지만, 생각을 말로 내뱉는 것은 차원이 다른 일이다.

돌이켜보면 나의 자기혐오도 결국 내가 남의 시선을 통해 나를 바라봤기 때문이었다. 그러나 지금의 나는 남의 시선으로 스스로를 판단하지도 않을뿐더러, 설령 평가받는다 해도 상처받지 않게 되었다. 무엇이 나를 달라지게 했을까? 워너비 몸매라도 가꾸게 된 걸까?

곰곰 생각해보면, 스스로 내 미적 기준에 관대해진 계기는 20대의 여행 중 다양한 국적의 사람들을 만나면서부터다. 이 만남들을 통해 다양한 삶의 양식을 보고, 미적 기준을 넘어 삶 그 자체에 대해서도 관대한 시선을 갖게 되었다. 보다 자유롭고 남의 시선을 신경 쓰지 않으며 각자 원하는 삶의 방식을 향유하던 많은 이들의 모습은 내가 결핍을 느끼던 부분을 채워주었다. 그 누구도 나의 외적인 모습을 평가하지 않았고, 내가 어떤 취향을 가졌든, 어떤 일을 하든 존중했다. 곰곰 생각해보니 이 존중이라는 말의 포장을 벗기면, 첫째, 평가를 입밖으로 내지 않는다, 둘째, 타인의 선택에 간섭하지 않는다, 셋째, 무관심하다로 들릴지도 모르겠다. 하지만 적어도 만난 사람 중 대다수가 개인의 삶에서 타인의 시선보다 자신의 욕구와 마음을 충족시키는 것을 더 중요하게 여긴다고 느꼈다. 내 여행의 모든 순간에 마음 한 켠에서 아쉬움이 고개를 빼꼼 내미었다. 늘 남과 비교하고 다르지 않기 위해 노력하며, 대부분이 선택하는 길을 질문 없이 걸어왔던 날들에 대한 아쉬움. 여행 덕분에 진짜 내 마음을 만났고, 어디에 살든 나는 어떤 삶을 살고 싶은지 되묻게 된 시간이다.

특히 스웨덴에서의 2년은 나를 둘러싼 모든 사회적 기준에서 자유로워지고 오롯이 나로서 존재할 수 있었던 시간이다. 여행이 새로운 환경에서 잠시 머무는 시간이었다면, 스웨덴에서는 조금 더 긴 시간 동안 새로운 환경에서 마음이 동하고, 인생의 사소한 모든 것에 나만의 기준을 세울 수 있었다. 남의 기준을 충족해 기쁜 게 아니라 나만의 기준을 세우고 달성하는 성취감을 참 오랜만에 느꼈다. 외적으로도 사회적으로도 나를 속박하던 기준을 벗어던지자 그제야 자유에 한발 더 가까워졌다.

스웨덴에 도착한 첫날의 기억은 2년 반이 지난 지금도 여전히 생생하다. 스웨덴의 수도 스톡홀름 공항에서 내가 살던 북부 우메오로 가기 위해 1시간 동안 비행기를 기다려야 했다. 공항에 도착하자마자 내 두 눈은 공항에 가득한 스웨덴 사람들을 요리조리 살피며, 오히려 그들을 쳐다보지 않으려고 애썼다. 초록색, 하늘색, 분홍색 머리, 팔 전체에 문신을 한 사람, 그 누구도 똑같지 않은 다양한 옷차림, 콧수염이든 턱수염이든 길게 수염을 기른 남자들, 민머리, 장발 여성과 남성, 피어싱을 한 사람. 내 생애 외적으로 가장 다양한 모습들을 보게 된 그때, 한국에서라면 주목을 받을 수밖에 없는 튀는 개성을 지닌 사람들 앞에서 내 두 눈은 휘둥그레졌다. 그런데 더 흥미로웠던 점은 아무도 누군가에게 시선을 집중하지 않는다는 것이었다. 나만 시선을 이리저리 옮기며 바쁠 뿐이었다.

미적 욕구가 충만한 젊은 학생들이 모인 학교에서도 별반 다르지 않았다. 물론 스웨덴에도 유행하는 아이템은 있었지만 매 겨울을 강타하는 우리나라의 롱 패딩 유행만큼은 아니었다. 한 해 지나고 유행이 끝나는 게 아니라, 스웨덴에서의 유행은 많은 사람이 꾸준히 사랑하는 제품에 가까웠다. 예를 들면, 스웨덴에서는 많은 학생이 스웨덴 브랜드 피엘라벤Fjallaven 백팩(우리나라에는 '여우 가방'으로 잘 알려진 그 가방이다)을 메고 다녔는데, 남들이 다 메서가 아니라 실용적이고 예뻐서 그 가방을 소비하는 것이다. 학교에는 공항에서 만난 사람들과 마찬가지로 머리부터 발끝까지 다양한 스타일의 친구들이 많았다. 계절별로 인기 아이템에 맞춰 많은 사람이 비슷한 패션을 소비하는 우리와는 달리 다양성의 스펙트럼이 훨씬 넓었고, 역시나 아무도 남을 의식하지도 평가하지도 않았다.

"스웨덴 사람들은 외적으로도 그렇고 삶 전반에서
남을 많이 의식하지 않는 것 같아.
그리고 가진 것이나 자기 자신을 뽐내지 않는다고 들었어.
그런 행동이 사회적으로 좋지 않은 행동으로 인식된다고."

내가 보고 들은 바를 전하니, 친구는 "나는 어릴 적부터 다른 사람보다 특별하지 않다고 배웠어"라고 되받는다. 나는 늘 내가 특별하고 소중한 존재라고 배웠는데….

친구의 대답은 의외였다.

"스칸디나비아에는 '얀테의 법칙(Jante's law)'이 있어.
스웨덴뿐만 아니라 덴마크, 노르웨이, 아이슬란드, 핀란드 등 사회에 공통된 행동양식이야. 1933년 덴마크 소설가 아스켈 산데모스 Askel Sandemose의 소설 'En Flyktning Krysser Sitt Spor(A Fugitive Crosses His Tracks)'에서 처음 그 개념이 나타나.
그 소설 속에는 덴마크 사람들이 모여 사는 작은 마을이 있는데,

개인보다 공동체가 우선해. 평등한 사회의 공동선과 질서를 유지해야

하기 때문에 차별을 일으킬 수도 있는 행동은 억압받아.

여기 10계명이 있어. 대부분 나를 뽐내지 않고, 특별하다

여기지 않고, 다른 사람이 나를 신경 쓴다고 생각하지 말라는

내용이야. 나는 남들과 다르지 않은 사람인 거지."

-

You're not to think you are anything special.

당신이 특별하다고 생각하지 마라.

You're not to think you are as good as we are.

당신이 남들만큼 좋은 사람이라고 생각하지 마라.

You're not to think you are smarter than we are.

당신이 남들보다 똑똑하다고 생각하지 마라.

You're not to imagine yourself better than we are.

당신이 남들보다 낫다고 생각하지 마라.

You're not to think you know more than we do.

당신이 남들보다 많이 안다고 생각하지 마라.

You're not to think you are more important than we are.

당신이 남들보다 중요하다고 생각하지 마라.

You're not to think you are good at anything.

당신이 모든 일을 잘한다고 생각하지 마라.

You're not to laugh at us.

남들을 비웃지 마라.

You're not to think anyone cares about you.

누군가 당신을 걱정하리라 생각하지 마라.

You're not to think you can teach us anything.

남들에게 무엇이든 가르칠 수 있으리라 생각하지 마라

-

"그런데 사실 얀테의 법칙에 대해 사람마다 해석이 다르기도 해.
사회가 개인을 억압한다고 느끼는 사람도 많아서 젊은 층을 중심으로
'안티 얀테(Anti-Jante)' 운동도 활발해.
'나는 특별한 사람이다. 스스로를 믿어라. 큰 꿈을 꾸라' 등
개인의 야망, 열망 등을 감추지 말고 적극적으로 드러내자는 거야."

친구와 이야기를 나누다 보니 스웨덴 사람들 개개인이 자기가 하고 싶은 대로 그러나 남에게 피해는 주지 않는 범위 내에서 자유롭게 살고, 타인에 대해 왈가왈부하지 않는 이유를 나름 정리할 수 있었다. 개인의 자유가 중시돼온 서구 사회에서도 더 진보적인 나라 스웨덴에서, 개인보다 공동체가 중요하며 개인의 행동이 제한받는 법칙 같은 것이 전해 내려온다는 사실이 의외였다. 이에 반대하는 운동도 커지고 있다는 사실도 흥미로웠다. 체면을 중시해 과시가 넘치는 한

국 사회에서 내가 피로를 느끼는 것처럼, 지나친 사회 규범에 스칸디나비아 사람들도 피로해지나 보다. 스칸디나비아에서는 ‘안티 얀테’ 운동을 벌이는 사람들도 있다지만, 체면, 명예, 과시와 눈치 싸움이 심한 사회에서 자란 내게 얀테의 법칙은 나 자신과 타인의 시선 간에 무게중심을 찾게 해주었다.

아무도 나를 평가하지 않는 사회이자, 주변의 누구도 간섭하지 않던 스웨덴에서의 2년. 외적으로도 내적으로도 자유로워질 수 있었던 그 시간 덕분에 순간순간의 내 감정을 관찰하고 내 안의 욕구에 집중하는 법을 배웠다. 내가 언제 행복감을 느끼는지, 내 삶에서 중요한 가치는 무엇인지, 나는 어떤 사람으로 기억되고 싶은지 등, 남들을 좇느라 스스로에게 한 번도 질문하지 않았던 것들이 하나둘씩 올라왔다. 그 질문을 찾아 해보지 않았던 것들을 조금씩 경험해나갔다.

남들이 하는 대로가 아니라 나에게 어울리는 스타일을 찾아 옷을 사거나 메이크업을 하고, 춤과는 거리가 먼 사람인 줄 알았는데 줌바에 무아지경 빠져버린 나를 발견하기도 했다. 남의 눈치를 보느라 시도조차 해보지 않아서 몰랐던 나의 취향들. 외부 소음을 차단하자 비로소 내 욕구, 의지에 주파수를 맞출 수 있었다. 그제야 내 인생에서 중요한 것이 무엇인지 깨닫고, 마음이 이끄는 대로 하고 싶은 대로 살아봐야겠다는 용기를 바탕으로 내 개성을 뾰족하게 깎아나가기 시작했다.

나조차도 몰랐던 뭉뚱그려진 개성을 다듬는 동안 비로소 나는 온전한 내가 되기 시작했다. 내 삶에 대한 존중은 타인의 삶에 대한 존중으로도 확장되었다.

외적으로도, 사회적으로도 나만의 해방일지를 써내려갔던 2년이라는 시간. 성별, 나이, 외모, 몸매, 학벌 등 나를 속박했던 것들로부터 일절 구애받지 않고, 그 누구도 내가 나아가는 방향이나 내 삶에 대해 함부로 평가하지 않았던 그곳. 스웨덴에서 맛본 그 자유를 놓치지 않기 위해 나는 오늘도 '나의 해방일지'를 꼭 붙잡고 있다.

18살 연상의 베스트프렌드

안나는 나보다 18살이 많다. 그리고 내 가장 친한 친구다. 나에게는 스웨덴 가족이나 마찬가지인 안나는 우정에 나이도, 나라도, 자라온 환경도, 언어도 중요하지 않다는 걸 알려주었다. 안나를 만난 건 스웨덴에 살기 시작한 지 반년도 채 되지 않았을 때였다.

"언니, 안나가 저녁에 엘크 고기 요리해준다고 같이 오래!"

스웨덴 우메오에서 맞이한 첫 겨울, 영하 21도의 캄캄한 저녁에 안나를 처음 만났다. 크리스마스를 앞두고 우메오에서 친해진 한국인 동생이 스웨덴 친구네 집에 초대받았다며 함께 가자고 제안했다. 오후 3시에 지평선 너머로 숨어버린 해를 뒤로하고, 하늘에서 은은하게 비춰주는 별빛과 달빛의 인도를 받으며 눈길을 지나 안나의 집에 도착했다. 우메오 강가에 위치한 안나의 집은 작은 조명과 촛불로 장식되어, 집 자체가 크리스마스트리처럼 어둠 속에서 반짝반짝 빛났다. 새로운 친구에게 한국 문화를 소개해주고 싶어 양손 가득 한국 음식 재료와 기념품을 들고 건네받은 주소에 도착했다.

벨을 누르자 나와 별다르지 않은 생김새에 개성 넘치는 헤어스타일을 한 중년 여인이 환영 인사와 함께 문을 열어줬다. 바로 안나였다.

"Välkommen! Welcome Dohee!" (도희, 환영해!)

안나는 한국에서 태어났지만 어릴 적 스웨덴에 입양된 친구다. 유머 감각이 넘치고 헤비메탈을 좋아하는 남편과 동서양의 미가 오묘하게 어우러진 외모의 사랑스러운 두 딸과 함께 우메오에 살고 있다. 소개해준 친구 해린은 3년 전 학교에서 운영한 호스트 프로그램을 통해 안나를 만났다고 했다. 안나가 한국에 대해 궁금해지던 때에 해린을 소개받았고, 해린은 나를 안나에게 소개해줬다.

우리는 매주 안나네 집에 모여 한국 음식과 스웨덴 음식을 함께 준비하며 이야기를 나눴다. 한국, 스웨덴 생활, 연애사 등 시시콜콜한 이야기부터 가족, 인생, 삶에 관한, 누구에게나 쉽사리 털어놓을 수 없는 이야기까지. 안나를 만난 기간은 결코 오래되지 않았지만, 우리는 이야기를 나누고 밥을 나눠 먹는 횟수만큼 몇 년간 우정을 쌓아온 듯 서로가 편안해졌다.

또래 친구들보다도 더 친해진 우리 사이엔 18년이라는 세대 차이도 없었다. 실은, 서로 나이를 묻지도 인지하지도 않았다는 게 더 맞는 표현일 것이다. 안나가 나보다 18살이나 많다는 사실을 알게 된 건 안나의 생일. 바로 내가 '친구'를 새롭게 정의한 날이다. 친구란 나이를 바탕으로 관계를 맺는 존재가 아니라 서로에 대한 관심과 진심 어린 마음을 바탕으로 관계를 맺는 존재라는 것을. 진정한 우정을 쌓는 데는 나이는 물론, 언어, 살아온 환경 등 그 무엇도 장애물이 되지 않는다는 사실을 안나는 내게 알려주었다.

"안녕하세요~ 실례지만 성함이 어떻게 되세요?"

한국에서는 새로운 사람을 처음 만나면 우리는 먼저 이름을 묻고 당연하게 나이를 물어본다.

"혹시 나이는 어떻게 되세요…?"

특히 상대가 또래인 경우 나이를 가늠할 수가 없기에 더 중요하다. 나이에 따라 부르는 호칭이 달라지고 위계가 서기에 우리에겐 서로 나이를 아는 게 매우 중요하다. 그러나 스웨덴에서는 사람을 만날 때 나이를 물어보지도 않고 물어봐서도 안 된다. 서양 국가에서는 나이를 묻는 것이 예의가 아니기도 하지만, 스웨덴에서는 평등이 가장 중요한 사회적 가치이기 때문이다. 인종, 직업, 나이 등에 상관없이 개인 대 개인으로서 평등하게 관계를 맺는 것이 스웨덴에서는 자연스러운 일이었다.

뼛속까지 '유교걸'이었던 나는 나보다 한참 나이가 많은 사람들과 친구가 될 수 있을 거라고는 생각하지 못했는데, 나이를 묻지도 따지지도 않으니 위계가 없고 자연스레 훨씬 더 편하게 대화할 수 있었다. 덕분에 나이에 구애받지 않고 관계를 형성할 수 있는 것이 자연스러웠다. 친구가 되는 데에는 그 어떤 것도 장애물이 되지 않았고, 진정한 우정을 쌓으려면 삶에서 인연을 맺었다는 데 감사하며 함께 시간을 보내고 공통점을 발견하는 게 더 중요했다. 우리는 더 많은 시간을 함께 보낼수록 나이, 모국어, 자라온 환경 등 차이를 뛰어넘는 공통점을 발견했다. 우리 모두는 삶이라는 치열한 전장에서 사람과 삶을 더욱 사랑하려 노력하고 있는 인간일 뿐이라는 것. 이 사실은 자연스레 우리의 다름을 포용하게 해주었고, 다름은 삶을 다양하게 가꿀 수 있는 다양성으로 꽃피었다.

안나와 나의 관계는 평등했지만, 내가 고민이 있을 때마다 안나는 어른으로서의 지혜도 나눠주었다. 그렇다고 안나와 나 사이에 위계가 생기는 건 아니었다. 그저 인생에서 먼저 경험했던 바를 나눠주고 내게 다양한 선택지를 제시해줬을 뿐. 안나의 조언은 특히 스웨덴에서 석사 졸업을 앞두고 불명확한 미래와 경력 때문에 고민이 생길 때마다 큰 힘이 되었다.

“내 이야기가 정답도 아니고 정답이 될 수도 없을 거야.
하지만 앞으로 인생에서 경험해야 할 것들은 내가 먼저 겪었고 다른 환경에서 자란 만큼, 다른 관점에서 의견을 나눠줄 수 있을 것 같아.”

"젊을 때 무엇이든 도전해봐. 나도 나름 젊을 때 여행이나
다양한 직업을 경험해봤다고 생각하는데,
더 다양하게 도전해봤으면 어땠을까 하는 아쉬움이 있어.
무엇보다 가족이 생기고 나니 나만 신경 쓸 겨를이 없더라고.
한국이나 스웨덴에서 우리가 사는 모습이 크게 다르진 않은 것 같아.
불안해하지 말고 네 꿈을 펼쳐가면 좋겠어."

내가 자라며 만난 대부분 어른들은 스스로 선택할 수 있는 여유를 주기보다, 나이나 권위를 앞세워 '이렇게 해라, 저렇게 해라' 시키는 경우가 많았다. 그러나 안나는 내게 단 한 번도 그런 식으로 조언한 적이 없다. 결국, 선택은 내 몫이고 선택에 앞서 스스로 고민하고 선택에 용기를 가지는 게 중요하다는 사실을 안나는 알고 있었다.

한국에서도 이런 친구를 많이 사귈 수 있었다면 어땠을까. 나이 차이에 상관없이 허물없이 편한 친구로 낼 수 있는 사람. 주변에서 현명한 어른을 많이 만날 수 있지는 않았을까. 우리 사회 세대 간 갈등이 조금은 줄어들지 않았을까. 나이란 우리에게 어떤 의미일까.

한국으로 돌아온 후, 꼭 안나와 같은 친구를 만났다. 브라질에서 온 루시안. 15년가량의 회사 생활을 끝내고 4년 전 한국에 정착한 루시안은 꽤 잘나가는 1인 기업가다. 무엇보다 루시안은 자신의 일을 사랑한다. 늘 긍정적인 에너지가 가득하고 국경을 넘어 거침없이

나아가는 그 행보가 나는 마냥 부럽고 본받고 싶었던 것 같다. 내가 불확실한 미래에 대해 걱정할 때마다 루시안은 "Let it go. 삶이 주는 모험을 받아들여!"라고 거듭 말하며 자기 이야기를 기꺼이 들려주었다. '두려움이란 내 사전에 없어!' 따위의 상투적인 대답을 기대한 나와 달리, 루시안은 "그렇게 보일 뿐이야"라고 웃으며 말했다.

"늘 두려움은 여기 존재해. 사라지지 않지.
하지만 그저 그 두려움이 있음을 직시하고 품으려고 해.
그리고 그 순간 마음이 시키는 일에 최선을 다하는 수밖에 없어.
그러면 삶이 길을 보여주더라고."

루시안은 두 손으로 자신의 심장을 가리키며 말했다.

나보다 훨씬 길고 넓은 스펙트럼을 지닌 삶을 살았기 때문일까, 나보다 스무 살 정도 많은 친구들의 조언은 단순한 위안을 넘어 통찰로 느껴졌다. 또래 친구들과 나누는 이야기와는 주제도 깊이도 다른 피드백. 어른 친구들의 한마디 한마디는 입이 아닌 심장에서 나오고 있었다. 삶을 최선을 다해 버텨냈기 때문일까. 루시안과 나눈 대화는 머리가 아니라 심장 깊숙이 닿았다.

안나와 루시안 그리고 나의 나이 차는 우정을 막는 장벽이 되기보다 우리 우정을 더욱 세밀하고 단단하게 다져주었고, 내가 맺는 모든 사회적 관계를 다시 돌아보게 했다. 나이나 직업 또는 직급에 갇혀 관계를 맺지 않도록, 내 마음을 먼저 열 수 있는 용기의 씨앗이 톡 하고 마음에 심어졌다. 또래하고만 친구 하라는 법은 없잖아!

상상하고 움직이면 벽이 사라진다

내가 살던 스웨덴 북부 우메오에는 'IKSU'(익수)라는 체육관이 있다. 북유럽에서 제일 큰 체육관인 이곳을 친구들은 스포츠 백화점이라고 했다. 헬스장 외에도 수영, 스쿼시, 하키, 댄스, 요가 등 365일 내내 수십 개 프로그램을 즐길 수 있으니 딱 어울리는 이름이다. 발리볼, 스쿼시, 수영, 하키, 에어로빅, 사이클, 요가, 크로스핏 등 하루에도 수많은 프로그램이 갖춰 있어, 시간이 날 때 언제든지 운동에 참여할 수 있었다. 개강하자마자 나도 학교 근처 익수에 연간 회원으로 등록했다. 몸과 체력을 관리하고, 겨우내 스웨덴에서는 빛을 많이 볼 수 없기에 운동은 필수로 꼭 해야 한다는 말을 들었기 때문이기도 하지만, 익수가 사회적 교류의 장소이기도 하기 때문이다. 대다수 스웨덴 사람에겐 운동이 일상의 일부로, 스포츠센터에서 같이 운동을 하거나 운동 후 커피 한잔하며 가족이나 친구와 함께 시간을 보내는 방식이 흔했다. 꼭 우리가 카페에 가서 수다를 떠는 것처럼 말이다.

익수에 등록한 첫날, 저녁에는 친구와 함께 '바디밸런스'라는 프로그램에 참여했다. 타이치, 요가, 필라테스를 곁들여 음악에 맞춰 1시간가량 운동하는 프로그램이었다. 오랜만에 내가 좋아하는 요가를 할 수 있다는 것만으로도 기분이 좋아서 가벼운 마음으로 수업에 참가했다. 그런데 수업에 도착하자마자 놀랄 수밖에 없었다. 당연히 여성들만 있을 거라 생각했는데, 수업에 참여한 사람 중 3분의 1 이상이 남자였다. 한국에서는 요가나 필라테스 수업은 대부분 여성 전용 수업이 많고 남녀가 함께 수업을 진행하는 경우는 극히 드물어서, 딱 들러붙는 운동복 차림의 남녀가 매트 위에서 다 같이 운동하는 광경은 문화 충격이었다. 나 빼고 누구도 개의치 않아 했지만, 나는 놀랍고 어색해서 혼쭐이 났다. 남녀노소 불문하고 수업에 참가한 사람들은 매트 위에서 선생님의 동작을 하나하나 즐겁게 해나갔다. 다른 수업에서도 마찬가지였다. 스텝보드에 발을 옮겨가며 리드미컬한 음악에 맞춰 춤을 추던 스웨덴 아저씨와 무거운 덤벨도 으랏차차 마다않고 들던 할머니. 남녀노소 성별이나 나이에 따라 해야 하는 운동이 있다는 것은 내가 세운 마음의 벽일 뿐, 여성이나 남성만을, 젊은이나 노인만을 위한 운동도 없을뿐더러 우리는 '운동'하기 위해 모였을 뿐이었다.

운동하는 방식에서도 나는 마음의 벽을 마주했다. 바로 강박이라는 마음의 벽이다. 내게 '운동'이란 '철저함의 법칙'을 따르는 것이었다. 운동을 시작하면 군것질을 모두 끊고 음식도 철저하게 관리하고, 생활 습관도 몸을 괴롭히지 않는 방향으로 짜야 한다는 강박이 있었다. 그래서 달콤한 무언가를 먹고 싶거나 하루쯤 운동에 가지 않고 게으름을 피우고 싶을 때 오히려 나를 다독이기보다 몰아치곤 했다. 목표를 성취하는 데 장애물이 되는 것은 단 한치도 허용할 수 없었으니까. 하지만 스웨덴에 살면서 굳이 우리 삶이 완벽하지 않아도 된다는 것을 많이 느꼈다. 빈틈없이 완벽해지려 끊임없이 노력하기보다, 마음을 가볍게 먹고 그냥 지금 하는 것을 '즐기는 것'만큼 현재에 충실한 것도 없다는 사실을 왜 몰랐을까. 운동하면서 달콤한 케이크를 좀 즐기면 어떤가. 운동이 단순히 몸을 예쁘게 만들어 바디프로필을 찍기 위해서가 아니라 내 몸과 마음의 건강을 위한 수단이라면? 운동을 제대로 알지 못해 최선은 다하나 최선의 결과를 가져오지 못하면 어떤가. 운동할 때 내 몸의 움직임에 집중하여 제대로 몸을 쓰면서 그 효과를 높이는 것은 중요하다. 똑같은 시간에 어떤 자세를 취하느냐에 따라 결과물이 달라지니까.

하지만 내 생활의 일부로서 운동을 하는 그 시간을 온전히 즐기며 에너지를 방출하는 것만으로도 우리는 삶에 큰 활력소를 얻을 수 있다. 최선을 다하고 가장 효과적인 방법을 찾는 것도 중요하지만, 비록 그렇지 못할지라도 그 순간을 나만의 방식으로 즐기고 있다면 이 또한 최선이자 최고의 순간이다.

서투르든 잘하든 각자 그 순간 할 수 있는 것들을 해내며 운동을 즐기던 사람들. 내가 익수에서 본 사람들은 체형도 다양하고 운동 능력도 다들 달랐다. 더 유연한 사람이 있는 반면 덜 유연한 사람이 있었고, 수업을 잘 따라가는 사람이 있는 반면 수업은 잘 따라가지 못해도 자기만의 방식으로 고군분투하는 그 과정을 즐기는 사람들이 더 많았다. 그러면서 제대로 된 운동 방법을 배워가기도 하고 자신에게 맞는 운동을 발견하는 행운도 누린다.

중요한 것은 모든 사람이 체형이나 운동 능력에 상관없이 나만의 방식으로 내가 좋아하는 운동을 하는 순간을 즐기는 것이었다. 바로 몰입의 힘이다. 요리조리 이 동작 저 동작 따라하며 신체 움직임과 솟구치는 아드레날린을 느낀다. 스스로 찾아 배워나가며 빠져드는 것이다. 나에겐 이런 광경이 참 새로웠다. 내게 운동이란 '제대로만' 해야 하는 것이었으니까.

한국에서 요가를 배울 때에는 요가 선생님이 동작을 하나하나 꼼꼼이 지도해주셔서 수업 시간에 제대로 운동한다는 느낌을 많이 받았는데, 그룹 수업이 많은 익수에서는 내가 내 동작을 점검하고 속도를 조절해야 했기에 정신이 없었다. 그래서 내내 '몸에 집중해야 해, 이 시간 동안 운동 효과 하나도 없으면 손해일 텐데'라는 강박에 집중이 깨지기도 했다. 그러니 당연히 몰입하는 것은 먼 산이었다. 즐겁게 운동하다 스트레스와 좌절을 맛보던 찰나 함께 운동하는 사람들을 돌아봤다. 동작이 완벽하지 않아도, 서툴러도 즐기는 사람들을 보며, 나도 나만의 방식으로 몸과 마음을 온전히 몰입해 즐기는 운동을 찾아나갔다. 몸과 마음이 더 적극적으로 반응하는 운동은 분명 있었다. 생전 처음 해본 줌바라는 운동이 그랬다. 적으면 30명에서 많으면 100여 명에 이르는 사람들이 큰 공간에서 무대 위 선생님을 따라하며 미친 듯이 음악에 몸을 맡긴다. 강당은 음악과 춤, 사람들의 땀과 웃음이 섞여 깰 수 없는 에너지로 가득했다. 첫 줌바 수업에서 수많은 사람의 시선을 신경 쓰며 쭈뼛대던 기억이 생생하다. 하지만 춤을 추는 내내 얼마나 섹시한지 또는 제대로 동작을 따라하는지 아무도 신경 쓰지 않았다. 대신 자기만의 세계에 빠져 무아지경인 사람들만 보일 뿐! 남에게서 시선을 거두고 나도 내 감정에 온전히 집중하자 저절로 몰입에 이르렀다. 1시간 내내 시간 가는 줄도 모르고 격렬하게 음악과 춤을 따랐으니 진정한 몰입이었다. 나는 춤에 소질이 없는 줄 알았는데, 그저 해보지 않아서 몰랐던 것이다. 춤추는 걸 부끄러워했고 잘 춰야만 한다고 생각했다. 미친 듯이 춤추는 내 모습이 스스로도 너무 낯설었지만, 줌바 수업은 그 누구의 시선도 상관하지 않고 오히려 나 자신에 집중하며 나의 껍질을 깨는 소중한 기회를 주었다. 내 인생에 미친 듯이 춤을 출 날이 올 줄이야!

모든 것을 철저히 계획하고 달성해야 한다는 성취 중독 사회에서 자란 나는, 스포츠센터 익수에서 마음의 강박을 부수기 시작했다. 그리고 익숙하지 않은 것들을 찾아 해보기 시작했다. 경험해보지 않아서 몰랐던 즐거움을 발견했고, 내가 세우는 목표도 내 마음속에서 우러나온 것이 아니라 외부에 의해 주입된 기준일지도 모른다는 사실을 처음 깨달았다. 나 자신에게 물어볼 수밖에! 운동을 하며 나의 영혼에 물든 익숙함을 덜어내고, 새로움을 한 방울 한 방울 떨어뜨렸다. 내가 가졌던 편견과 강박을 부수고 익숙하지 않은 것들을 찾아 해보며, 상상 속에도 존재하지 않던, 꽁꽁 감춰 있던 또 다른 나를 만났다. 무아지경의 상태에 빠져 무언가를 즐기고 '재미'를 느끼는 나를 발견했고, 이렇게 발생한 에너지가 삶에 다시 긍정적인 힘으로 작용하는 것을 마음 깊이 느낀 시간.

익숙하지 않은 것들을 일부러 찾아 해보는 것은 중요하다. 새로운 내 모습을 발견하기도 하고, 때로는 지루한 삶의 곳곳에서 소소한 재미 포인트를 발견해나가는 것도 재미있다. 관성에 이끌리는 삶에 의식적으로 저항하고 마음속 편견을 부수며 익숙한 삶에 일상의 변주를 주면, 삶에 무한한 재미와 가능성이 열린다!

익숙함에 벗어나 새로운 것에 나를 내던지려면 생각보다 더 큰 용기가 필요하다. 평소 상상조차 할 수 없거나 낯선 것들을 해보는 상상을 하자. 공짜에 무한대로 가능한 상상조차 하지 않는 것 또한 섣부른 자기방어일지도 모른다. 그런데도 그 불편한 감정을 감수하고 매일 조금이라도 상상해야 한다. 그 상상을 통해 우리는 몰랐던 나를 발견하고, 삶의 새로운 가능성을 맛볼 수 있다. 영화에서 '월터의 상상'이 현실이 된 것처럼, 내가 꿈꾸는 상상도 현실이 된다!

세상에서 가장 깨끗하고 맛있는 수돗물

유학 첫날 밤늦게 공항에서 기숙사 방에 도착해 심한 갈증에 시달렸던 것을 아직도 생생하게 기억한다. 입국장을 나왔을 때부터 굉장히 목이 말라 공항 편의점에 물을 사러 갔는데, 물값에 한 번 놀라고 물 종류에 한 번 더 놀랐다. 물 한 병 가격이 3~4천 원인 셈인데, 심지어 우리가 보통 마시는 맹물이 아니라 대부분 과일 향이나 맛이 밴 물이었다. 공항 편의점이라 더 비쌌다는 사실을 나중에야 알았지만, 당시에는 살인적인 북유럽 물가에 너무 놀라 갈증을 참고 '기숙사에 정수기가 있겠지…'라고 기대하며 집으로 올 수밖에 없었다.

그런데 이게 무슨 일인지. 기숙사에 도착해보니 한국 기숙사에서 흔하게 보는 정수기는 찾을 수도 없었다. 더군다나 자정이 넘은 늦은 시간에야 스웨덴에 도착해 마트도 문을 다 닫았다. 물을 사러 가지도 못하고 기숙사에 함께 사는 친구들도 한 명도 볼 수 없어, 물은 어디서 구해야 하는지 물어보지도 못했다. 내가 있던 곳은 사막이 아니라 스웨덴 기숙사 한가운데였는데…. 정말 너무 목이 말랐지만 어쩔 수 없이 침만 연신 삼키며 아침까지 간신히 버텼다. 내 생애 가장 물이 절박한 순간이었다. 다음 날, 갈증을 간신히 부여잡고 학교에 갔다.

"정수기, 정수기!"

정수기를 연신 찾는 내게 학교 직원이 "화장실에 가서 받아 마셔"라고 웃으면서 말한다. '화장… 실…?' 나도 모르게 구역질이 잠시 밀려왔다. 그 직원은 아무렇지 않게, 스웨덴에서는 수돗물을 마신다며, 화장실이나 싱크대가 있는 곳에 가서 텀블러에 물을 받아 마시면 된다고 했다. 물론 그런 사실을 알 리가 없는 나는 텀블러조차 없었기에 화장실에 가서 시원한 물을 한 손에 가득 떠 벌컥벌컥 마셨다. 역겹다는 생각도 잠시, 시원한 수돗물을 마시자마자 사막의 오아시스 물을 맛보기라도 한 듯 15시간 넘게 참았던 갈증이 다 날아갔다. 하루 동안의 살면서 가장 심각했던 갈증을 수돗물이 날려준 셈이다. 태어나 한 번도 마셔보지 않은 수돗물이….

한국에서는 많은 사람이 생수를 사거나 정수기를 설치해 정수물을 마시지만, 스웨덴에서는 수돗물을 마신다. 스웨덴에서는 수돗물을 마시는 것보다 플라스틱 병에 든 생수를 사 먹는 것이 오히려 더 이상할 정도다. 우리가 유리병 값을 지불하는 것처럼 스웨덴에서는 플라스틱 병을 살 때마다 그 값으로 'Pant(판트)'를 지불해야 한다. 소비자는 모든 음료를 살 때 음료값 외에 병값으로 1~2크로나(한화 130원~260원 정도)를 추가로 지불해야 하는데, 음료를 다 마신 뒤 빈 병을 근처 슈퍼마켓의 재활용 기계에 넣으면 지불한 값을 다시 현금이나 슈퍼에서 쓸 수 있는 쿠폰으로 되돌려 받을 수 있다. 스웨덴에서는 플라스틱 재활용률을 조금이라도 더 높이기 위해 이 제도를 도입했다고 한다. 스웨덴에서는 수돗물을 마시는 것이 당연하기에, 우리가 마트에서 보는 것만큼 다양하고 많은 종류의 생수를 볼 수 없다. 더군다나 많은 사람이 물을 사 먹는 데 쓸데없이 많은 양의 플라스틱을 낭비한다고 생각하고, 물을 마실 수 있는 권리는 인간의 기본 권리이기에 모두가 평등하게 깨끗한 물을 마실 수 있어야 한다고 생각한다. 이 권리는 깨끗하고 모두가 안심할 수 있는 수돗물 시스템을 만들고 관리하는 방향으로 발전했다. 생수 대신 스웨덴에서는 탄산수나 과일 맛이 나는 물을 쉽게 찾아볼 수 있는데, 콜라나 사이다처럼 설탕 가득한 탄산음료 대신 칼로리 없고 청량감 넘치는 음료를 찾는 사람들이 많아서다. 하지만 개인적으로는 스웨덴의 시원하고 깨끗한 수돗물을 따라올 음료는 없었다. 수돗물이 충분히 깨끗하고 맛이 끝내주기 때문에 정수기도 필요 없다. 어느 정도로 수돗물이 맛있기에 '끝내준다'라고까지 할까?

내가 살던 우메오에서 기차로 약 50분 거리에 있는 'Nordmaling(노드말링)'이라는 타운에 간 적이 있다. 한국에서 1년 동안 산 적이 있는 스웨덴 친구 티니카의 고향인데, 노드말링에 들어서는 순간 '북부 스웨덴에서 최고로 수돗물 맛이 끝내주는 곳!'이라는 사인이 가장 먼저 나를 반겼다. 스웨덴 정부와 사람들의 수돗물에 대한 신뢰와 애정을 엿볼 수 있는 신박한 환영 인사였다. 스웨덴에서 수돗물을 마시는 것에 문화 충격을 받았다고 전하자, 티니카는 한국에서 경험한 문화 충격을 들려주었다.

"한국에서 사는 동안 2~3주 정도 수돗물을 마셨어.
한국에 가기 전 한국에서는 수돗물을 마실 수 있는지 조사해보니
수돗물이 깨끗하고 마실 수 있다고 했거든. 그런데, 어느 날 친구가
내가 수돗물을 그때까지 마셨다는 사실을 듣곤 경악하더라고!
얼마나 깜짝 놀라던지, 내가 내 몸에 독극물을 넣은 건 아닌지
걱정했다니까."

티니카는 마실 수 있을 만큼 수돗물이 깨끗하다는 것이 실제로 한국 사람들이 한국물을 마신다는 것을 의미하진 않았다며, 수돗물이 엄청 맛있지는 않았지만 티니카에겐 수돗물을 마시는 것이 너무나도 당연했기에 한 번도 의구심을 가진 적이 없었다고 했다. 티니카의 친구들은 수돗물을 마셔도 된다고는 해놓고, 편의점에 가서 생수를 몇 병 사다가 티니카의 냉장고에 채워놓았다. 결국 한국 친구들이 겁을 주는 바람에 티니카는 한국에 사는 동안 생수를 사 먹을 수밖에 없었는데, 1주일마다 나오는 어마어마한 개수의 생수 페트병에 놀랐다고 한다. 수돗물을 마시는 것이 너무나도 당연한 스웨덴, 깨끗한 수돗물을 마실 수 있는데도 생수를 사 마시는 서울 사람들. 나 역시 평생 생

수와 정수기에 익숙해 있었기 때문에 스웨덴에 사는 동안 화장실이나 주방에서 수돗물을 따라 마시는 환경에 적응하기가 쉽지만은 않았다. 하지만 충분히 먹을 수 있다고 검증되었고 언제 어딜 가든 컵이나 텀블러만 있으면 물을 마실 수 있어, 물이 떨어질 걱정을 하거나 슈퍼에 가서 생수를 사는 수고를 하지 않아도 정말 편했다. 특히 돈 내고 물을 사 먹지 않아도 되기 때문에 물값을 아끼는 것은 물론, 생수 생산에 사용되는 플라스틱도 아낄 수 있으니 1석 2조였다.

"우리가 물을 사 먹는 만큼 그에 비례해 플라스틱이 소비되잖아. 플라스틱을 만들기 위해 사용되는 에너지까지 생각하면, 생수를 소비하는 게 우리 삶에도 환경에도 지속가능하지 않다고 생각해."

티니카는 수질에 대한 믿음과 자부심 외에도 스웨덴 사람들은 환경보호를 위해 수돗물을 마시는 것을 선호한다고 강조했다. 단순히 물을 소비하는 문제가 아니라 물을 소비함으로써 인간이 자연환경에 끼치는 영향들까지 들여다보는 스웨덴 사람들을 보면서, 일회성 소비의 이면에 자리하는 에너지, 환경 문제를 넘어 일상의 지속가능성에 대해 내가 미처 생각해보지 못했던 점들을 들여다볼 수 있었다. '지속가능성'을 우리 인류가 추구해야 하는 거창한 의제가 아니라 '당연히' 생활 속에서 추구해야 하는 가치로 인지하고 실천하고 있다니. 가히 문화 충격이었다.

학부 시절 1970년 오사카 엑스포에 대해 조사한 적이 있다. 그해 엑스포의 주제가 '과학 기술'이었는데도 스칸디나비아 반도 국가들의 전시관의 초점은 과학, 기술을 넘어 '지속가능성'이었다. 스칸디나비아 국가들을 제외하고는 어떤 국가도 당시 지속가능성에 대해 어젠다를 설정한 곳이 없었다. 어떻게 스웨덴 사람들은 '지속가능성'을 마음으로 받아들이게 되었는지 궁금해 친구들에게 물어보니, 어릴 적부터 숲에서 버섯이나 베리류를 따고 호수나 뒷산에서 스키와 아이스 스케이팅을 타면서 자연과 늘 가깝게 지냈기 때문에 자연의 소중함을 몸과 마음으로 받아들인 것 같다고 말했다. 심지어 출산을 앞둔 스웨덴 친구 커플에게 "아이가 어떤 사람이 되면 좋겠어?"라고 물어보았더니 친구들은 딱 잘라 이렇게 말했다.

"나는 우리 아이가 남을 존중할 줄 알고,
환경에 대해 걱정하고 지속가능한 삶을 살았으면 좋겠어."

정말 거짓말 하나도 안 보태고 이렇게 말을 하길래 망치로 머리를 한 대 맞은 느낌이었다. "우리 아이가 건강하게 자라고 커서는 변호사, 의사, 판사가 되었으면 좋겠어"라는 대답을 예상했는데…. 우리가 어디에 사느냐에 따라, 어릴 적 습득했던 가치들은 한 인생을 살아가는 생각과 행동의 방향을 정하는 데 큰 영향을 끼치는구나. 깨달은 바가 많은 강렬했던 대화였다.

스웨덴 사람들의 수돗물 사랑을 시작으로, 2년간 생활 곳곳에서 환경뿐만 아니라 식생활 습관 속에서 '지속가능성'을 실천하고자 노력한다는 사실을 많이 느꼈다. 우리나라만큼이나 철저한 분리수거, 매우 활발하게 운영되는 중고마켓, 자전거로 출퇴근하는 사람들, 슈퍼마켓의 다양한 친환경 제품과 채식 음식. 그리고 운동을 다이어트 목적이 아니라 일상적인 습관으로 즐기는 사람들, 자동차 대신 자전거를 애용하는 사람들, 환경의 지속가능성을 넘어 우리 생활의 지속가능성으로까지 확장된 개념. 일상생활에서 우리는 나는, 내 삶 그리고 후대를 위한 '지속가능성'에 대해 얼마나 마음을 쓰고 있나. 어떤 음식을 먹고, 어떤 생활 방식을 가지고 하루하루를 사느냐가 모여 결국 내 삶을 이룬다는 진실을 다시금 깨달았다.

매일 자연에게 빚을 지고 있다고 생각한다. 자연으로부터 숨 쉴 수 있는 공기, 생명을 유지하기 위한 물과 음식을 얻고 살아가는 데 필수인 에너지를 얻는다. 이렇게 빚을 지고 살다 나는 한 줌의 재가 되어 자연으로 돌아갈 것이다. 결국 내 삶의 한 사이클이 자연 속에서 머물다 끝나는데, 어쩌면 나는 내가 자연보다 위대하다고 생각하며 살아왔는지도 모르겠다.

스웨덴에서 한국으로 돌아오자마자 전기포트와 재활용 가능한 텀블러를 구매했다. 스톡홀름만큼 물맛이 뛰어난 아리수를 받아 끓여 두었다. 미리 끓여서 스테인리스 물병에 식혀둬야 하는 수고가 있지만, 큰 수고도 아닐뿐더러 더는 나오지 않는 플라스틱을 보는 것만으로 속이 다 시원하다. 더군다나 물값까지 아끼니 '텅장'이 약간은 두둑해진 기분이다.

불편한 삶이 더 유익한 삶일 때가 있다. 나와 함께 살아가는 공동체를 위해 내가 실천할 수 있는 것부터 실천하는 삶, 수돗물이 알려준 교훈이다.

적당히 하는 게 행복의 비밀?

한국에서 눈치가 필수라면 스웨덴에서는 '라곰'이 필수다. '각자의 최적 기준'을 의미하는 '라곰(Lagom)'은 스웨덴 사람들의 행복의 씨앗이자 스웨덴 사회를 지탱하는 문화적 뿌리이며, 내 마음을 구원한 생명수였다.

행복해지고 싶어 떠난 스웨덴에서 나는 불행하게 시작했다. 스웨덴에 온 지 한 달째 되는 날 마음의 병을 심하게 앓았다. 새로운 환경에서 새로운 것들을 경험하는 게 마냥 설렐 줄만 알았는데, 어느 것 하나 쉬운 게 없었다. 친구를 사귀는 것부터 새로운 제도와 환경에서 영어로 공부하는 것, 스웨덴 사회에 사회 구성원으로 녹아드는 것, 언어도 안 통하는 데 여러 행정 업무를 처리하는 것 등, 혼자서 할 수 있는 게 아무것도 없었다. 사람들 도움 없이는 무엇도 할 수 없는 내가 무능하게만 느껴져 스스로에 대한 실망감이 커지는 나날이 계속됐고, 더 잘하고 싶은 마음에 그 누구도 채근하지 않는 경쟁을 하고 있었다. 바로 나 자신을 몰아붙이는 스스로와의 경쟁.

스웨덴의 교육 시스템은 한국의 교육 시스템과 매우 달랐다. 석사의 경우 한 학기 두 개의 수업만 진행되며 한 과목이 끝나고 다른 과목이 진행된다. 1주일에 서너 번의 수업 중 40%가 교수의 강의고, 나머지 60%는 동료와의 토론 시간으로 채워진다. 평가는 상대 평가가 아닌 절대 평가로, 수업과 평가의 목적을 잘 이해했는지를 바탕으로 A~F로 매겨졌다. 때문에 수업을 함께 듣는 동료를 무참히 짓밟고 올라서기보다, 동료와 함께 배운 것을 소화하고 토론하는 과정이 더 중요했다. 하지만 나는 남과 함께 공부하는 방법과 쉬어가는 법을 잘 알지 못했다. 더 좋은 성적을 받기 위해 상대를 밟고 올라서는 데 익숙했고, 1분 1초를 쪼개 열심히 하는 방법밖에 배우지 않았으니까.

피 터지는 치열한 경쟁 사회인 한국에서 들소처럼 내달리기만 하던 시간에서 벗어나고 싶어서, 새로운 환경에서 새로운 사람들을 만나고 새로운 생각을 심고 싶어서 스웨덴으로 왔건만, '너무나도 잘하려고 하는 마음'은 스스로를 몰아붙였다. 이는 조급함으로 이어져 결국 마음이 고장 났다. 낯선 환경에 적응하고 변화를 만들어내는 일은 시간이 흐름에 따라 자연스럽게 이루어지는 것인데도, 마음만 급해지니 바라던 변화에서 더 멀어질 수밖에. 그 누구도 나에게 부담 주는 사람 하나 없고, 석사 과정도 하나의 배움 과정이라는 마음으로 충실하게 그 과정을 즐기기만 해도 충분했을 텐데….

목표지향적이고 결과주의가 팽배한 한국 사회에서 자란 탓일까?

평생 그렇게 자라온 탓일까?

나는 스웨덴에서조차 수업이 없는 날이면 혼자 도서관에 가서 잘 이해하지도 못하는 영문 서적과 씨름했다. 몸과 마음에 새겨진 경쟁심과 나쁜 버릇을 더욱 단단히 여미면서.

그때, 스웨덴 친구 이다는 스웨덴의 '라곰'이라는 개념을 소개해주었다.

"도희, 항상 모든 것을 잘하려고 하지 마. 스웨덴에는
'라곰(Lagom)'이라는 개념이 있어.
Not too much, not too little, just right,
너무 많지도, 너무 적지도 않게, 적당한 선에서.
지금도 충분히 잘하고 있어. 새로운 환경에서 뭐든 잘해내고 싶은
그 마음은 이해하지만 조금은 너에 대해 관대해지면 어때?
스웨덴에 온 만큼 적당한 긴장과 적당한 여유를 즐기며
스스로 만족하는 시간을 보내면 좋겠어."

이다는 라곰이 스웨덴 사람들의 생활 양식과 같다고 강조하며, 흥미로운 라곰의 기원도 들려주었다.

"라곰의 기원은 'Lagom et(팀을 둘러싼)'라는 의미로,
바이킹 공동체의 문화에서 유래했어.
배에서 오래 생활하던 바이킹들에게는 생사를 위해

한정된 자원을 공평하게 나눠 먹거나 가지는 게 중요했대.
약탈 후 '미드'라는 벌꿀 주를 모자에 담아 나눠 마시곤 했는데,
모두 나눠 마시려면 한정된 술을 개개인이 적당히 마시고
다음 사람을 위해 꼭 남겨야 했다고 해. 여기서 적당한 절제를
의미하는 '너무 많지도 적지도 않은 적당함'이라는 라곰의 의미가
기원한 거지. 스웨덴 사람들은 삶의 모든 방면에서 라곰을 실천해."

죽을 만큼 최선을 다하고 내가 성취한 타이틀과 소유물이 제대로 산 삶의 척도라고 믿어왔는데, 그래서 항상 소진될 때까지 소위 '성공'한 삶을 위해 매일 하루를 버텨냈는데, 스웨덴에서 처음으로 깨달았다. 내게 주어진 시간과 에너지는 제한적이기에 무조건 열심히 할 수만은 없다는 것. 중요한 것은 내 욕구에 귀를 기울이고 제한된 시간과 에너지를 삶에서 중요한 부분에 잘 분배하고, 소진된 에너지를 충전할 충분한 여유를 갖는 것임을. 바로 스웨덴식 '라곰'이었다.

평생 치열하게 달려오는 데만 익숙해서였을까? '너무 잘하려는 마음'과 나를 옥죄고 쥐어짜는 습관을 내려놓을 용기조차 없었는데, 적어도 스웨덴에 사는 2년만큼은 삶에 변화를 만들고 싶은 마음이 간절해졌다.

삶의 고삐를 느슨하게 풀어도 될까? 느슨하게 풀었다가 이 소중한 유학 기간에 아무것도 못 이뤄내면 어쩌지?

새로운 변화에 대한 설렘 그 변화에 대한 불안감 속에서 갈팡질팡하다 문득, 매년 전 세계에서 가장 행복한 국가 10위권 안에 드는 스웨덴의 비결이 라곰, 즉 개인이 각자의 필요와 욕구에 맞는 최적의 삶을 살면서 자연환경과 공동체를 존중하는 자세에 기반한 게 아닐까 하는 생각이 들었다. 개인은 사회를 구성하는 가장 작은 단위이며, 좋은 사회는 공공선을 지키고 자연을 존중하며 매일 행복을 지켜내는 개인들이 만들어나간다는 사실을 스웨덴 사람들은 잘 알고 있었다. 스웨덴에 개인의 자유를 존중하는 개인주의가 잘 자리 잡혀 있으면서도 취미 동호회, 지방 자치회 등 다양한 공동체 조직이 활성화된 이유다.

스웨덴에 사는 2년 동안 라곰을 매일 조금씩 내 삶에 초대했다. 나름 삶의 변화를 위한 실험이었다. 우선 일상의 균형을 찾기 위해 삶에 작은 변화들을 만들었다. 하루 시간을 균형 있게 보내기 위해 아침 일찍 일어나 5분간 일기를 쓰며 하루를 대할 마음가짐을 정리하고, 몸과 마음의 균형을 위해 운동을 생활화했다. 혹독한 다이어트나 걸그룹 같은 몸매를 위해서가 아니라, 하고 싶은 운동 위주로 나의 건강과 즐거움을 위해. 학업에 있어서도 훨씬 관대해졌다.

성적을 잘 받으려고 스웨덴에 온 것도 아닌 만큼 성적에 대한 부담감도 내려놓고, 친구들과 도움을 주고받으며 공부하는 습관을 기르려고 노력했다. 수업이 끝나면 친구들과 도서관에서 함께 공부하고 토론하며 배움을 확장해나갔다. 무한 경쟁에서 한 발짝 물러서 타인과 도움을 주고받을수록 그 과정이 더 즐겁고 더 나은 결과로 이어진다는 것은 기대하지 못했던 달콤한 열매였다. 수업 중 쉬는 시간에는 꼭 자리에서 일어나 일부러라도 화장실에 다녀오거나, 창을 통해 먼 곳을 바라보거나, 친구들과 맛있는 쿠키를 곁들여 커피를 마시며 온전한 휴식을 취했다. 스웨덴에서 친구들을 사귀고 인간관계를 만들어가는 데에도 조급해하지 않기 위해 노력했다. 찾아온 인연을 감사히 여기고, 마음이 가닿는 소중한 사람들에게 시간과 에너지를 더 많이 썼다. 억지로 새로운 관계를 만드는 데에 힘을 낭비하지 않았다. 그렇게 삶의 곳곳에 나만의 균형과 자연스러움을 지켜나가자 매일 조금씩 더 행복해졌다. 그제야 나는 너무 많지도 너무 적지도 않게, 일상에서 나만의 '라곰' 기준을 정립하는 것이야말로 매일의 행복이자 더 나은 내일로 이어진다는 진실을 마음 깊이 깨달았다.

한편, 삶 전반에서 라곰을 지켜내기 위해 의식적으로 가장 노력한 부분은 타인의 욕구에 휩쓸리지 않는 것이다. 라곰의 본질은 삶의 전반에서 개개인이 자신의 욕구에 귀를 기울이고 그에 맞는 최적을 찾도록 돕고 존중하는 정신에 있는 만큼, 다양한 경험을 통해 나의 취향과 나라는 사람을 알아갔다. 익숙한 것 대신 새로운 것들을 하나씩 찾아 경험해가면서. 나와 관계를 잘 맺어갈수록 나만의 라곰이 중요한 만큼 타인의 라곰도 중요하기에, 타인의 취향, 삶의 기준, 라이프스타일 등을 함부로 판단하지 않는 자세도 내재화했다. 각자의 라곰을 존중하는 것이야말로 각자의 행복과 함께 살아가는 사회의 행복을 지켜내는 첫걸음이니까.

개인의 욕구와 다른 사람과의 조화를 중시하는 라곰은 우리가 행복을 느끼는 지점과 맞닿아 있다. 진화 심리학으로 보면 행복은 추상적인 어떤 관념이 아니라, 우리가 개인의 욕구를 잘 채우고 가까운 사람들과 양질의 시간을 보낼 때 생기는 신경호르몬 신호이다. 라곰은 인간이 행복감을 느끼는 메커니즘을 잘 이해하고 있다.

사는 곳은 달라도 우리 모두는 아프리카에서 전 세계로 퍼져나간 호모 사피엔스의 자손이다. 인간으로서 우리가 행복을 느끼는 포인트는 별반 다르지 않다. 나의 욕구뿐만 아니라 주변 사람과 우리가 살아가는 공동체의 필요를 알고 조화로운 최적을 찾다 보면, 우리의 행복도 한 걸음 더 가까워지리라 믿는다. 넘치지도 부족하지도 않고 딱 나에게 최적화된 행복. 그래서 나는 우리 모두 라곰을 삶에 조금씩 초대해보면 좋겠다. 지금 우리가 살고 있는 속도가 어쩌면 부자연스러운 속도일지도, 우리가 에너지를 쓰고 있는 방향이 행복이 아닌 불행에 가까워지는 방향일지도 모르니까. 적어도 내게 라곰은 나만의 행복에 가까워질 수 있는 방향타와 연료가 되어주고 있다.

Chapter. 2

나나랜드 적응기

내 친구는 강의실의 비혼 임산부

스웨덴 학교에 간 첫날, 비혼의 임산부 친구가 생겼다. 강의실에 유일한 동양인으로 뻘쭘하게 앉아 있는 나를 보고 새하얀 피부에 금발인 스웨덴 친구가 먼저 말을 걸어왔다. 그 친구의 이름은 '이다'.

"어느 나라에서 왔어?"

한국에서 왔다고 대답하자마자 이다는 한국에 가본 적이 있다며 반갑게 인사를 건넸다.

"남자 친구가 연세대학교에서 교환학생으로 지내는 동안
한국에 가본 적이 있어! 음식도 정말 맛있었고 재밌게 지내다 왔어!"

그때만 해도 한국 문화가 널리 알려지지도 않은 데다, 스웨덴에서 한국으로 여행을 오는 사람은 많지 않았기에 나도 이다가 굉장히 반가웠다. 마음을 활짝 열어준 이다 덕분에 낯설었던 스웨덴은 한발 더 가깝게 다가왔다.

스웨덴에 온 지 3주쯤 되던 날, 여느 때처럼 이다와 함께 학교 카페테리아에서 점심을 먹던 때였다. 이다는 정성스레 싸 온 파스타를 얼마 먹지도 못하고 포크를 내려두었다. 배가 그리 고프지 않은가 하는 내 생각이 가시기도 전에, 이다는 쑥스러운 듯 웃으며 고백했다.

"나 내년 3월에 아기 낳아. 임신 3개월 차인데, 출산 전까지는 학교에 다닐 거야."

스물다섯 살인 이다는 남자 친구와의 사이에 소중한 아이가 생겼다고 조심스레 말했다. 점심을 먹다 나온 갑작스러운 친구의 고백. 분명 기쁜 소식이었지만 어떻게 반응해야 할지 순간 혼란스러웠다. 축하해야 하는 소식이 맞는 것 같긴 한데 너무나도 낯선 상황. 임신 이야기를 전해 들은 장소가 학교인 것도 모자라 결혼도, 졸업도 하지 않았는데 임신을 해 아기를 낳는다니, 내가 살아온 세계에서는 마땅히 비난받을 일인데도 친구는 개의치 않는 것 같았다.

'대학에 다니며, 결혼도 하지 않고 직장도 없는 상태에서 아이를 갖는 게 가능한 일인가?'

내가 살아온 세계에서는 스스로 책임질 수 없는 상황에서 사고를 쳤다고 손가락질받기 마련인데, 이다는 가족은 물론 주변 수많은 사람들에게서 축하를 받고 있다고 했다. 내가 살아온 세계가 잘못됐거나, 내가 살고 있는 세계가 잘못됐거나 둘 중 하나라는 생각도 잠시, 스웨덴에서는 내가 그동안 당연히 여기던 것들이 산산이 부서질 듯한 예감이 들었다. 당연한 것이 당연하지 않을 수 있고, 당연하지 않은 것이 당연할 수도 있구나. 새로운 세계를 진정으로 경험하기 위해서는 기존의 내 세계를 산산이 부술 용기가 필요하다는 사실을 그 순간에 깨달았다.

이다는 살면서 이런 큰 행복을 느껴본 적이 없다며, 생명이 주는 경이로움은 자신도 경험해보지 못한 새로운 감정의 영역으로 본인을 이끌고 있다고 상기된 표정으로 말했다. 진심으로 기뻐하는 친구의 모습에 내 마음도 벅차올랐다. 순간의 당황스러움도 잠시, 나는 이다에게 진심 어린 축하를 건넸다.

고등학교 때 남자 친구를 만났다는 이다는 그와 고등학교 때부터 동거를 시작했다고 했다. 이다네 가족이 다른 지역으로 이사하게 되자 남자 친구도 따라 이사했고 결국 이다네 집에서 함께 살게 됐다고 한다. 이후 같은 대학에 진학하면서 부모님으로부터 독립해 동거를 시작했다는 러브스토리. 임신 고백에 이어 비혼의 동거 이야기까지 스스럼없이 나누는 이다를 보며, 혼란스러웠다. 금기시된 동거, 혼전순결 등 사회적으로 옳다고 우리가 여기던 모든 기준과 가치가 스웨덴에서는 통하지 않는 것을 보며, 옳고 그름에 대해 다시 생각해볼 수밖에 없었다. 어린 나이인데도 장기간 교제를 통해 부모님에게 인정받고 성인으로서 삶을 일구어가던 이다와 남자 친구. 혼자 사는 것도 버거운 세상에서 둘 다 학생인데 아기를 낳고 어떻게 생활을 꾸려갈지 내가 조심스럽게 묻자, 이다는 단단한 어조로 너무 걱정할 필요가 없다고 말했다.

"아기가 태어날 때쯤이면 남자 친구는 졸업 후 직장을 구할 거고 나는 나라에서 지원금을 받고 대출을 조금 더 받으면 셋이 사는 데는 큰 어려움이 없을 거야. 우리가 그리 많은 것을 필요로 하지는 않잖아."

그랬다. 스웨덴은 대학원까지 무상교육이고 모든 대학생은 학업 기간 동안 국가에서 매달 일정 지원금을 받는다. 이다는 한 달에 약 30만 원 상당의 지원금을 받았고 나머지 부족한 생활비는 학생 대출을 받아 생활했다. 이 대출은 이자가 없어 학생들이 부담 없이 공부에 집중할 수 있는 환경을 마련해줬는데, 덕분에 학비를 걱정하는 경우가 많지 않고 학비와 생활비 이중고로 인한 부담이 적다. 국가의 든든한 지원 덕분에, 이다는 임신을 두려워하기보다 아이를 낳으면 언제 휴학하고 언제 다시 공부를 시작할지, 육아 휴직은 어떻게 나눠 쓸지, 아이가 태어나면 생활을 어떻게 꾸려갈지 차분히 미래를 계획하고 있었다. 국가의 적극적인 지원 덕분에 이다는 고귀한 생명의 탄생을 준비하는 멋진 엄마로 거듭나고 있었다.

이곳 나이로 18세면 성인이 되어 부모 곁을 떠나 스스로 일을 해 번 돈과 국가의 지원을 받아 살아간다. 이곳 청년들은 이렇게 자신만의 길을 닦아가고 있었다, 의무와 권리를 충실히 다하면서.

5년이 지난 지금, 이다는 어느새 두 아이의 엄마가 되었고 전공을 살려 스웨덴에서 멋진 직장인으로 살고 있다. 서른셋의 나는 결혼 후 아이를 낳을 수 있을까, 내가 낳은 아이는 한국에서 행복하게 공부하며 클 수 있을까, 아이와 함께 시간은 보낼 수 있을까. 그저 매일 걱정 또 걱정 중인데.

한국에서 친구들과 미래에 대해 이야기를 나누다 보면 지금 우리가 처한 현실이 너무 힘들고 각박해서, 결혼하지 않거나, 결혼하더라도 아이를 낳지 않겠다는 친구들이 많다. 지금 나 혼자 건사하기도 힘든데 내 아이마저 이런 환경에서 키우고 싶지 않다는 이유에서였다. 결혼이든 동거든 서로 다른 두 사람이 하나가 되어 새로운 생명을 낳고, 가정을 꾸려 사랑을 키워나가는 것은 인생에서 굉장히 의미 있는 업이다. 우리 삶은 사람과 사랑으로 치유받으며 굴러가기 때문이고, 가족만큼 가깝고 소중한 존재는 없으니까.

얼마 전 집주인 아주머니는 내가 곧 결혼한다는 소식에 놀라시며 진심으로 축하한다고 인사를 건네셨다.

“요즘 청년들 어려워서 다들 결혼도 안 한다는데, 다행이네요!
진심으로 축하해요!”

유례 없는 최저 출산율과 비혼주의자에 대한 뉴스가 더는 새롭지도 않은 요즘, 우리는 자발적인 포기를 강요당한 게 아닐까. 5년이 지나도 바뀐 것이 전혀 없는 듯한 요즘, 그래도 나는 여전히 스웨덴에서 본 희망의 끈을 놓지 않고 싶다.

교수님 말고 도리스라고 불러!

인생에서 가장 어색하고 어려운 날을 하나 고르라면, 학교나 직장에서의 첫날을 꼽겠다. 그중에서도 가장 당황스러웠던 첫날은 스웨덴 학교에서의 첫 수업 시간이었다. 여전히 시차 때문에 고생하며 새로운 환경에 적응하기 위해 눈치작전을 펼치던 수업 첫날, 쭈뼛쭈뼛 강의실에 들어가서 교수님을 기다렸다. 다행히도 나만 어색한 건 아닌 듯해 조금은 안도하던 중, 교수님이 들어오신다. 굉장히 키가 크고 성격이 시원시원해 보이던 여자 교수님. 성큼성큼 강의실로 들어오자마자 교수님은 우리에게 반갑게 인사를 건넸다.

"첫 수업에 온 걸 환영해, 내 이름은 도리스야."

교수님의 이력 소개와 함께 수업에서 무엇을 기대하는지 간단히 자기소개를 끝낸 뒤 대망의 첫 수업이 시작되었다.

늘 그렇듯 무얼 하든 처음은 어렵다. 내가 들은 첫 수업은 일방적인 강의 형식이 아닌 소수 정예 토론 형식의 수업 방식에, 교수님과

학생들이 적극적으로 의견을 주고받으며 진행되었다. 다른 학생들, 특히 권위 있는 교수님 앞에서 의견을 적극적으로 개진하는 방식인 첫 수업이 부담스럽기도 했지만, 교수님을 부르는 호칭에 대한 문제가 더 당황스러웠다. 호칭은 어떻게 해야 하지? 그냥 영어로 교수님이라고 부르면 되나? 교수님께 질문을 해야 하는데, 교수님을 영어로 뭐라고 불러야 할지 순간 막막함이 몰려왔다. 'Professor? Ms. Doris? 성을 모르는데, 이름에 미스를 붙여 부르면 실례가 아닐까?'

로마에 가면 로마의 법을 따르라고, 스웨덴에서 교수님을 뭐라고 부르는지 알 리가 없는 나는 교수님을 어떻게 불러야 하는지에 대한 어쩌면 매우 사소한 질문 하나 앞에서 수백 번 머리를 굴렸다. 어른과 직업에 대한 공경이 중시되는 유교 사회에서 자란 나는 고민 끝에, 그래도 '교수'라는 직업이 주는 무게감이라는 게 있고 한국에선 교수님이라는 명칭으로 부르니 존중 차원에서 이렇게 불렀다.

"Professor…"

그러자 교수님은 눈이 동그래지며 나를 쳐다보곤 손사래를 치는 게 아닌가!

'뭐지? 뭐가 잘못된 거지…?!'

백만 번 머리를 굴린 나름 최선의 결과 앞에서 무엇이 잘못되었는지 파악할 새도 없이 얼굴이 빨개졌다. 당황해하던 내가 귀여웠는지 교수님은 많은 외국 학생이 스웨덴에서 호칭을 부르는 문화에 대해 잘 모른다며, 스웨덴에서는 나이나 직급 등 위계에 상관없이 이름을 부른다고 친절하게 알려주었다. 그러고는 쿨하게 한마디 덧붙였다.

"그냥 도리스라고 불러요."

'그냥 도리스? 도리스 교수님도 아니고 도리스?'

친한 친구를 부르는 듯한 호칭에 교수님과 나 사이에 거리감이 확 좁혀졌다. 물론 뼛속까지 '유교걸'이었던 내가 교수님을 교수님이라 부르지 못하고 이름으로만 부르는 걸 어색하지 않게 느낄 때까지는 꽤 긴 시간이 필요했지만.

내 예의범절 DNA엔 교수와 학생 사이에 좁힐 수 없는 위계가 있었는데, 호칭 변화만으로도 그 위계가 와르르 무너졌고, 무너진 위계에는 새롭게 관계를 맺는 방식이 자리 잡았다. 직업이나 사회적 위치, 나이 등은 우리가 관계를 맺는 데 아무런 제약이 되지 않았다.

스웨덴은 영국, 독일, 프랑스와 같은 서유럽 국가보다 더 수평적인 사회다. 스웨덴에 가기 전 스웨덴에서는 '평등'이 가장 중요한 가치라는 사실을 익히 들었다. 나이, 성별, 학력, 직업, 직급 등 한 개인을 규정짓는 생물학적 또는 사회적 요인에 상관없이 서로를 존중하고 차별을 지양하는 사회. 나이가 더 많다고, 전문직이거나 대기업을 다닌다고, 소위 좋은 학교를 나왔다고… 한국에서는 살아가며 선택한 사회적 요인들이 그저 남과 다른 점이 아니라, 남보다 우월하거나 열등한 지점으로 여겨지곤 했는데. 모든 사람이 서로를 평등하게 존중하는 스웨덴의 문화가 호칭 대신 이름을 부르는 문화에서부터 잘 드러나 있었다. '인간으로서 존중받을 권리'가 죽은 권리가 아니라 살아 있는 권리로 실현된 사회. 교과서에서만 배웠던 '평등', '인간으로서 존중받을 권리'가 공허한 말이 아닐 수도 있구나.

나보다 적게는 20년 많게는 30년은 더 나이가 많아 보이는 이들을 이름으로 부르고 친구와 대화하듯 편하게 이야기 나누기란 처음엔 쉽지 않았지만, 인간은 역시나 적응의 동물이었다! 스웨덴에서 공부하는 시간이 길어질수록 차차 나도 그 문화에 적응해갔다.

"평생 교수님, 교수님 하다가 난생처음 교수님을 이름만으로
부르려니까 너무 어색한 거 있지. 근데 조금씩 익숙해질수록
교수님과의 관계가 더 편해지고 공부에 자신감도 붙는 것 같았어."

함께 유학했던 한국인 친구들은 스웨덴의 수평적인 교수와 학생 간 관계를 통해, 교수님이 어렵고 먼 존재가 아니라 언제나 궁금한 것을 편하게 물어볼 수 있고 자유롭게 커뮤니케이션하며 지적 성장을 이끌어주는 동반자처럼 느껴졌다고 했다.

더욱 중요한 것은, 모두가 존중받는다고 느꼈다는 것이다. 친구들이 느꼈던 것과 마찬가지로 나에게도 평등한 호칭과 가볍고 친근한 교수님과의 관계가 처음에는 많이 어색했지만, 점차 편안함과 자신감으로 발전했다. 호칭과 쓰는 언어만 달라졌을 뿐인데, 호칭에서 위계가 사라지자 갑을의 '을'에 해당하는 나는 나이나 직급에 주눅 들지 않고 한 개인으로서 의사를 명확히 전달할 수 있었다. 우리는 동등한 발언권을 가진 개인으로서 서로의 의견에 귀 기울이고, 생각을 자유롭게 나눌 수 있었다. 솔직한 의사소통 방법 덕분에 상대의 생각에 대해 마음을 열게 되었고, 의사소통의 효율성도 학습 효과도 자연스럽게 높아졌다.

중요한 것은 위계가 없다고 해서 상대에 대한 존중이 사라지지 않았다는 점이다. 오히려 상호존중이 강화된다고 느꼈다. 위계가 사라진 곳에 평등이 스며들었고, 평등은 자연스레 '상호존중'을 이끌어내기 때문이다. 나이가 적다고, 경험이 부족하다고 해서 무시당하지 않았다. 관계에 갑을은 없었다.

낯선 수평적 관계를 더 편하게 느꼈던 이유는 무엇일까? 한국의 수직적인 의사소통 문화가 잘못됐다는 사실을 의미할까? 내가 나이가 들어서 나보다 한참 지위가 낮은 사람이 이름으로 날 부르면 무례하다고 느낄까? 공경이란, 어른 공경만을 의미하는 걸까? 어른을 공손히 받들어 모시는 것도 참 중요하지만 우리 모두에게 공경이 아니라 존중이 필요한 게 아닐까? 존댓말을 써야만 상대를 존중할 수 있는 걸까? 존중은 평등한 관계에서 시작되고, 평등한 관계는 우리가 쓰는 언어에서부터 오는 걸까? 우리가 겪는 불합리한 관계에서 오는 스트레스를 어떻게 극복할 수 있을까?

예의범절을 차리거나 상대를 존중하기 위해 쓰는 호칭 자체가 여러 관계의 힘을 한쪽으로만 모는 건 아닌지, 힘의 균형이 깨지는 순간 많은 것들이 불균형 또는 불평등을 만들어내는 건 아닌지, 스웨덴에서의 첫 수업 시간에 나는 인생에서 중요한 물음들을 얻었다. 그동안 쌓아온 관계와 앞으로 쌓아갈 모든 관계의 본질에 대해 고민이 깊어졌다.

더 나아가 스웨덴에서 평등이라는 가치가 개개인의 삶과 사회발전에 어떻게 적용되는지 무척이나 궁금해졌다. 석사는 학부에서 배운 바를 더 깊이 있게 전문적으로 배우는 과정이지만, 나는 스웨덴에서의 첫 수업 시간에 관광이 아니라 인간다움, 평등, 관계의 본질에 대해 먼저 배웠다. 그리고 당연했던 가치들에 질문하는 법을 배웠다.

정답을 찾는 것만 배워왔던 내게 환경의 변화는 수많은 자극을 주었고 수많은 자극은 더 나은 답을 탐색하는 길로 이어졌다. 내가 쌓아온 수많은 개념이 와르르 무너지자 어질어질했지만, 새로운 세계에 대한 궁금증은 더 커져갔다.

인생의 첫 자발적 실패

'국영수사 내신 1등급, 올 A+'.

학생 시절, 세상 물정은 몰랐지만 목표만큼은 명확했다. 내 인생에서 가장 명확했던 목표를 가졌던 고등학교와 대학교 시절. 1등급 내신과 수능 성적은 소위 인서울의 상위권 대학을 가기 위해 필수였고, 대학교 장학금을 받고 대기업 취업에 성공하기 위해서 A+는 필수였다. 학교 책상 한 모퉁이에, 책상 앞에, 지갑 곳곳에 부적처럼 '1등급'이 적힌 포스트잇을 붙여놓았다. 인생에서 1등이 아닌 2등은 목표로 해서는 안 되었다. 한번 미끄러지는 순간 내가 목표로 했던 것들을 놓칠 테니까. 성적표에 F가 새겨지는 순간 지울 수 없는 낙인이 될 것 같아 무서웠다. 1등이 아닌 세상에서 살아남는 법은 그뿐이었다. 머리가 뛰어난 편은 아니었지만 악착같이 노력해 나름 우수한 성적으로 고등학교와 대학교를 졸업했다. 고등학교 내신 1.2등급, 대학교 학점은 4.3 만점에 4.01. 한 번은 대학교 전공 수업에서 B학점을 받았는데, 성적표에서 B자를 지우고 싶어 재수강을 결심했다. 한 과목 때문에 인생이 발목 잡혀서는 안 된다고 생각했으니까. 그렇게 나는 조금은 가공된 빛나는 성적표를 받았다.

B라는 숫자에도 벌벌 떨던 내가 인생의 첫 F학점을 자랑스럽고 떳떳하게 받은 건 스웨덴에서였다. 간절히 원해서 택한 스웨덴행이었지만, 스웨덴 생활이 마냥 쉽거나 모든 게 좋지만은 않았다. 친구 사귀기, 영어로 공부하기, 여러 행정 업무 처리하기, 필요한 물품 사기 등 스웨덴 생활에 적응하는 데 꽤 오랜 시간이 걸렸다. 한국에서는 충분히 혼자 할 수 있는 사소한 일도 도움을 청해야 했으니까.

하지만 가장 괴로웠던 건 너무나도 잘하려는 마음 때문이었다. 어렵게 따낸 소중한 장학금과 많은 분들의 도움을 받아온 만큼 2년 동안 남들보다 더 좋은 성과를 내고 싶었다. 새로운 환경에서도 잘해낼 수 있다는 걸 증명하고 싶었다. 하지만 이 모든 게 너무나도 큰 욕심이었던 걸까? 아니면 기대가 너무 컸던 걸까? 스웨덴 유학 초반 A+는커녕, 수업을 따라가기도 벅찬 나날들 앞에 좌절하고 말았다.

석사 수업은 수업보다 혼자 또는 그룹으로 공부해야 하는 시간이 더 많았다. 교수의 강의는 1주일에 두세 번 하루 3시간 정도, 나머지 시간은 관련 연구 논문을 읽고, 함께 수업을 듣는 친구들과 토론하거나 혼자 글을 쓰는 시간이 대부분이었다. 1주일에 논문을 한 편은 읽고 의견을 정리해 글을 제출해야 했는데, 교수님이 늘 가르쳐주는 것을 받아 적거나 암기하는 데 익숙했던 나는 혼자 학습해나가기가 부담스러웠다. 수많은 연구 논문 중 무엇을 읽어야 하냐고 하니, 교수님은 내가 관심 가는 것부터 찾아 읽는 게 좋다고 했다.

“특정 주제에 국한하지 말고, 큰 범위 안에서 가장 관심 가는 걸 찾아 읽어봐. 그게 가장 맞는 거야. 여러 가지를 읽다 보면 구체적인 주제를 발견할 수 있을 거야.”

선택권이 주어졌지만, 막상 선택을 하려 하니 읽을거리를 선택하는 데만 해도 시간이 오래 걸렸다. 나 스스로 어떤 주제에 관심이 있는지를 고민해보지 않아서일까. 읽는 게 벅찬데 글을 쓰는 건 두말할 필요도 없었다. 공모전 수상 경력으로 논문을 면제받았는데, 논문도 작성해보지 않은 부끄러운 학부 졸업생으로서 나는 연구 계획을 세우는 법도 몰랐다.

“학부에서 어떤 연구를 해봤니? 너의 논문 주제는 뭐였어?”

교수님은 우리에게 어떤 연구를 해봤는지 물어봤는데, 친구들이 신이 나서 학부 시절 연구 결과를 공유하는 동안 나는 조용히 입을 다물고 있을 수밖에 없었다. 내가 이것밖에 안 되나 하는 자괴감과, 유학까지 왔는데 잘해야 한다는 부담감이 나를 너무나도 압박했다. 그 학기, 나는 끝내 그 수업을 포기했다. 생애 첫 F, FAIL이었다. 친구들이 한 학기 연구 결과를 뿌듯하게 발표하는 날, 나는 끝내 연구 결과를 발표하지 못했다.

-

교수님께,

안녕하세요, 저는 이주학 수업을 듣고 있는 한국 학생 도희예요.

교수님께 상의드리고 싶은 게 있어 이메일을 드려요.

내일은 수업을 마무리하는 연구 결과 발표 날인데,

저는 제 연구를 마무리하지 못했어요. 정말 죄송합니다.

우선 내일 수업 끝나고 상담을 요청드리고 싶어요.

-

마지막 발표를 하루 앞두고 교수님께 이메일을 썼다. 끝까지 붙잡고는 있었지만 완성하기엔 너무 벅찼다. 기한 내에 마무리하지 못했다는 자괴감과 어떻게 수습해야 할지 답답한 마음이 동시에 들었다.

그런데 교수님 답장은 예상 밖이었다. 연구를 마무리하지 못한 건 괜찮다며, 우선은 내일 친구들 앞에서 내가 마무리한 데까지는 정리해 발표하는 게 어떠냐는 제안이었다. 미완성된 과제를 발표하는 건 생각지도 못했지만, 내가 할 수 있는 최선인 것 같아 그렇게 하겠다고 했다. 친구들과 교수님은 어떻게 생각할까 교수님에겐 뭐라 말해야 할까 온갖 고민으로 머리를 싸매다 겨우 잠이 들었다.

다음 날, 마지막 수업에서 나는 마지막 타자로 미완성된 과제를 쭈뼛쭈뼛 발표했다.

"내가 정한 주제는 한국의 출산율에 대한 건데, 사실 아직 과제를 마무리 짓지 못했어…."

자신감 없는 목소리로 준비한 데까지만 발표를 했다. 내 생애 첫 미완성 과제. 어색하게 발표를 마치고 교수님과 마주 앉아 이야기를 나눴다. 아빠 같은 푸근한 인상의 스웨덴 교수님은 한 학기 수고했다는 인사를 시작으로, 마치지 못한 과제는 걱정하지 말라고 했다. 그러더니 대뜸 스웨덴에서의 생활이 어떤지, 학교 수업은 어떤지, 영어로 수업을 듣고 과제를 하는 건 어떤지 내 기분에 대해 상세히 묻기 시작하는 게 아닌가.

"외국에서 사는 게 쉽지 않잖아. 혹시 전에 외국에서 살아봤니?"

장기간 해외에서 사는 건 처음이라고 하니 내 마음 상태부터 걱정해주었다.

"가족이랑 친구들과 떨어져 살면서 고향이 그립진 않니?
음식은 잘 맞고?"

마무리하지 못한 과제 때문에 조마조마하던 내게 교수님은 과제 이야기는 꺼내지도 않았다. 오히려 타지에서 생활하며 영어로 공부하는 나를 걱정해주었다. 혼자 켜켜이 삼켜내던 힘든 점을 알아주는 어른 앞에서, 묵혀두었던 힘든 이야기가 나도 모르게 쏟아져 나왔다. 30분 내내 이야기를 경청해주는 낯선 외국인 교수님 앞에서 나도 모르게 눈물이 흘렀다. 속에 담은 이야기를 다 토해내자, 비로소 교수님은 마무리하지 못한 수업을 어떻게 마무리할지 제시해주었다.

"과제는 당장 마무리하지 않아도 돼. 우선 마음을 돌보고 준비가 되었을 때 마무리해서 내렴. 이제 여름 방학도 시작됐으니 좀 쉬면서 머리도 식히고, 천천히 해나가 봐. 학점은 걱정하지 않아도 돼. 네가 과제를 마무리하면 그때 내가 평가해서 성적을 매길 거야. 스웨덴에서는 한 수업을 이수하지 못해도 재시험이나 재이수 기회가 있어. 성적표에 별도의 표시도 없고, 재시험을 본다고 해서 어떤 불이익도 없으니 걱정 말고 여름 방학을 즐겨!"

그 누구보다도 치열하게 공부해온 지난 10년, 우수한 성적을 받기 위한 고생은 당연한 것이었기에 한 번도 힘들다는 생각을 해본 적이 없었는데, 그제야 힘들다는 것을 외면했던 게 아닐까 하는 생각이 들었다. 난생처음 한계에 부딪혔다. 혼자 발버둥 쳤지만 한계를 인정할 수밖에 없었다. 잠시 쉬어가기로 했다. 누구에게도 들키고 싶지 않은 이 마음을 교수님께 고백하자 속이 뻥 뚫리면서 해방감이 느껴졌다.

교수님의 위로에 나는 처음으로 F학점을 부끄럽지 않게 받았다. 끝내지도 못했고 우수한 성적을 받지도 못했다는 자괴감에서 해방된 기분. 게다가 여름 방학을 먼저 즐기라니.

멈추어 가야겠다, 못하겠다고 말하는 게 잘못되거나 부족하고 부끄러운 게 아니라는 사실을 그날 처음 배웠다. 모두의 속도가 다르고 누구나 실패할 수 있다는 사실을 포용해주는 환경에서 안도감을 느꼈다. 교육이나 삶의 목적이 타인과의 무한 경쟁이 아니라 나 자신의 성장에 있음을 깨달은 순간. 처음으로 맛보는 해방감에 그동안 나를 점수로만 평가해온 모든 것에 소리를 질렀다.

성적이, 등급이 뭐라고!

그날 저녁 스웨덴 친구 이다를 만났다. 친구는 지금 손에 쥐고 있는 과제가 너무 어렵다고 토로했다.

"혼자 해나가야 하니까 이 과제가 너무 어려워.
내가 잘 이해하고 있는지도 모르겠어.
일단 해볼 때까지 해보고 통과 못하면 다시 해야지!"

나만 힘든 줄 알았고 나만 모르는 줄 알았는데, 누구나 공부를 하면서 살면서 어려움을 마주하는구나. 하지만 나와 달리 친구는 실패가 부끄러운 것이 아님을 알고 있었다. 지금 최선을 다해보고, 실패하면 다시 하면 된다는 말 한마디에 어려움을 인정하는 용기와 다시 도전할 수 있는 힘이 느껴졌다. 태어나 처음으로 자진해 받은 실패. 자진해서 받은 인생의 첫 F가 전혀 부끄럽지 않았다. 그것이 부끄러운 게 아니라는 사실을 스웨덴 사람들은 알려주었다. 어렵거나 힘들 때는 쉬어가도 된다는 걸 깨달은 그날, 더는 버팔로처럼 앞만 보고 달리지 않기로 했다. 힘들면 내 속도에 맞게 쉬어가기로 했다.

사회로 나온 지금도 그때의 교훈은 여전히 유효하다. 스웨덴에서 돌아와 어렵사리 들어간 첫 회사에서 4개월 만에 퇴사했다. 일도 재미없었고 조직 문화도 맞지 않아 매일 회사를 가는 게 힘들었다. 취업도 어려운데 퇴사하는 게 맞을지, 회사 내에서 변화를 만들 수 있는 방법은 없는지, 이 선택에 책임을 질 수 있는지 수백 번 고민 끝에 나는 회사 생활에서 첫 F를 받기로 했다. 다시 도전하면 되니까. 내 길이 아님을 아는데도 그만두는 것은 부끄러운 게 아니니까. 길을 모색하며 내 속도에 맞게 움직이고, 방향을 다시 찾으면 되니까.

배움을 배움에서 끝내지 않고 실천해보는 것이야말로 삶을 변화시키는 핵심 열쇠(key)다. 스웨덴에서 나는 실패가 실패가 아님을 배웠다.

휴식은 죄가 아니야

스웨덴에 도착해 스웨덴어를 배우기 시작했을 때였다. 언어를 배울 때 첫 수업 시간은 으레 그렇듯 '자기소개'로 시작하는데, 독특하게도 첫 스웨덴어 학원 첫 수업 시간에 선생님은 'fika'라는 단어부터 가르쳐주었다.

"자, 여러분이 이제 스웨덴에 왔으니, 가장 먼저 배워야 할 단어가 있어요. 바로 '피카'예요. 피카는 스웨덴어로 커피를 의미하는 'kaffe'를 뒤집어 읽는 데서 유래했는데, 직장에서든 학교에서든 집에서든 스웨덴 사람들이 하루라도 놓치지 않는 휴식 시간을 의미해요. 스웨덴에서 살면서 절대로 잊지 말아야 단어이기도 하죠!"

스웨덴식 커피 타임? 한국뿐만 아니라 전 세계에서 식전, 식후 커피를 마시는 사람이 얼마나 많은데 커피를 마시는 시간이 뭐 이리 특별하냐고? 선생님이 별것 아닌 문화를 과대 포장하는 건 아닌지 의심스러웠던 때는 그날 딱 하루였을 뿐이다. 그 말이 너무나 진실이었기 때문이다. 2년 동안 스웨덴에 살면서 가장 많이 들었던 말을 하나

꼽으라면 단연코 '피카'다. 스웨덴에 도착하자마자 배웠던 말도 피카, 경험했던 것도 피카, 하루도 빠짐없이 매일 실천했던 일도 바로 피카다. 스웨덴 사람들이 단 하루도 놓치지 않는, 의식적으로 잊지 않고 챙기는 피카는 간단한 쿠키나 케이크와 같은 다과와 함께 커피를 즐기는 시간이다.

스웨덴에서는 일이든 공부든 행사를 할 때든 의도적으로 피카를 위해 쉬는 시간을 가진다. 실제 회사나 기관에서 'Fika Room'을 흔히 볼 수 있는데, 간단한 쿠키나 과일 등 다과와 함께 이야기를 나눌 수 있는 테이블이 놓여 있다. 오늘날 한국에서도 회사 곳곳에서 이런 공간을 흔히 찾을 수 있지만, 공간이 단순히 존재하는 것과 그 공간에 이름을 붙이고 적당한 쉬는 시간을 누구나 의식적으로 챙기는 일은 그 문화가 삶에 얼마나 녹아 있는지 보여주는 척도가 아닐까?

스웨덴 유학 시절, 빡빡한 수업 시간에도 항상 교수님과 친구들은 'Fika Pause' 즉 피카 휴식 시간을 놓치지 않았다. 3~4시간의 강의가 연달아 종일 있는 날이면 수업과 수업 사이 15분~20분 정도의 피카는 너무나도 당연했다. 열심히 공부하다가 그 시간만 되면 카페테리아에 가서 스웨덴식 진한 커피와 쿠키를 사 먹고 친구들과 떠들다가 왔다. 한국에 돌아와 잠시 일했던 스웨덴 대사관에서도 피카는 전사적으로 중요한 일정 중 하나였다. 매일 각자 리듬에 맞게 피카를 갖기도 하지만, 금요일 11시는 스웨덴 대사관의 전체 피카 타임이었다. 이 시간엔 직급에 상관없이 한 명씩 돌아가며 함께 나눠 먹을 쿠키나 빵을 준비해왔다. 대사님도 예외는 아니었다. 이 시간은 바쁜 직원들이 한자리에 모이는 데 의미가 있기도 하지만, 일에 관한 이야기뿐만 아니라 인간 대 인간으로 연결될 수 있는 시간임을 많이 느꼈다. 피카의 핵심은 동료들이 모여 주로 업무 외적인 이야기를 하며 쉬고 연결되는 데 있다. 커피나 달달한 음식을 먹는 시간이 아니라, 타인과 연결되는 시간이자 스스로 휴식을 주는 일상의 의식이다. 그래서 굳이 커피를 마시거나 케이크를 먹지 않아도 괜찮다. 중요한 것은 일상에서 스스로 또는 조직에 의도된 휴식 시간을 주고, 주변 사람들과 평소에 나눌 수 없는 이야기를 하며 연결된다는 사실이니까. 진심으로 이 시간을 매일 챙기는 스웨덴 사람들을 보며 어쩌면 그들의 DNA에 정말 피카가 새겨 있을지도 모르겠다는 생각이 들었다.

스웨덴에 가기 전 나는 제대로 된 휴식을 누리지 못하는 사람이었다. 휴식이 왜 그렇게 죄악으로만 느껴졌는지. 뚜렷한 삶의 목표 없이 남들이 살아가는 속도에만 맞추다 보니, 1분 1초를 아끼기 위해 뛰어다니는 것은 물론 친구들이 커피 한잔하자고 할 때면 내키지 않는 마음으로 억지로 만나러 간 적도 많다.

'남들은 내가 쉬는 동안 하나라도 더 생산적인 일을 할 텐데, 나만 뒤처지면 어떡하지? 빨리 후다닥 끝내는 게 낫지 않을까?' 몸은 쉬기 위한 공간에 있는데 마음은 쉬지 못하니, 휴식 시간은 그 시간대로 무의미하게 흘러가고 소중한 사람들과 함께하는 그 시간에 나는 없었다. 이도 저도 아닌 애매하게 시간을 버렸을 뿐. 이런 내가 스웨덴에서 피카를 강제로 일상에 넣게 된 건 긍정적인 변화였다. 집중해야 할 순간에 정신을 다 쏟고, 쉬어야 할 순간에 적당히 쉬어가는 법을 연습하던 시간.

스웨덴 사람들은 피카 시간이 동료 간 유대를 강화하고, 업무나 학업의 효율성도 높인다고 믿는다. 바쁜 업무나 학업 때문에 교류가 적은 동료들이 연결되고 재충전할 시간을 가질 수 있기 때문이다. 나도 이 피카 덕분에 학교를 다닐 때는 친구들과 더 친해질 수 있었고, 대사관에서 근무할 때는 잘 모르던 직원분들과 만나 이야기를 나누고 친해질 수 있었다. 동료와의 관계가 좋아지자 학교나 조직 생활에 대한 만족도도 올라갔다. 게다가 제대로 쉴 시간이 있어서 주어진 시간에 최대한 내가 해야 할 공부와 일에 집중할 수 있었다. 짧은 휴식을 취했을 뿐인데 수업 집중력이 훨씬 높아졌다. 고등학교 때는 쉬는 시간 10분이 아까워 화장실에 갈 때도 영어단어장을 들고 갔고, 대학교 때는 쉬는 시간이 너무 짧아 화장실만 갔다 오는 수밖에 없었으니 이런 휴식의 참맛을 알 리가 없었다. 적절한 휴식은 독이 아닌 득이 된다는 사실을. 스웨덴에서는 누구에게나 너무나도 자연스러운 그러나 나에겐 강제된 피카를 습관화하며, 짧더라도 하루 중 의도된 휴식 시간이 얼마나 중요한지, 그 시간이 오히려 생산성을 높이는 데 얼마나 효과적인지 느꼈다.

한국에 돌아와 스웨덴 라이프스타일 페어에서 당시 주한스웨덴대사 야콥과 함께 오프닝 토크를 진행한 적이 있다. 참석자들과 함께 피카에 관해 이야기를 나눴다. 토크 후 외국계 회사에서 근무하는 한 청중이 '이런 문화는 작은 조직이라 가능하지 않나?'라는 질문을 했다. 작은 조직이라 좀 더 쉬울지도 모르겠지만 큰 조직이라 해서 불가능하지는 않다고 생각한다. 스웨덴 야콥 대사의 말처럼 적절한 휴식과 개인의 삶을 존중하는 리더가 이 문화를 이끌어야 할 것이고, 팔로워들의 적극적인 참여가 있을 때 비로소 문화가 잘 자리 잡을 것이다. 팀 단위, 아니면 함께 일하는 동료, 또는 혼자서라도 의도된 휴식을 갖는 것은 중요하다. 회사 생활에서 개인을 존중할 때 비로소 그 개인도 조직을 존중하게 된다.

요즘 신문, 블로그, 서점가에 퇴사 이야기가 판을 친다. 1년도 못 버티고 나오는 신입 사원들, 상사, 동료 또는 부하직원과의 관계를 어려워하는 사람들, 비효율적인 업무를 답답해하는 사람들. MZ 세대인 신입 사원들을 이해하고, 관계 개선 해결책을 제시하는 수많은 책과 기사가 쏟아져 나온다. 피로감이 몰려왔다. 우리 사회가 겪고 있는 잦은 퇴사와 직장 인간관계 문제는 생각보다 단순한 데 해결책이 있지 않을까. 나는 그 해결의 실마리를 피카에서 찾았다.

연인도, 약혼자도 아닌 '삼보'라고?

결혼은 20대 초반에 진작 포기했었다. 막연히 언젠가는 결혼하고 싶다고 생각해본 적은 있지만, 혼자 살며 하고 싶은 일을 즐기며 살아도 좋겠다고 생각했다. '결혼 후 집안일과 육아를 병행할 수 없으면 어떡하지? 출산 후 내 책상이 없어지진 않을까?' 경력 단절에 대한 두려움과, 친구들에게 전해 듣는 '여자 선배의 사라진 책상'에 관한 흉흉한 괴담은 '현실'이었으니까. 더군다나 아이에게 경쟁적인 삶을 물려주고 싶지도 않을뿐더러 일하면서 며느리, 엄마 등 다양한 역할을 잘 수행할 수 있을까 걱정이 됐다.

'한국에서는 결혼도 출산도 희망이 없겠구나.
어차피 인간의 궁극적인 외로움은 결코 사라지지 않을 텐데, 누구도 그 외로움을 충족해주지 못한다면 혼자 잘 사는 법을 더 연습하는 게 낫지 않을까.'

이렇게, 어떤 삶을 살고 싶은지에 대한 명확한 그림을 그리지 못한 채 스웨덴으로 떠났다. 그런데 스웨덴에서 보낸 2년은 내 비혼 다짐을 180도 뒤집어버렸다. 결혼하고 싶어졌다. 정확히 말하자면 가정을 꾸리고 싶어졌다. 육아와 일은 양자택일이 아니라 병행할 수 있는 문제며, 가족이 삶에 가져다주는 행복이 얼마나 큰지 느낀 이후로.

스웨덴에서 친해진 친구들은 이미 가족을 꾸린 경우가 많았다. 가장 친한 친구인 스웨덴 친구 이다Ida를 만난 첫날, 이다는 초면인 내게 자기 배에 아기가 자라고 있다고 알려줬는데, 이제 이다의 아이는 벌써 어여쁜 여섯 살이 되어 유치원에 다닌다. 당시 겨우 스물네 살이던 이다는 배가 불룩해질 때까지 학교에 다니고, 열 달이 지나 예쁜 딸을 낳았다. 남자 친구와 결혼은 하지 않았지만 약혼을 하고 가정을 꾸린 이다는 1년 동안 휴학을 하고, 2년차에 복학했다. 이다와 남자 친구는 서로를 '삼보'라고 불렀다.

"이다, 삼보가 뭐야?"
"삼보는 스웨덴어로 'Sammanboende'라고 해. 함께 산다는 의미인데, 줄여서 삼보라고 불러. 함께 사는 파트너를 뜻해. 혼인하지 않았어도 스웨덴에서는 법적으로 인정받는 부부 같은 개념이지."

"결혼 안 했는데 아기 낳아도 돼? 그럼 너는 싱글맘이야?"

이렇게 너무 순진한 질문을 하는 내게, 이다는 삼보 커플도, 삼보 커플 사이에 생긴 아기도 결혼한 커플과 마찬가지로 법적인 권리를 모두 보장받는다고 했다. 다만 경제적인 독립성을 갖는다는 점에서 결혼한 커플과 다르다. 결혼하지 않고도 평생 함께 살며 아이까지 기를 수 있다니? 결혼도 아니고 약혼도 아니고 '삼보'라니. 왜 스웨덴에는 삼보가 생겼을까?

1970년대 스웨덴에서도 경제적 문제로 결혼하는 커플이 많이 줄고 동거하는 커플이 많이 늘다 보니 자연스레 출산율도 떨어졌다. 그래서 정부는 동거하는 커플을 합법적인 관계로 인정해주고, 동거 관계에서 태어난 아이에게도 법적으로 똑같은 권리를 보장해준 게 삼보의 시초란다. 스웨덴어를 처음 배울 당시, 교과서에서도 처음 만난 사람들이 파트너를 소개할 때 '나의 삼보/와이프/남편'이라고 구분 짓는 것에 놀란 기억이 생생하다. 심지어 스웨덴의 모든 공식 문서에도 결혼 유무를 묻는 칸에 '미혼/기혼/삼보/밝히고 싶지 않음'이 표기되어 있다. 결혼을 하지 않고도 합법적인 가정을 꾸릴 수 있다는 걸 처음 알았다.

이다는 출산 직전까지 학교를 다니며 석사 1년을 마치고, 몇 개월 지나지 않아 학교로 돌아와 나머지 1년 과정을 채웠다. 삼보인 남자친구가 1년간 육아휴직을 내서 육아를 전담한다고 했다. 임신을 한 상태로 학교를 다니는 것도, 결혼하지 않고도 합법적으로 관계를 인정받는 것도, 남자가 육아를 전담하는 것도 나에겐 너무나도 큰 문화 충격이었다. 이다는 학업과 육아를 병행하며 무사히 대학원을 마치고 지금은 워킹 맘으로 멋지게 살아가고 있다. 아기가 태어난 직후,

육아에 공부까지 하려니 힘들지 않냐고 거듭 묻는 내게 이다는 매일 더 행복하다고 했다.

"잠도 제대로 못 자고 정말 피곤한 건 사실이야. 그런데 그 피곤함이 싹 잊힐 만큼 아이가 자라는 모습이 소중하고 신비해.
학교-집 반복되던 똑같던 일상이 이제는 매일 달라.
삼보도 많이 도와주고."

2년 동안 이다의 육아를 곁에서 지켜보며, 나보다 어린 친구 두 사람이 작은 생명체에 대해 지니는 책임감은 존경스럽기까지 했다. 나는 상상하기도 전에 이미 포기해버렸던, 인간으로서의 기쁨. 친구의 곁에서 한 고귀한 생명이 자라는 과정을 지켜보며, 내 마음속에도 가정을 꾸리고 아이를 기르는 기쁨을 누려보고 싶다는 바람이 자연스럽게 피어났다. 어쩌면 인간으로서 당연히 누려야 할 권리와 기쁨을 사회적 환경에 짓눌려 스스로 포기했던 게 아닌지. 하지만, 사실 한국에서 아이를 키워낼 자신은 아직 없다. 내가 이다였다면 똑같은 선택을 할 수 있었을까. 임신한 몸으로 학교에 다니고 입사한 지 얼마 안 되어 1년씩이나 육아휴직을 하고 회사에 다닐 수 있었을까.

"스웨덴에서는 한 아이당 엄마 아빠가 쓸 수 있는 '유급' 육아휴직이 총 480일이야. 13개월 동안은 월급의 80%를 받다가 이후에는 국가가 지정한 금액을 받아. 그런데 주의해야 할 점은 육아휴직을 쓸 때 엄마 아빠 각각 반드시 최소 90일은 써야 한다는 거야. 육아의 성평등은 스웨덴에서 굉장히 중요하거든."

지금은 전 세계에서 가장 성 평등한 국가인 스웨덴도, 불과 40~50년 전만 해도 한국과 마찬가지로 남성들이 대부분 가정의 생계를 책임지고, 여성들이 집에서 일하는 사회였다. 하지만 1974년 스웨덴 사회보험청에서는 최초로 스웨덴 유급 육아휴직제도를 만들고, 남성들이 육아휴직제도를 선택하는 가정에 다양한 세제혜택과 지원수당을 늘려 남성 육아휴직을 장려했다. 스웨덴 정부는 경제 활동 인구 증가 및 세수 확보를 위해 여성들도 경제 활동에 참여하길 원했는데, 여성 중심의 가사와 육아는 여성이 일을 하는 데 장애물이 됐다. 때문에 성 평등한 육아휴직 제도가 마련된 것이다. 경제성장, 세수 확보, 국민 모두의 행복한 삶을 위해 제도를 발전시킨 결과, 스웨덴은 전 세계에서 남녀가 가장 평등하고, 여성 노동인구가 많고 남성들의 육아휴직 참여율이 높은 나라로 발전했다. 굉장히 실용적인 접근이라는 생각이 들었다.

저성장, 맞벌이 가구의 증가, 인구 감소 문제를 마주한 우리나라에도 마찬가지로 적용될 수 있을까. 성 평등한 육아 정책이 참 부럽다고 말하자, 이다는 스웨덴에서는 480일의 육아휴직 일을 부모가 동등하게 반반 써야 한다는 논의도 있다고 했다. 여전히 스웨덴에서도 남성보다 여성이 이용하는 육아휴직 기간이 더 길고, 여성의 가사노동 비율이 남성보다 좀 더 높기 때문이란다. 모든 건 참 상대적이다. 세상에서 가장 성 평등한 스웨덴에서는 여전히 성평등에 대한 논의가 적극적으로 이루어지고 있다니.

친구는 자신이 국민으로서 당연히 누릴 수 있는 권리와 혜택에 대해 잘 알고 있었다. 스웨덴 정부의 정책이 국민의 삶에 얼마나 잘 녹아 있는지 실감이 들었다. 권력을 잡기 위해 인기에 영합한 정책이 아닌, 모든 국민이 더 나은 삶을 누릴 수 있도록 받쳐주는 실질적인 정책. 스웨덴에서 70대의 한 스웨덴 할아버지를 만난 적이 있는데, 그는 스웨덴에 태어나서 참 행운이라고 했다. 이다도 스웨덴에서 태어난 것에 정말 감사하단다. 문득, 태어난 나라를 지옥이라 칭하며 탈출하려고 아등바등해 온 내 모습이 서글퍼졌다.

사회를 구성하는 사람들에게 무엇이 필요한지 아는 나라. 그리고 필요한 부분에 제도적으로 소외되는 개인이 생기지 않도록 시스템을 만들고 문화를 정착시키려 노력하는 곳.

우리도 행복해질 수 있을까?

내가 태어난 나라를 더 사랑할 수 있을까?

사회는 우리 세대를 여전히 N포 세대라 부른다. 취업, 연애, 결혼, 내 집 마련 등 많은 것을 포기한 세대. 나는 우리가 포기하고 싶어서 포기한 게 아니라, 우리에게 강요된 자발적 포기라고 생각한다. 부모

대보다 더 가난하고 미래에 대한 기대가 크지 않은 우리.

그래도 나는 희망을 버리지 않기로 했다. 그리고 내가 포기하려 했던 것들을 되찾을 것이다. 내가 옳다고 생각하는 가치들을 놓치지 않고, 내 삶을 풍요롭게 만드는 것들을 스스로 지켜내야지. 가정도 꾸리고 아기도 낳고 행복하게 오래오래 살아야지.

스웨덴에서 시작한 나만의 작은 투쟁은 여전히 진행 중이다.

나는 까다롭게 살기로 했다

'오늘 뭐 먹지?'

저녁 메뉴를 정할 때보다 마트에서 장을 볼 때 더 자주 선택 장애를 겪곤 한다. "당신이 무엇을 먹는지 알려달라. 당신이 어떤 사람인지 알려주겠다"라는 말처럼, 내가 섭취하는 모든 것이 내 몸과 정신이 되기에 시리얼 하나를 살 때도 어떤 재료와 성분이 들어 있는지 전성분 표를 확인하고 비교하게 된다. 혼자 진열대 앞에 서서 성분표를 확인하다 보면 시간이 훌쩍 흐른다. 그런데 스웨덴에 사는 동안 장을 볼 때마다 내게 주어진 선택지는 한국보다 더 다양했는데도, 보다 빠르게 취향을 저격하는 선택이 가능했다.

스웨덴의 대부분 마트에는 과자만 해도 일반/유기농/무설탕/채식 과자가 있었고, 우유만 해도 일반 우유와 식물성은 기본, 일반/저지방/무지방 우유뿐만 아니라 유당을 소화하지 못하는 사람들을 위한 락토프리/유기농 우유, 식물성 우유 중에는 코코넛/귀리/아몬드 우유 등 선택의 폭이 매우 넓었다. 하지만 이 수백 개의 선택지 앞에서 내 식습관에 가장 적합한 식품을 고르는 데는 그리 시간이 들지 않는다. 사람들의 다양한 식습관을 고려해 패키징에도 그 식품의 특징이 잘 드러나 있기도 했고, 마트에서도 각 식품의 성격에 따라 명확하게 상품을 진열했기 때문이다. 유기농과 비유기농 식품 구분은 기본, 설탕이 든 제품과 무설탕 제품, 채식 식품과 그렇지 않은 식품 등 소비자가 각자 식습관에 맞는 상품을 고르기 쉽게 말이다.

특히 매일 아침 먹던 시리얼(뮤즐리)의 경우 전성분을 꼼꼼히 비교하곤 했다. 매일 먹는 음식인 만큼 몸에 좋은 것으로 먹고 싶었기 때문이다. 한국에도 굉장히 다양한 종류의 시리얼이 있지만 대다수 시리얼 제품에 설탕이 많아 고르기가 무척 힘들었다. 하지만 스웨덴에서는 설탕 없이 출시된 제품과, 순수 곡물들과 다양한 건조 과일이나 견과류로만 구성된 뮤즐리가 많았다. 더군다나 이 사실이 제품 포장에 읽기 쉽게 적혀 있어, 오히려 성분을 확인하는 시간이 줄었고 빠르게 선택할 수 있었다. 믿고 먹을 만한 브랜드를 발견하는 경우에는 더 빠르게 고를 수 있었다. 그 브랜드에 대한 신뢰도로 나는 충성 고객이 되었으니까. 다양한 소비자의 식습관을 존중할 뿐만 아니라 건강과 환경 면에서 지속가능한 소비를 하도록 하는 식품이 많을수록 소비자는 기호와 철학에 따라 특정 브랜드나 제품을 믿고 구매하게 된다. 인상 깊게도 북유럽의 많은 브랜드에서 지속가능한 식품 소비를 가능케 하는 제품들을 적극 출시하고 있었기에, 더 나은 먹을거리를 찾기 위해 들이는 시간을 줄일 수 있었다.

우유도 마찬가지다. 우유를 잘 소화하지 못하고, 채식을 실천하고 싶었던 나는 우유 같은 음료가 필요할 때는 항상 귀리나 아몬드 우유를 샀다. 더욱이 유기농과 유기농이 아닌 제품의 가격 차가 크지 않아서 합리적인 가격을 제공하는 유기농 제품을 구매했다. 한국에서는 유기농 제품을 구매하고 싶어도 적어도 1.5배, 많으면 2배 이상 차이 나는 가격 때문에 비유기농 제품을 살 수밖에 없었다. 그런데 스웨덴에서는 지갑 사정을 크게 걱정하지 않고 유기농 제품을 마음껏 살 수 있었다. 내 몸뿐만 아니라 환경에도 더 좋은 식품을 사는 데 있어, 한 개인의 경제력이 그리 중요한 변수가 되지 않는다는 사실이 참 인간적이었다.

보통 선택의 자유가 늘어날수록 고민에 고민을 거듭하게 된다. 하나의 선택지만 존재하면 선택의 자유가 없기도 하지만 선택을 고민할 여지가 없다는 점에서는 시간도 절약하고, 심리적으로도 더 편할 때도 있다. 스웨덴에서 나는 수많은 선택지를 앞에 두고도 훨씬 효율적이고 내 삶에 도움이 되는 선택을 내리곤 했다. 삶의 자율성을 지켜내면서.

무심코 지나쳤던 스웨덴의 피카 문화에서도 개개인의 식습관을 존중하는 배려를 엿볼 수 있었다. 피카는 스웨덴 사람들이 가장 사랑하는 시간 중 하나다. 커피 한 잔과 달콤한 디저트를 곁들여 일상의 의도적인 휴식을 즐기는 시간. 스웨덴 사람들은 필터로 내린 커피를 즐겨 마시는데, 흥미롭게도 스웨덴 어느 곳을 가든, 심지어 시골 마을 주유소의 작은 카페에서도 늘 커피 옆에 우유가 별도로 준비되어 있다. 스웨덴에서 처음으로 드립커피에 우유를 섞어 마시며 '와, 기본 커피를 시켜도 우유를 공짜로 주다니…. 너무 싸고 좋다!'라고 감명받던 나는 더욱 '혜자스러운' 현장을 목격했다. 바로 많은 카페에 기본 우유 외에도 채식주의자이거나 유당 분해를 못하는 사람들을 위해서 두유나 귀리 음료 또는 락토프리 우유 등이 골고루 준비되어 있었기 때문이다. 음료의 신선도를 유지하기 위해 따로 매장에 나와 있지 않을 경우 직원에게 요청하면 냉장고에서 꺼내준다. 따라서 개개인의 식습관과 가치관에 맞게 우유, 두유, 귀리 음료 등을 섞어 마실 수 있다. 남들과는 조금은 다른 식습관을 지닌 소수자를 위한 배려가 커피 한 잔에서도 돋보이는 순간이었다. 모든 사람이 다른 식성과 취향을 가졌음을 전제하고, 개개인이 자신에게 맞는 음료를 만들고, 선택하고, 즐길 수 있도록 배려하며 자유를 주는 곳.

한번은 북유럽 최대 식품 및 소비재 기업인 오클라Orkla에 다니는 지인과 이야기를 나눌 기회가 있었다. 내가 스웨덴에 온 뒤 식생활 곳곳에 지속가능성과 다양성 존중이라는 가치가 녹아 있음을 깨달았다고 하자, 그 지인은 자신에겐 너무나도 당연한 사실에 내가 놀라워하는 게 인상적이었나 보다.

"오클라의 가장 중요한 어젠다는 지속가능성Sustainability이에요. 소비자의 건강뿐만 아니라 환경 면에서도 지속가능한 식품을 생산하는 게 우리 목표죠. 북유럽 사람들은 어릴 때부터 자연스럽게 자연의 소중함을 배워요. 여름엔 숲에서 베리나 버섯을 따서 먹고, 호수로 수영을 가고 강에서 낚시도 하면서 자연에서 자유 시간을 많이 보내거든요. 자연은 삶의 일부분이고 자연으로부터 받는 게 너무 많기 때문에 자연스레 자연보호도 실천하게 되죠.
그래서 소비자들은 소비재를 구매할 때도 친환경이나 유기농 제품을 선호해요. 건강에도 좋지만 길게 보면 자연을 위하는 길이 결국 인간의 지속가능한 삶을 위하는 것이니까요. 이는 유기농, 동물복지, 저나트륨/저당, 친환경, 재활용 등의 키워드와 소비자의 다양한 선택권으로 이어지고요. 한 지속가능성 리포트(The Sustainable Brand Index 2018)에 따르면 노르웨이의 소비자 62%가 제품의 지속가능성 여부가 구매에 결정적인 영향을 미친다고 응답했어요."

일상의 사소한 선택에서도 지속가능성과 다양성을 지켜내고자 하는 사람들. 자기 회사의 제품을 자랑스럽게 소개하는 목소리와 태도에서 지속가능성이 공허한 울림이 아닌, 단단하고 실체 있는 무게로 다가왔다. 지속가능한 생산과 경영을 위해서는 비용과 시간이 더 많이 들 텐데, 이윤 추구를 목적으로 하는 기업에서 지속가능성을 적극적으로 실천하고 있다는 점이 인상 깊었다. 기업의 확고한 철학도 인상 깊었지만, 북유럽 소비자들이 의식적으로 지속가능한 소비를 하고 있기 때문에 가능한 일이라 생각했다.

스웨덴의 이케아 박물관을 방문했을 때가 떠오른다. 박물관의 한 전시관에서 이케아에서 유통하는 모든 연어는 MSC 인증을 받았다며 강조하고 있었다. 정해진 어획량을 지키며 해양 생태계를 해치지 않는 범위 내에서 포획된 생선에 부여되는 인증이다. 책임 있는 소비자와 책임 있는 기업, 그 누가 먼저랄 것 없이 이 둘은 긍정적인 상호작용을 하며, 인류의 지속가능한 삶을 위해 책임 있는 소비와 경영 활동을 하는 이들이다. 무심코 나는 그에 맞게 소비하고 있나 돌아본다. 책임 있는 소비자가 늘어야 책임 있는 기업도 늘어날 테니까.

다양성 존중과 지속가능성이라는 가치가 공허한 슬로건이 아니라, 실제로 사람들의 삶을 지탱하는 뿌리로 자리 잡을 수 있음을 두 눈으로 확인한 것만으로 희망을 엿보았다. 다름을 차별하지 않고 다양성으로 인정하며 소수를 존중하고, 일상에서 지속가능성을 실천하려는 노력이 스웨덴의 커피 문화와 장 보는 일상에까지 깃들어 있는 게 아닐까.

이런 환경의 변화 덕분에, 스웨덴 2년 동안 사는 내내 나 역시도 책임 있게 소비하고 타인의 식습관을 존중하게 되었다. 채식 또는 유기농 제품을 좀 더 자주 소비하고, 포장과 플라스틱 사용을 지양하고, 텀블러를 들고 다니고, 어쩌면 까다로울 수도 있는 식습관을 지닌 타인을 배려하는 것. 이런 생활 속 작은 실천들은 내 건강을 위해서이기도 했지만, 내가 사는 공동체를 위하는 것이기도 했다.

“사람들은 남을 변화시키거나 남이 변하길 바라면서, 정작 자신이 먼저 변하지 않는다”라는 벤저민 프랭클린의 말은, 늘 사회와 다른 사람이 변하길 바라던 나에게 나부터 변화를 실천하는 것이 얼마나 중요한지 가르쳐주었다. 일상에서 지속가능성을 실천하는 법이 생각보다 어렵지 않다는 것을, 스웨덴에서 배웠다.

손수 만드는 삼시 세끼의 행복

스웨덴과 한국은 위치, 자연환경부터 사람들의 생김새나 생활방식까지 너무나도 다른 두 나라다. 여러 면에서 대척점에 있는 두 사회지만, 스웨덴에서 살면서 느낀 가장 큰 차이점은 뭐니 뭐니 해도 요리 문화다. 특히 자취생 입장에서 말이다. 스웨덴으로 가기 전 서울에서 8년 동안 자취를 했다. 한마디로 삼시 세끼를 스스로 해결해야 했다는 것! 엄마와 함께 살 때는 매일 엄마가 차려주시는 국, 밥, 반찬이 고루 갖춰진 밥상에 숟가락만 얹었었다. 하지만 자취 생활 8년을 돌아보며 곰곰 생각해보니, 1년을 기준으로 제대로 갖춰진 밥상은 차치하고 집에서 요리해 먹은 횟수를 손에 꼽았다. 시간이 많이 들고, 장바구니 물가나 외식 물가나 별반 차이가 나지 않고, 식당에서 훨씬 다양한 음식을 먹을 수 있었으니까. 간편함으로 포장된 내 게으름과 돈이라는 현실 문제였다. 1인 가구로 한 명의 식사를 준비하는 데 들이는 시간과 에너지 대비 산출되는 결과물을 봤을 때, 외식하는 편이 훨씬 이득이었다.

그런데 스웨덴에 사는 동안 나는 매일 요리사가 되었다. 정확히 말해 '되어야만' 했다. 매일 요리를 하는 내게 엄마는 '너는 요리 배우러 유학 갔니?'라고 놀리시곤 했다. 1년 중 요리하는 횟수를 손에 꼽던 한국에서와 달리, 스웨덴에서는 1년에 외식한 횟수를 손에 꼽을 수 있었다. 스웨덴에서 한국으로 공부하러 왔던 스웨덴 친구는 한국에 사는 2년 동안 단 한 번 요리를 했다고 했다.

"맛있는 음식도 많고, 해 먹는 게 더 비싸서 굳이 요리할 필요가 없던데?"

스웨덴은 외식 문화가 발달하지 않았다. 추운 기후와 혹독한 자연환경 때문에 식문화 자체가 발달하지 않았고 인건비가 높아 외식비도 굉장히 비싸다. 맥도날드 빅맥 버거 하나에 8000원(2023년 5월 기준) 정도로 전 세계에서 네 번째로 비싸다! 누구나 부담 없이 즐길 수 있는 캐주얼한 레스토랑에 가서 식사하려면 1인당 평균 4만 원은 기본으로 잡아야 한다. 하지만 장바구니 물가는 굉장히 저렴해서, 외식비의 반도 안 되는 금액으로 좋은 식자재를 사서 맛있는 음식을 푸짐하게 만들어 먹을 수 있다. 비싸다고 소문난 북유럽 물가에 지레 겁먹었던 나는 스웨덴에서 60% 정도 저렴한 마트 물가에 오히려 놀랐다. 때문에 스웨덴에서는 요리하는 게 늘 일상이고, 특히 주머니 사정이 가벼운 학생들은 모두가 요리사다. 스웨덴에서 유학하는 동안 매일 도시락을 싸서 학교에 갔다. 스웨덴 대학에는 흥미로운 가전제품이 있는데, 바로 전자레인지다. 점심시간이면 식은 도시락통을 데우기 위해 수십 대의 전자레인지 앞에 긴 줄이 늘어서곤 했다.

경제적인 이유로 스웨덴에서는 오히려 요리가 일상이었지만, 나는 매일 요리하며 경제적인 이유 이상의 이유를 발견했다. 바로 남을 위해 요리하던 시간이 주는 행복이다. 상대가 좋아하는 음식은 무엇인지, 못 먹는 것은 무엇인지 그리고 어떤 재료를 쓰는 게 가장 좋을지. 이 모든 게 상대에 대한 배려이고, 이해이고, 사랑임을 매일 요리를 하며 깨달았다. 음식은 내게 한 개인과 문화를 이해할 수 있는 매개체이자 사랑을 담는 매체였다. 채식주의자인 친구를 통해서는 채식의 세계를 처음 경험하기도 했고, 한 번도 가보지 않은 다양한 나라의 음식을 먹어보기도 했다. 임신한 스웨덴 친구에게는 미역국을 끓여주며 출산을 준비하는 데 힘을 보태기도 했다.

돌이켜보면 요리가 일상이었던 그 시간은 미각을 발달시키고 0에 수렴했던 요리 내공을 쌓는 시간이기도 했지만, 한 개인을 이해하는 내공을 쌓는 시간이었다. 함께 장을 보고, 재료를 손질하고, 요리를 하고, 밥을 먹는 긴 시간 동안 우리가 만드는 음식에는 우리의 이야기가 양념으로 톡톡 뿌려졌다. 함께 요리하는 시간은 결국 한 개인을 넘어 음식을 둘러싼 문화와 나라를 이해하는 자리였다. 귀찮고 번거로운 과정에는 결국 상대를 위한 내 노력이 스며들었고, 함께 요리하며 우리는 좀 더 가까워졌다. 외식할 때는 느낄 수 없는 촘촘한 대화가 함께 요리하고 식사를 마칠 때까지 이어졌다.

내가 살던 스웨덴 북부는 여름에는 백야 현상으로 물들었고 겨울에는 어둠이 오후 3시쯤 일찍 찾아왔다. 계절에 상관없이 나는 1주일에 두세 번은 스웨덴의 한 가정집 주방의 요리사가 되었다. 금발 또는 검은 머리의 서로 다른 생김새를 한 사람들을 앞장서서 지휘했고, 그들은 서툰 솜씨로 당근, 시금치, 양파, 버섯, 계란을 다듬곤 했다. 바로 한국식 비빔밥을 위한 재료다. 식탁 위에는 촛불이 은은하게 빛나고, 포크와 나이프가 놓이던 테이블 위에 대신 젓가락과 숟가락이 놓였다. 식탁에는 오후 내내 손질했던 당근, 시금치, 양파, 버섯, 계란 등 형형색색의 비빔밥 재료와 잘 익은 김치가 입맛을 자극했다. 그날 저녁은 'Smaklig måltid!(스웨덴어로 '맛있게 드세요'라는 뜻)' 대신 '잘 먹겠습니다!'라는 말로 식사가 시작됐다. 갓 지은 따끈한 밥 위에 준비된 비빔밥 재료를 놓기 위해, 식탁 위에서 여러 젓가락이 섞였다. 능수능란한 젓가락질로 반찬을 집는 사람이 있는 반면 계속 미끄러지는 젓가락질에 민망한 듯 웃음을 참는 사람도 있었다.

"한국식 젓가락은 처음 써봐. 보통 초밥을 먹으러 가면
나무젓가락을 주거든. 생각보다 더 어렵다!"

검은 머리, 갈색빛 피부, 외꺼풀의 눈. 나와 별반 다르지 않게 생긴 친구 안나는 쇠 젓가락질은 처음이라며 혀를 내둘렀다. 하지만 끝내 포기하지 않고 젓가락으로 비빔밥 재료를 집어 자신만의 비빔밥을

완성해냈다. 새빨간 고추장 한 스푼과 고소한 참기름도 톡톡 계란 위에 살짝 얹었었다. 긴 금발 머리의 남편과, 동서양이 조화를 이룬 오묘한 분위기를 풍기는 안나의 두 딸도 안나를 따라 각자의 비빔밥을 완성했다.

"진짜 한국식 비빔밥은 처음 먹어봐! 정말 먹어보고 싶었는데….
그런데 어떻게 먹는 거야?"

비빔밥을 섞지 않고 밥 한 숟갈을 그대로 떠서 먹으려는 안나의 가족에게, 나는 비빔밥은 섞어서 먹는 음식이라며 시범을 보였다.

"'비빔'은 'To mix'라는 뜻이고, '밥'은 'Rice'야.
그래서 진짜 제대로 섞어야 해!"

외모로는 전형적인 한국인으로, 비빔밥을 100번도 더 먹어봤을 듯한 친구 안나는 스웨덴 유학 시절 만난 가족 같은 친구다. 어릴 적 한국에서 스웨덴으로 입양되어, 긴 금발의 남편과 예쁜 두 딸과 함께 스웨덴 북부 우메오에 산다. 진정한 가족이란 무슨 일이 있든 서로의 울타리가 되어주는 존재라고 생각하는데, 안나네 가족이 내게 꼭 그랬다. 혈연으로 맺어진 가족과 떨어져 스웨덴에서 사는 동안 그들은 늘 내 울타리가 되어주었다.

비빔밥을 시작으로 나는 안나네 집에서 비빔밥, 잡채, 된장찌개, 김치전, 닭갈비, 파전, 삼겹살, 보쌈, 김밥, 찜닭 등 수많은 한국 음식을 함께 요리하고 나눠 먹으며, 사소한 일상에서부터 아픈 과거, 희망찬 미래까지 역사를 함께 써 내려갔다. 우리의 이야기는 우리가 준비한 음식 위에 톡톡 뿌려져 감칠맛을 더했다. 스웨덴을 떠나온 지 벌써 2년이 넘은 지금도 안나와 나는 매주 안부를 주고받으며 함께 나눴던 집밥을 기억한다. 함께 요리한 시간을 기억하고 그리워하는 이유는 단순히 음식이 맛있었기 때문만이 아니라, 그 시간이 만들어 준 단단한 관계 때문임을 우리는 잘 알고 있다.

안나는 타지에서 가족과 떨어져 살던 이방인인 나에게 집을 활짝 열어주었고, 아픈 곳은 없는지 외롭지는 않은지 항상 보살펴주었다. 내가 안나와 안나 가족을 위해 할 수 있던 일은 한국 음식 요리였다. 고마움을 표현할 가장 따뜻하고 정성스러운 방법은 손수 지어 대접하는 식사가 아닐까. 더욱이 음식은 오감을 통해 한 국가의 언어, 관습, 지리 등을 느낄 수 있는 총체적인 문화다. 비빔밥은 무슨 뜻인지, 언제 먹는지 등 안나가 궁금해하는 한국 문화를 나는 가장 편안하고 따뜻한 방법으로 알려주고 싶었다. 한국은 안나를 버렸지만 안나는 한국을 버리지 않았음을 느꼈으니까. 함께 요리해 먹는 시간은 안나와 내가 서로에 대해 한층 더 이해하게 되는 시간이자, 안나와 한국이 약 45년간 단절되었던 세월을 좁히는 시간이었다.

"비빔밥은 무슨 뜻이야? 김치는 어떻게 만들어? 김밥은 언제 먹어?"

우리가 함께 요리할 때마다 안나는 사소하지만 자신에겐 결코 사소하지 않은 질문을 하면서 자신의 뿌리에 대해 알아갔다. 우리가 한식을 요리하고 나눠 먹는 횟수가 늘수록 나와 안나, 안나와 한국은 조금씩 더 가까워졌다. 안나는 함께 요리를 할 때마다 음식 사진을 찍어 SNS에 올리곤 했는데, 시간이 지나도 음식 안에 담긴 이야기와 한국을 기억하고 싶었던 모양이다. 40여 년간 단 한 번의 교차점도 없었던 안나와 한국의 사이는 7500km가 넘는 스웨덴과 한국 사이의 거리가 무색할 만큼 가까워지기 시작했다. 그리고 2018년 6월, 안나는 입양된 뒤 처음으로 한국에 갈 용기를 냈고, 가족과 함께 처음으로 한국 땅을 밟았다.

스웨덴에서 함께 한국식 집밥을 나눈 시간 덕분일까? 안나네 가족은 처음 방문한 한국에서 누구보다도 더 맛있게 김치를 먹고, 자연스레 수저를 사용하고, 비빔밥을 젓가락으로 비빌 줄 알았다. 한국식 집밥을 나눠 먹으며 안나와 나는 한 가족이 되었고 안나는 태어나 처음으로 고향을 밟았다. 혈연인 가족이 있는 곳으로. 우리가 함께한 식사 시간이 안나에게 잃어버린 40여 년의 시간을 되돌려줄 수는 없었지만, 그 시간은 무심하게 흘러간 세월만큼 멀어진 안나와 한국 사이의 거리감을 좁히는 시간이었다. 그리고 마침내 안나는 온 마음으로 한국을 받아들였다.

스웨덴에서 매일 요리를 하던 시간을 통해 타인을 이해하는 방법을 배웠고 사랑과 배려하는 법을 익혔다. 한국에 돌아온 뒤로도 스웨덴에서 쌓았던 내공을 무너뜨리지 않으려고 매일 노력 중이다. 회사에도 도시락을 싸 가고 맛있는 반찬은 동료와 나눠 먹으며 매일 저녁 남자 친구와 함께 요리하려고 노력한다. 삶도 바쁘고 장바구니 물가도 비싸, 들이는 시간과 에너지를 고려하면 요리를 하지 않는 편이 훨씬 이득이다. 특히 길거리 곳곳에 맛있는 음식이 가득하고, 저렴하고, 배달도 편리해서 그 유혹을 뿌리치기란 쉽지가 않다. 하지만 앞으로도 편리 때문에 직접 재료를 고르고, 다듬고, 요리하는 수고로움을 포기하지 않을 것이다. 그 시간이 나와 연결된 사람들의 삶과 세상을 이해하는 과정임을 스웨덴에서 배웠으니까. 포크와 나이프 숟가락과 젓가락이 섞이는 동안 나와 안나가 가족이 된 것처럼 말이다.

그래서 나는 오늘도 도시락을 싸고, 장을 보러 마트로 향한다.

나만의 파랑새를 찾았다

대학 시절 나의 목표는 오로지 헬조선 탈출이었다. 무한경쟁 사회, 초고밀화 도시, 미세먼지, 저녁이 없는 삶, 가부장적인 사회, 물질과 소유에 대한 욕구가 넘치는 사회, 이 모든 것에서 탈출하고 싶었다. 10대에는 내가 살아남기 위해 남을 짓밟아야 하는 것을 배웠고 대학에서도 크게 다르지 않았다. 졸업 후에도 수백 대 1의 경쟁률을 뚫고 원하는 곳에 취업을 해도 사람들은 행복하지 않다고 했다. 우리의 행복은 아직 멀리 있는 것 같았다. 그런데 이 어려운 관문을 거쳐 커리어를 쌓기 시작한 대한민국 직장인 여성에게는 육아와 커리어 중 하나를 선택하라는 암묵적인 강요까지 추가된다. 그리고 나는 대한민국 직장인 여성이 될 예정이었다. '취업한 친구들의 푸념을 들으며' 사회 생활을 앞둔 나는 사실 많이 두려웠다.

"육아휴직을 최장 1년 2개월 쓸 수 있지만,
규정대로 다 쓰고 오면 책상이 없어지는 건 다반사야."
"저녁이 있는 삶을 일주일에 단 한 번이라도 누려보면 좋겠다."

학창 시절 분명 인간은 개개인의 안전과 행복을 추구하기 위해 공동체를 구성했다고 배웠는데, 이 공동체 안에서 많은 사람들이 행복하기보다 힘들다고 했다. 그래도 미래의 행복을 위해 오늘을 살아내고 있었다. 아빠도 그랬다. 2011년 어느 날, 한순간에 삶은 아빠에게서 내일을 앗아가버렸지만…. 나는 아빠가 한순간에 당신의 내일이 없어질 거라고는 결코 짐작조차 못하셨으리라는 것을 안다. 이 구조에 속하는 순간 내 삶과 행복을 빼앗길 것만 같아 한국을 떠났고, 전 세계에서 가장 행복한 나라 중 하나로 손꼽히는 북유럽 스웨덴에 터를 잡았다. 태어난 곳은 선택할 수 없지만 앞으로 살아갈 나라는 선택할 수 있었기에, 내 안전과 행복을 추구할 수 있는 공동체를 찾고자 36개국을 여행한 끝에 찾은 최선의 선택지였다. 매년 UN에서 선정하는 전 세계 행복 보고서에서 가장 행복한 나라 중 하나로 손꼽히는 곳. 북유럽에 살면 정말 행복해질까? 왜 매년 가장 살기 좋은 나라로 뽑힐까? 행복한 나라에 대한 질투와 부러움 그리고 삶의 희망을 찾기 위해, 나만의 유토피아였던 북유럽으로의 이주를 마음속으로 조용히 계획했다. 아무도 모르게. 그리고 정확히 2년 뒤 한국으로 다시 돌아오기로 했다.

2년간 경험한 스웨덴은 내가 꿈꾼 북유럽 복지국가의 모습과 크게 다르지는 않았다. 모든 인간이 개별적 존재로 존중받고 행복을 추구할 권리를 보장받는 사회. 성별, 나이, 집안, 소득 수준 등 비자발적으로 주어진 외부 요소가 인간다운 삶을 사는 데 있어 우리나라에서 만큼 장애가 되지 않는 곳. '인간다움'과 '평등'은 스웨덴 사회의 중요한 가치였고 국가는 앞장서서 국민에게 기회의 평등을 제공하고자 노력해왔다. 내가 삶에서 추구하는 가치들을 잘 지켜내고 있는 바로 그곳이었다.

그러나 수많은 고민 끝에 다시 한국으로 돌아오기로 결심했다. '헬조선'을 기껏 탈출했는데 돌연 귀국을 결심하다니? 많은 사람이 의아해했다. 하지만 역설적이게도 나는 스웨덴이 가르쳐준 행복을 실천하기 위해 돌아왔다. 스웨덴에 오기 전 나는 스웨덴에 살아야만 행복해질 줄 알았는데, 스웨덴 사람들은 스웨덴에 살기 때문에만 행복한 것이 아니었다. 타인의 욕구를 충족시키는 삶이 아니라 자신의 욕구에 귀 기울이는 삶을 살며, 가족과의 시간, 환경, 휴식 등 삶에서 소중한 것들을 오롯이 지켜내고 있기에 그들이 행복하다는 진실을 깨달았다.

세계적으로 권위 있는 학자이자 《행복의 기원》이라는 책의 저자인 서은국 교수는 인간이 건강한 사회적 관계를 통해 '행복감'을 느낀다고 강조했다. 스웨덴, 노르웨이, 덴마크를 일컫는 스칸디나비아 국가의 행복의 원동력은 복지제도가 아니라 '넘치는 자유, 타인에 대한 신뢰, 다양한 재능과 관심에 대한 존중'이라고 그는 주장한다. 이 구절을 읽자마자 머리를 한 대 맞은 느낌이었다. 저자가 옳았다. 소소하고 확실한 행복이 늘 지켜지는 곳. 돈이나 사회적 지위보다 자신에게 중요한 일상의 즐거움과 건강한 관계 덕분에 스웨덴 사람들은 행복했고, 스웨덴에 사는 동안 나도 행복했다.

20대를 돌이켜보면 불행하지도 행복하지도 않은 애매한 상태에서 늘 불안했다. '좋은 고등학교에 갈 수 있을까?'에서 시작된 레이스는 '좋은 대학, 좋은 기업에 갈 수 있을까?' 등 '좋음'에 대한 정의를 내리기도 전에 내 삶의 평가를 타인에게 맡겨버린 것도 모자라, 경쟁심만 가득했다. 주변인들이 모두 경쟁자인데 어떻게 타인을 신뢰하고 건강한 사회적 관계를 맺을 수가 있을까. 어떤 곳에 살든 한정된 자원을 놓고 다투는 생존경쟁에서 누구나 자유롭지 않다. 이 경쟁에서 떨어지는 게 두렵지 않다면 거짓말일 것이다. 때문에 낙오자를 보호하는 것이 국가의 역할이라는 생각은 변함없지만 언제 어디에 살든 내 행복은 내가 만들어갈 수 있다고 나는 믿는다. 내 욕망에 솔직해지고 내 주변 사람들과 좋은 관계를 맺을 것. 이 노력으로 당장 건물주가 될 수는 없겠지만 오늘 내 하루는 좀 더 행복해질 것이다. 누가 아는가? 행복하고 긍정적인 경험을 많이 하다 보면 건물주보다 더 물질적으로도 정신적으로도 풍요로운 사람이 될지도!

"내가 삶에서 지켜내고 싶은 것들을 위해 적극적으로 목소리를 내고 실천하며 살아야지."

스웨덴을 떠나는 마지막 날, 스웨덴에서 배운 것들을 잊지 않기 위해 소리 내어 다짐하고 또 다짐했다. 마음에 단단히 새기고 또 새겨 잊지 않게끔. 그렇게 부정하고, 도피하고, 증오하기만 했던 한국으로 돌아오는 길은 조금 혼란스러웠지만 마음을 단단히 먹고 두려움을 내려놓는 순간, 비행기도 어느새 나를 한국땅에 내려놓았다. 2년 전 한국에서의 삶에 대한 두려움으로 가득 찼던 나는 2년 후 희망을 품고 돌아왔다.

Chapter. 3

나나랜드 투쟁기

내 삶의 무게 추는 어디에 있을까?

"너는 뭘 좋아해? 뭘 할 때 행복해?"

어렸을 적부터 그리고 대학생이 되고 나서도 이 질문을 받을 때마다 막막해지곤 했다.

'음…. 나는 뭘 좋아하지?'

중고등학생 때는 입시 공부에 치여 색다른 취미 활동을 경험해볼 기회도 없었고, 자유 시간이 많던 대학생 시절엔 친구들을 따라 카페에 가서 수다를 떨거나 지하상가나 쇼핑몰에서 쇼핑을 하며 여가 시간을 보냈다. 혼자 있는 시간이 될 때면 무얼 해야 할지 몰라서 막연한 불안감과 혼란에 휩싸이곤 했다. 내가 무엇을 좋아하는지 몰랐으니까. 그래서 친구들과 수다를 떨고 쇼핑을 하는 시간은 여유 시간을 외롭지 않게, 가장 빠르고 쉽게 보내기 좋았던 나름의 도피처였다. 졸업을 앞둔 20대 중반이 되어서도 공부나 취업 외에는 딱히 목표하던 것도 배우고 싶던 것도 없었다. 많은 사람이 취미라고 일컫는 음악 감상이나 영화 보기도 취미라고 내세우기에는 너무 부끄러웠다. 매일 음악을 듣긴 했지만 음악을 진짜 좋아해서 듣는 건 아니었다. 혼자 있을 때의 적막함이 싫어서, 그 적막을 깨기 위해 습관적으로 배경 음악으로 틀어놓는 정도였을 뿐. 그렇다고 영화에 미쳐 영화를 보지도 않았다. 학교에서 수업을 듣거나 자습실에서 공부를 하거나, 친구들과 카페에 가서 수다를 떨거나, 가끔 여행을 가는 것 외엔 딱히 내가 좋아하는 무언가에 몰두하는 시간은 없었다. 반복되는 일상과 일과 속에서 무미건조하게 사는 게 전부였다.

마침내 내가 좋아하는 것, 취미라고 내세울 만한 것을 스웨덴에서 발견했다. 새로운 환경에 내던져진 나는 때로는 자발적으로 때로는 반강제적으로 매일 새로운 경험을 할 수 있었다. 학교에서 유학생을 위해 준비한 여러 문화 체험 프로그램이나 다른 나라 친구들과의 교류 덕분이다. 한국에서는 남의 눈치를 보느라 또는 바쁘거나 공부해야 한다는 여러 핑계로 새로운 경험을 가질 기회가 많지 않았는데, 오히려 낯선 것들을 경험하면서 내가 어떤 것을 좋아하고 어떤 것을 싫어하는지 조금씩 들여다보게 되었다고나 할까.

나는 춤과는 거리가 먼 사람인 줄 알았는데 운동하러 간 스포츠센터에서는 줌바에 무아지경 빠져버린 나를 발견하기도 했고, 리듬감은 꽝인 줄 알았는데 평균 이상은 하는 사람이구나 하는 자신감도 얻었다. 해보지 않아서, 또 남의 눈치를 보느라 몰입한 적이 없어서 몰랐을 뿐. 탐험가의 자세로 낯설고 새로운 것에 내 몸과 마음을 던지자, 삶의 스펙트럼이 넓어지기 시작했다.

또 다른 최애 취미는 바로 자전거 타기다. 남자 친구 덕분에 '로드 바이크'의 세계로 입문했다. 스웨덴에서 교통수단으로 자전거를 매일 타곤 했지만 스포츠용으로 자전거를 탄 적은 없었다. 사실 남자 친구가 처음 사이클링을 함께하자고 했을 때 퍽 내키지는 않았다. 한 번도 해보지 않았다는 두려움이 컸고, 몸을 한참 숙여 속도감을 즐기는 로드 바이크를 내가 탈 수 있을까 겁이 났다.

하지만 내 안에 두려움이 엄습해올 때마다 스웨덴에서의 배움을 되새긴다. 익숙하지 않은 낯선 것을 다양하게 경험해보기. 해보지 않아서, 두려워서 도전조차 하지 않는다면 삶에서 행복과 즐거움을 발견할 수 없을 테니까. 문득 스웨덴에서 친구들이 한 말이 생각난다. 인생에서 가장 행복하고 성공한 부자는 '취미 부자'라고. 내가 살고 있는 집이나 갖고 있는 차나 가방이 행복과 성공의 척도가 아니라, 얼마나 다양한 경험으로 삶을 채우느냐가 그 척도였다. 나는 일상의 행복한 순간을 스웨덴에서 하나씩 하나씩 쌓아나가기 시작했다.

소설가 김영하는 《여행의 이유》에서 '우리의 내면에는 우리가 깨닫지 못하는 강력한 바람이 있다. 여행을 통해 뜻밖의 사실을 알게 되고, 자신과 세계에 대한 놀라운 깨달음을 얻게 되는 것'이라고 썼다. 스웨덴에서의 2년은 내가 미처 발견하지 못했던 내 모습을 발견하고, 그동안 나를 둘러쌌던 세계의 벽을 넘어 삶을 탐험하기 시작한 시간이다. 내가 무얼 좋아하는지, 나는 어떤 때 행복감을 느끼는지 관찰하다 보니 자연스레 나라는 사람에 대한 관점 역시 많이 바뀌었다. 내게 있어 성공하고 좋은 삶이란 일과 떼려야 뗄 수 없는 관계였다. 돈을 어떻게 벌지 어떤 경력을 쌓아갈지는 지구상 모든 이의 고민거리이지만, 나는 유독 하고 싶은 '일'에 의미를 많이 부여했고 내 존재 이유를 일에서 찾았다. 하고 싶은 일을 하며 멋진 커리어우먼이 되고 싶었던, 패기와 꿈으로 가득했던 20대의 나는 '꿈 = 내가 하고 싶은 일을 하는 것 = 자아실현 = 행복'이라는 등식만 바라보고 전력 질주했다. 직업에 대한 야망, 더 넓은 세계에 대한 호기심이야말로 지친 하루 끝에 나를 앞으로 나아가게 하는 삶의 동력이었다.

하지만 스웨덴 친구들에겐 직업이나 커리어만이 행복의 척도가 아니었다. 내가 만난 많은 스웨덴 친구들은 다양한 재능을 살려 직장 밖 사회에서 수많은 역할을 수행하며 삶의 의미와 즐거움을 찾았다. 그리고 가족이나 친구 등 삶에서 소중한 사람들과 보내는 시간을 중시했다. 대학에서 생물학을 가르치면서 아마추어 오케스트라에서 베이스를 연주하던 교수 할아버지, 과학을 연구하지만 합창단에서 매주 정기적으로 음악적 재능을 발휘하던 친구, 회사에 다니면서도 정당 활동에 적극적으로 헌신하던 친구 등 스웨덴 사람들은 나보다 훨씬 삶의 스펙트럼이 넓고 다양했다. 그들의 행복의 중심에는 공동체 활동이 있었다. 한 개인이 얼마나 다양한 방식으로 삶을 다채롭고 풍요롭게 만들고 사회에 기여할 수 있는지 어깨너머로 관찰했던 시간. 좋아하는 일을 비슷한 관심사를 가진 사람들과 나누는, 타인과의 건강한 관계야말로 스웨덴 사람들의 행복의 본질이었다. 추상적인 관념으로만 알던 행복이라는 게 실제 내가 선택하고 지켜낼 수 있는 것들로 뚜렷이 보인 순간. 그동안 내가 알고 있던 '행복'에 대한 관념이 180도 바뀌었던 시간. 고등학교 시절 윤리 교과서에서 만난 철학자 아리스토텔레스는 인간이 행복하기 위해 산다고 했지만 나에게 행복은 실체가 없었다. 이제 나는 더는 행복한 삶을 추구하지도 기대하지도 않는다. 대신 매일 행복한 경험을 자주 하려고 한다. 행복은 삶의 목적이 아닌 도구임을 스웨덴에서 깨달았기 때문이다. 우리가 추구하는 '좋은 삶과 행복'에 대해 다른 관점을 가질 필요가 있다.

개개인의 프라이버시를 굉장히 존중하면서도 꽤나 '가족 중심적'인 사회. 평일에는 대부분 6시, 주말에는 4~5시에 대부분 상점이 문을 닫고, 대학교 도서관도 평일에는 오후 10시가 되면 문을 닫고, 주말에는 오전 11시가 되서야 문을 열어 오후 5시면 문을 닫는 곳. 학생들 공부하라고 24시간 문을 열어둬야 할 곳이 대학이 아니던가 갸우뚱했지만, 스웨덴에서는 이 법칙이 통하지 않았다. 스웨덴 학생들도 평일 아침 일찍 도서관에 나와 열심히 공부를 하는데, 주말에는 가족이나 친구들과 시간을 보내거나 휴식 시간을 갖기 때문에 24시간 내내 도서관 문을 열 필요가 없는 것이다. 또 24시간 운영을 하면 그 시설을 운영하는 사람들이 그만큼 희생해야 하기에 이 또한 배려이고 공동체의 행복으로 이어지는 길이다.

"한국에선 모든 상점이 밤늦게까지 문을 열면 누군가는
가족들과 친구들과 보낼 수 있는 시간을 희생하고 있는 것 아냐?"

24시간 언제 어디서나 편의 서비스를 누릴 수 있는 한국에 대해 자랑하자, 한 스웨덴 친구는 정말 순수한 표정으로 내게 질문했다. '다른 사람들의 편리가 증대되는 동안 누군가는 희생하고 있다'. 많은 사람의 선택에 의한 자발적 희생이 아니라 경쟁 사회에서 '생존'을 위한 희생이 아닐까 하는 생각에, 문득 내게 제공되던 편리함을 당연히 여기던 내 모습이 부끄러워졌다. 동시에, 내 삶의 무게 추에 대해 자문해본다.

내 행복의 무게 추는 어디에 있을까?

각자가 정의하는 행복의 기준이 모두 다를 것이다. 어떤 사람들은 돈을 많이 버는 데서 행복을 느끼기도 하고, 어떤 사람들은 사랑하는 사람들과 함께하는 시간에서 행복을 느끼기도 하고, 어떤 사람들은 일을 통해 행복을 발견하기도 할 것이다. 어떠한 행복이 옳다고 말할 수는 없다고 생각한다. 스웨덴에서도 돈을 많이 벌거나, 자신이 좋아하는 일을 통해 행복을 추구하는 사람들도 많으니까. 인간은 다양한 욕망을 가진 존재이기에 이 욕망을 부정할 필요도 없다.

하지만 우리가 추구하는 행복의 모습은 너무 획일화된 건 아닐까? 브랜드 아파트에 살고, 좋은 차에 타고, 이름 있는 기업에 취직하는 것 외에 각자가 진정으로 추구하는 행복이 어떤 모습인지 먼저 들여다보는 게 우리에게 필요한 것일지도 모른다. 스웨덴에서 발견한 행복의 다양한 스펙트럼은 내게 쉽사리 풀지 못할 질문을 던져주었다.

허벅지를 위한 기도를 멈추다

'왼쪽 54cm, 오른쪽 54.3cm.'

1분 1초 영어 단어를 외우기에도 바쁜 중고등학교 시절, 매일 의식처럼 허벅지 치수를 쟀다. 준비물은 1~2천 원짜리 바느질 세트를 사면 들어 있는 흐물흐물한 줄자 하나로 충분했다. 학교까지 매일 걷고 14층 아파트 계단을 오르내려도 허벅지 두께는 0.1cm도 달라질 기미가 안 보였다. 재고 또 재도 변하지 않는 숫자에 매일 좌절했다. 흐물흐물한 줄자 하나가 자존감을 흐물흐물 무너뜨렸다. 내 다리는 왜 이렇게 굵을까.

대한민국 10대 여성의 평균 허벅지 두께가 몇 cm인지는 몰랐다. 하지만 TV에는 나무젓가락처럼 굴곡 없이 매끈하게 뻗은 '예쁜' 다리를 가진 사람이 많았다. 그리고 그것이 표준인 듯했다. 친구들이 치마 밑단과 바지 밑단을 줄이는 등 교복 줄이기에 열을 올리던 시절, 나는 교복 치마가 무릎 위로 올라가지 않도록 애썼다. 무릎 위부터 시작되는 넙적한 부분을 가리기만 해도 조금은 다리가 가늘어 보였으니까. 치마를 입지 않는 날에는 다리의 굴곡이 드러나지 않는 아빠 양복 같은 교복 바지를 입었다.

다리에 대한 콤플렉스는 초등학교 6학년 때로 거슬러 올라간다. 졸업 사진을 찍는 날이었다. 엄마는 딸의 초등학교 졸업에 한껏 들떴는지 엄마의 졸업식마냥 딸에게 엄마의 패션 센스를 쏟아부었다. 누구에게도 뒤지지 않는 멋쟁이였던 엄마는 멋쟁이만 입는다는 백바지(흰 바지)를 준비했다. 그리고 내 머리를 단정하게 묶어 올리고, 솜털 같은 잔머리는 꼬리빗과 젤로 반듯하게 정돈해주었다. 초등학교 피날레를 멋지게 장식할 생각에 풍선처럼 기대가 부풀었다.

'엄마가 꾸며준 가장 예쁜 모습으로 친구들이랑 사진 찍어야지.'

그런데 학교에 가자마자 풍선 같던 내 기대를 빵 터뜨린 친구의 한마디.

"넌 무슨 생각으로 흰 바지를 입었어?"

별로 친하지도 않았던 반 친구는 내게 허벅지도 두꺼운데 흰 바지를 입을 용기가 났느냐며 빈정댔다. 멋쟁이만 입는다는 백바지를 입고 자신감 넘쳤던 어린 소녀의 자존심과 자존감은 와르르 무너졌다. 그 시절 어렸던 우리, 친구는 농담이었을지도 모르지만 나는 그때의 트라우마 때문에 10~20대 내내 흰 바지를 입지 못했다.

다리 콤플렉스는 대학 입학 후 내 몸 전체에 대한 혐오로 번졌다. 대입 터널을 지나며 더욱 육중해진 나와 달리 캠퍼스 안팎으로 소녀시대처럼 '청바지에 흰 티만 입어도 예쁜' 친구들이 너무 많았다. 친구들은 만나면 다이어트 이야기만 했다. 끊임없는 비교 속에서 나는 내 아름다움에 대한 자기 결정권이 있다는 것을 알지 못했다.

자기 결정권은 내가 박탈한 걸까, 사회가 박탈한 걸까?

"나는 네가 흰 바지도 더 자주 입고, 반바지도 입었으면 좋겠어. 입고 싶은 대로 다 입어."

바지 트라우마를 고백하자 영국인 남자 친구는 나를 꼬옥 끌어안으며 말했다. 더불어 영국에 가면 내가 가장 말랐을 거라는 농담도 곁들인다. 이제는 과거처럼 스스로를 싫어하지 않는다며 그를 안심시키다, 문득 어느 시점부터 내 삶의 주도권을 회수했는지 기억해본다. 수십 년의 비교 탐구생활을 끝낸 그날은 마땅히 축하해야 할 날이니까!

2012년 6월. 난생처음으로 혼자 서유럽 땅을 밟았다. 패션의 중심지 프랑스 파리였다. 계절도 남의 시선도 상관없이 각자가 입고 싶은 대로 옷을 입는 모습에 가히 충격을 받았다. 그리고 2016년 8월 북유럽 스웨덴에 정착했다. 전 세계에서 가장 키가 크고 날씬한 미남

미녀가 많다고 소문난 엘프 인간 보유국 스웨덴. 혼자 오징어가 되지 않을까 쫄았던 것과 달리, 2년 동안 스웨덴에서 머무른 시간은 오히려 자신감을 회복한 해방의 시간이었다.

물리적인 환경이 달라지니 만나는 사람도 생각하는 기준도 모두 다 달라졌다. 무엇보다도 그곳에서는 누구도 나를 함부로 판단하지 않았고, 미디어와 현실 속에 다양한 형태의 아름다움이 존재했다. 인종과 나이를 넘어 생김새, 몸매, 스타일에 상관없이 곳곳에서 각자의 매력을 발하던 사람들. 미디어와 현실의 괴리감이 크지 않았다고나 할까. 사람들은 각자의 매력대로 인정받았고 아름다움의 기준은 자연스레 다양할 수밖에 없었다. 통상적이라는 이유로 나를 함부로 판단하지 않으니, 외부를 신경 쓸 이유도 타인의 기대를 충족시킬 이유도 없었다. 외부를 차단하니 자연스레 내 에너지는 나 자신과 스스로의 내면으로 집중되었다.

나만의 아름다움의 기준을 세우고 내가 그리는 모습을 실천할 용기를 낼 수 있었던 시간. 어쩌면 타인에 대해 관심이 없어서였을지도 모르지만, 무심한 말 한마디로 마음에 생채기를 내기보다는 무관심이 더 낫다. 덕분에 나는 원하는 대로 나에게 어울리는 스타일도 탐구하고, 내가 그리는 내 모습이 어떤지 구체적으로 밑그림을 그려나갔다. 한국과 달리 옷마다 사이즈 선택 폭이 넓은 것도 자신감을 북돋아주었다. 원하는 사이즈가 없어 좌절할 필요가 없었으니까. 사소한 일을 결정할 때도 다양한 선택지 속에서 삶의 무게중심과 주도권을 스스로 잡을 수 있다는 사실은 참 자유로웠다.

자기 결정권은 사적인 영역에서 국가의 간섭 없이 '스스로 결정할 수 있는' 권리다. 무얼 먹든, 입든, 하든 그리고 누구를 만나든 내가 자율적으로 선택할 수 있다는 말이다. 나이에 상관없이 누구에게나 주어지는 권리인데도 아름다움에 대한 자기 결정권이 내게 있다는 사실을 왜 아무도 알려주지 않았을까. 이내 주변을 원망하다, 우리 모두 다 몰랐던 건 아닐까 하는 결론에 이르렀다. 태어날 때부터 똑같은 교육을 받고 비슷한 삶의 방식을 택하며 우리는 남들과 점점 더 비슷해진다. 99%가 비슷한 사회에서 1%가 되는 것은 심리적으로도 매우 겁나는 일이다. 그래서 아무도 간섭하지 않았지만, 아무도 간섭하지 않았기에 남들이 하는 대로 결정해온 게 아닐까. 그렇게 자기 결정권은 우리 결정권에 묻혀갔을 것이다. 내가 나 자신이기보다, 그들이길 바랐던 것처럼.

꾸미기 좋아하던 신입생 시절 당연히 흰 바지는 내 선택지에서 당연히 제외, 청바지를 고를 땐 항상 어두운 색만 샀다. 나는 사회적으로 청바지에 흰 티만 입을 자격이 안 되는 것 같았으니까. 친구들을 만나도 매일 다이어트 얘기였고 소개팅과 미팅에 나갈 때면 키와 얼굴 몸매로 평가를 받기도 했다. 다이어트 왕국에서 결국 나는 스스로에게 가혹해지는 길을 택했다. 대학교 2학년 3주간 탄수화물 단백질 파우더만 먹으며 하루에 3시간씩 2차례 운동을 했다. 그 결과 10kg 감량에 성공, 몸 곳곳에 모세혈관이 터져 피멍이 들기 전까지 나는 스스로에게 가혹했다. 한의원에 들르자 선생님은 칭찬은커녕 꾸중을 했다.

"그렇게 안 먹고 무리하게 다이어트를 하니 모세혈관이 약해져서 이렇게 터지는 거예요, 쯔쯧."

이 가혹한 여정은 나의 선택이었을까 강요된 선택이었을까.

강요된 자발적 선택은 아니었을까.

스웨덴에서 돌아온 후 나는 여전히 한국에 살고 있지만, 더 이상 남의 판단에 상처받지도, 자기혐오에 휩싸이지도 않는다. 내 몸은 그대로지만 나는 더 이상 내 몸을 혐오하지 않는다. 오히려 건강하게 먹고 운동하고 아껴주며, 내 몸의 장점을 드러낼 수 있는 옷을 입고자 노력한다. 청바지에 흰티도 이제는 자신 있게 입는다. 가장 큰 변화는 혹여 타인의 시선이나 말이 가시처럼 내게 꽂혀도, 그 시선을 비난하기보다 웃음으로 승화시킬 배짱이 생겼다는 점이다.

"살이 좀 붙었네?"

"어떻게 알았어? 요즘 너무 잘 지내는 걸 들켰네!"

나는 더 이상 내가 뚱뚱하다고 생각하지 않는다. 대부분 여성들도 마찬가지일 것이다. 우리는 어떤 기준을 가지고 우리 몸을 바라보고 있는 걸까? 그 기준이 잘못되었다면?

삶이란 주어진 환경이라는 알을 깨나가는 과정이라 생각한다. 진정한 자기 자신은 익숙한 것, 익숙한 사람들로부터 거리를 두고 나를 둘러싼 세계를 확장해나가는 과정에서 발견할 수 있다고 믿는다. 자기 객관화도 중요하지만, 내 사고의 기준을 세우는 주변 사람들과 내가 속한 사회를 객관적으로 보는 게 더 중요하다. 물론, 그 과정이 절대 쉽지 많은 않을 것이다. 눈치 없는 사람, 유별난 사람, 적응 못하는 사람으로 여겨질 수도 있으니까. 더군다나 왜곡된 공동체주의가 강한 우리 사회에서는 내가 이상한 건 아닌지 스스로에 대한 신뢰를 잃기 쉬울 수도 있다.

그래서 더더욱 당연하다고 생각하는 모든 사회적 기준과 관념에 매일 질문을 던져야 한다. 내가 던지는 질문에 누군가는 비웃더라도 나로서 살아갈 용기를 매일매일 조금씩 키워나갈 수 있을 테니까. 그 질문을 던지는 것이야말로 삶이 변하고, 내가 사는 사회가 변하는 첫 걸음이리라 여전히 믿는다. 당연한 것들에 의심을 품고, 오늘도 내가 살고 있는 한국 사회에 의도적으로 거리를 두는 것이 내 삶을 주도권을 지키는 유일한 방법이라 믿는다. 우리는 사회적 존재이기에 앞서 개인적 존재이니까. 사회적 거리두기는 우리 마음에도 필요하다.

나만의 편식 매뉴얼 만들기

"너는 골고루 다 잘 먹네."

나는 어렸을 적부터 식성이 참 바르고 좋은 아이였다. 편식하는 것 없이 다양한 음식을 골고루 잘 먹어서 어른들이 예뻐하셨다. 나는 먹는 게 좋았다. 생명을 유지하기 위해 음식을 섭취하고 골고루 먹어야 한다고 배웠지만, 단맛, 쓴맛, 신맛 등 다양한 미각을 즐기는 게 좋았다. 초등학교 때 혀의 특정 부위에서 어떤 맛이 느껴지는지 배운 적이 있는데, 그게 너무 신기해서 음식을 혀 위에 두곤 맛을 음미하곤 했다. 어른이 되어서는 좋아하는 사람들과 음식을 나눠 먹으며 교류하는 시간이 좋았다. 음식을 소비하는 시간은 관계를 쌓는 시간이었다. 그만큼 먹는 것은 내 삶에서 떼려야 뗄 수 없는 행위였다. 살기 위해 먹고, 먹기 위해 산다고나 할까.

그런데 스웨덴에서 편식하기 시작했다. 특정 식품에 대한 알레르기도 없고 평생 편식도 하지 않았는데 음식을 가려먹는다니? 스웨덴에서 지내는 한동안 의식적으로 음식을 골라 먹었다. 육류를 먹지 않고 유기농 식재료를 소비하려고 노력했다. 건강을 위해서뿐만 아니라 내가 먹는 것이 곧 나를 대변한다는 사실을 깨우친 순간부터.

스웨덴에서는 음식 재료를 하나 살 때부터 많은 것을 꼼꼼히 따지는 친구들이 많았다. 어디서 생산되었는지, 어떤 성분들을 함유하고 있는지, 어떤 과정을 거쳐 유통되었는지 등 내가 신경조차 쓰지 않던 문제들을 친구들은 습관처럼 따졌다. 어느 날 내가 산 식품 포장지에 발자국이 그려져 있는 것을 보고 친구에게 질문한 적이 있다.

"이 발자국은 뭐야?"
"그건 탄소 발자국이야. 이 음식을 만들고 소비하면 줄일 수 있는 탄소량을 나타내. 사람들이 환경에 조금이라도 도움이 되는 선택을 하도록 돕기 위한 거지."

주변에는 건강뿐만 아니라 윤리적인 소비, 환경보호, 동물 권리 보호 등 다양한 이유로 채식을 실천하는 사람이 많았다. 사실 나는 탄수화물, 지방, 단백질을 골고루 먹는 게 미덕이라고 생각해왔다. 때문에 의식적으로 특정 음식을 배제하거나 줄이기 위한 노력을 한 적이 없었다. 더군다나 주머니가 가벼운 학생인 만큼 내가 먹는 음식이 어디서 생산되어 어떤 유통 경로를 거쳐오는지, 유기농인지 등 굳이 생각할 심적 경제적 여유도 없었다. 한국에서 유기농 제품은 일반 제품보다 두 배 정도는 비쌌으니까.

스웨덴에 도착한 지 일주일도 안 되어 친해진 친구가 있다. 프랑스 친구 클로이Chloe인데, 클로이는 내게 채식에 대한 관심을 촉발한 장본인이다. 클로이는 동물성 식품뿐만 아니라 동물로부터 나오거나 동물을 착취해 생산한 모든 제품을 결코 소비하지 않는 비건Vegan 이었다.

"왜 비건이 됐어?"
"어릴 적부터 동물과 함께 자랐어. 특히 말이랑 친한데, 말과 교감하면서 동물도 인간처럼 똑같이 고통을 느낀다는 걸 알게 됐어. 대체할 식품이 많은데 굳이 고기를 먹을 필요가 없다고 생각했어. 건강과 환경에도 좋고."

클로이는 동물보호뿐만 아니라 환경보호와 건강을 위해 비건 라이프를 실천하고 있었다. 비건을 처음 보는 내가 비건이 뭔지, 왜 스웨덴에 왔는지, 스웨덴에서는 무얼 먹고 사는지 질문 공세를 퍼붓자, 클로이는 프랑스에서도 채식을 하는 사람들이 많아지고 있지만 스웨덴에 채식주의자가 더 많고, 환경에 대한 의식이 더 커서 배우러 왔다고 했다.

클로이와 마트에 함께 간 날, 클로이는 스웨덴어 까막눈이던 나를 데리고 커다란 냉동고 앞으로 데려갔다.

"햄버거 패티, 미트볼부터 소시지까지 엄청 많다!"

다양한 간편 조리식품에 놀라자 클로이는 이 모든 게 채식 식품이라고 했다. 냉동고에는 'Vegetariskt채식의'이라고 적혀 있었는데, 채식 제품만을 전용으로 파는 코너였다. 보자마자 햄버거 패티 모양, 소시지, 햄, 미트볼이라 생각했던 것들이 모두 콩 제품이었다. 오븐에 데우거나 다른 채소와 볶거나 구워 간편하게 요리를 만들어 먹을 수 있는 제품들. 수십 가지의 채식 제품은 신세계였다. 클로이는 치즈 없이 채식 피자까지 만들어줬다. 토마토 소스를 바르고 고구마, 가지, 브로콜리 등을 올려서 피자 형태로 만든 맛있는 음식이었다. 우리가 아는 바로 그 피자는 아니지만 채식주의자들도 나름의 방법대로 다양하게 음식을 소비하는 게 인상 깊었다. 피자에 꼭 페퍼로니, 불고기, 치즈가 들어가야 한다는 법은 없으니까. 신념을 지키기 위해 일상에서 적극적으로 실천하는 사람들. 사소한 모든 것에 나는 나만의 철학이 있던가.

스웨덴 사람들의 편식은 식사 시간에만 국한되지 않았다. 스웨덴 사람들의 생활에서 빼놓을 수 없는 '피카' 문화. 피카는 커피와 디저트를 곁들여 먹으며 친구나 직장 동료와 함께 편안하게 대화를 갖는 시간이다. 우리나라에서 아메리카노를 흔히 마시는 것처럼 스웨덴 사람들은 진하게 내린 드립 커피를 마시는데, 커피가 굉장히 진해 대개 우유를 섞어 마신다. 그런데 흥미롭게도 매번 피카 할 때마다 테이블에는 여러 종류의 우유가 준비되어 있었다. 카페에서든 친구네 집에서든 학교에서든 말이다. 스웨덴어를 못 읽는 내가 어떤 우유를 넣어야 할지 당황하자 친구가 웃으며 자세히 설명해준다.

"너 혹시 채식주의자야? 이건 우유에 포함된 락토아제를 분해하지 못하는 사람을 위한 락토아제 프리 우유, 이건 저지방 우유. 이건 채식주의자를 위한 두유와 귀리 음료야."

두유는 한국에서도 흔했지만 귀리 음료는 처음 보는 것이었다.

"귀리 음료가 뭐야?"
"압착된 귀리에 물과 약간의 소금을 섞여 만든 건데, 스웨덴에서 가장 많이 마시는 우유 대체품이야. 커피에 넣거나 라떼처럼 만들어 먹기도 하고 시리얼과 함께 먹기도 해."

우유 하나만 준비하면 될 것을 소수를 위해 다양한 음료를 준비하는 것이 귀찮거나 손해일 법도 한데, 다양한 식습관을 지닌 사람들을 위한 대체품이 다양하게 갖춰 있다는 사실이 참으로 놀라웠다. 귀리 음료를 따뜻한 커피에 섞어 한 잔 들이켰다. 단순한 커피 한 잔에 우리가 살아가는 환경을 보호하는 마음뿐만 아니라 다른 타인을 배려하는 배려까지 마시는 기분이었다. 심지어 대부분의 스웨덴 레스토랑에서는 채식주의자를 위한 메뉴가 별도로 있었고, 주문을 받을 때면 늘 못 먹거나 안 먹는 게 없는지 질문했다. 홈파티를 할 때도 음식을 준비하는 호스트는 모두의 식습관에 대해 물어봤다.

"혹시 못 먹는 음식이 있거나 특정 음식에 알러지가 있는 사람은 미리 알려줘!"

누구나 타인의 식습관을 배려해 별도의 메뉴를 준비하는 것이 자연스러웠다. 그러다 보니 나 역시도 친구들과 함께 식사할 때는 채식주의자가 있는지 먼저 확인하는 것이 습관이 되었고, 초대하지 않은 손님이 올 경우를 대비해 채식 요리는 꼭 준비하곤 했다. 한국 음식을 만들어 대접할 때에도 김밥에는 햄 대신 콩고기를 넣어 준비하거나, 카레는 고기 대신 두부를 넣거나, 프라이드치킨 외에도 프라이드 두부 강정을 만들었다. 손이 더 가고 추가 재료를 구매해야 했지만, 다른 사람도 늘 내 식습관을 존중해주니 결코 번거롭지 않았다. 타인의 식습관 존중은 단순히 음식에 대한 이야기가 아니라 서로에 대한 배려이자 가치관을 존중하는 것이었다. 먹는 것을 통해 신념을 표출하고 어떤 상황에서든 지킬 수 있는 이유는 이를 존중하는 문화가 있기 때문임을 깨달았다.

스웨덴에는 채식주의자가 생각보다 더 많은 것 같다고 친구에게 말하자, 친구는 환경 문제에 대한 스웨덴 사람들의 관심은 교육에 의해서가 아니라 자연스러운 현상이라고 알려주었다.

"어릴 적부터 숲에서 버섯과 베리를 따고 뛰어놀며 자연과 가까이서 자랐기 때문에, 자연은 우리 삶에서 뗄레야 뗄 수 없는 생명과 같아."

채식주의자인 친구는 지나친 육류 소비가 환경오염의 주범이라며 채식도 이를 실천하는 방법 중 하나라고 했다. 내가 아끼는 자연을 아끼는 법. 2016년 이미 스칸디나비아 국가 중 스웨덴과 핀란드의 맥도널드는 McVegan(고기류가 전혀 없는 맥도널드 메뉴) 메뉴를 개발하여 판매하고 있었으니 일찍부터 스웨덴 사람들의 환경에 대한 관심은 남달랐다.

사는 곳이 달라지면 생각하는 것도 달라진다고, 스웨덴에 있는 동안 주변 생각에 영향을 받아 나도 자연스럽게 채식을 실천하고, 유기농 제품을 구매하는 습관을 길렀다. 유기농 제품이 일반 제품과 가격이 크게 차이 나지 않는 점도 경제적 부담을 덜어줬지만, 편식을 시작한 건 내 몸과 내가 살아가는 사회에 대한 책임감이었다. 그리고 편식을 존중해주는 환경. 채식을 하는 동안 나는 어디에서든 식습관을 당당하게 말할 수 있게 되었다.

"저는 채식주의자예요."

편식이 부끄러운 게 아니라 오히려 타인과 내가 살아가는 사회를 존중하는 방법임을 배웠던 시간.

사실 한국에 돌아온 후 내 식습관을 지켜내는 게 스웨덴에서보다는 조금 더 어렵다. 사회생활을 하면서 함께 음식을 나눠 먹는 우리나라 문화의 특성상 음식을 골라 먹기가 눈치 보이기도 한다. 삼겹살 회식에 남들이 다 Yes라 할 때, 나만 No라고 말하는 것은 굉장히 불편한 일이다. 특히 신입사원이라면….

그래도 편식하는 습관을 잃지 않으려고 노력 중이다. 혼자 있을 때는 고기 대신 두부나 해산물을 먹고 우유 대신 두유를 선택한다. 모임이 있을 때 피치 못하면 고기를 먹지만 나눠 먹지 않는 경우에는 고기가 아닌 메뉴를 주문한다. 여전히 나만 다른 메뉴를 시키는 일은 눈치 보이기도 하고 외식할 때 고기가 없는 메뉴를 찾기는 정말 힘들다. 하지만 내 건강을 돌보고 생각을 실천하기 위해 나만의 방식대로 편식할 계획이다. 그리고 타인의 식습관을 먼저 물어보고 배려하려고 노력 중이다. 아직까지 음식을 나눠 먹고, 함께 식사하는 상대의 식습관을 물어보는 게 어색하기에 '혹시 못 드시거나 안 드시는 음식 있으세요?'라고 먼저 물어보기도 한다. 그러면 상대도 자연스레 배울 수 있을까 싶은 마음에.

스웨덴에서 나는 채식주의자냐 아니냐를 떠나 개개인의 식습관과 소비 형태를 존중하는 것이 상대에 대한 배려임을 배웠다. 내가 할 수 있는 선에서 최대한 건강과 소비 정체성을 지킬 수 있는 사회를 나부터 만들어나가는 것. 나와 자연을 위하는 길이자 결국 인간의 지속가능한 삶을 위한 길이라는 것을 여전히 믿는다.

불편하게 살래요

편리한 삶이 정말 편안한 삶일까?

한국 사회는 굉장히 편리하게 인간의 다양한 욕구를 충족시키는 사회다. 대부분 사람들이 오전 9시~오후 6시까지 반복되는 일상 속, 사회 전반에서 굉장히 빠르고 편리하고 다양한 서비스를 제공한다. 이를 누리기 위해 필요한 것은 돈과 시간적 여유다. 사실 어느 나라든 돈이 많으면 살기 편리하다. 그렇다고 해서 반드시 살기 좋은 나라는 아니라고 생각하지만. 자본주의 경제체제 하에서 돈은 가장 효율적이고 효과적인 가치교환의 수단이다. 현금을 내던 시대를 지나 요즘은 휴대폰을 한 번 스캔만 해도 우리는 손쉽게 호화스럽거나 유익한 서비스와 물품을 획득한다. 이런 편리함은 생각보다 빨리 단순한 우리 일상 곳곳에 침투해 소비하는 줄도 모르게 소비를 이끈다. 그리고 한 달 뒤 날아온 카드 명세서를 보며 현실을 마주하고 좌절하고 만다. 2000원, 5000원, 20000원…. 아메리카노, 편의점, 배달 음식값 등 사치품을 산 것도 아닌데 카드값이 벌써 수십만 원이다. 빚도 역시나 티끌 모아 태산이다.

우리에게 주어진 시간은 하루 24시간으로 늘 제한적이기 때문에 시간을 절약하는 빠르고 편리한 서비스는 굉장히 달콤하다. 노마드 라이프가 대세라지만, 여전히 많은 사람이 오전 9시~오후 6시 동안 직장에 출근해 일을 하고 회사에서 점심을 해결하고 퇴근 후 저녁을 먹고 주말엔 여가 활동을 하며 보낸다. 한 개인의 진정한 자유 시간은 퇴근 후와 주말뿐이다. 때문에 맛있는 음식은 지천에 깔려 있고, 좁은 집을 벗어나 안락한 여가 시간을 보낼 카페가 즐비하고, 곳곳에 쇼핑할 거리와 유흥 거리가 가득한 우리나라의 환경이란, 바쁜 현대인에게 천국일지도 모른다. 회사 일에 지친 내 에너지와 부족한 시간을 아껴주는 서비스들을 마다할 사람이 누가 있을까. 하지만 이렇게 편리한 한국의 환경은 스웨덴에서 돌아오고 나서 불편하게 다가오기 시작했다. 배달음식, 총알보다 빠른 로켓배송, 길거리에 즐비한 식당…. 생활은 편리했지만 편안함은 적었다.

살 물건이 꽉 찬 상점이 즐비한 쇼핑 거리, 소음과 군중 속에 둘러싸인 환경, 수많은 쇼핑 쓰레기, 소비를 조장하는 환경과 빛의 속도보다 빠른 서비스에 에너지가 소진되고 집중이 깨졌다. 1500원짜리 아메리카노 한 잔과 같이 손쉽게 소비할 수 있는 음식, 물건, 서비스가 나의 소비 '뽐뿌'를 자극했다. 내가 내는 값싼 비용과 교환되는 편리한 서비스에 익숙해지다 보니, 필요해서 사거나 버는 만큼 쓰는 게 아니라 쓰는 만큼 벌어야겠다는 의지가 어느새 마음을 지배했다. 편리함의 홍수에 휩쓸려 소비의 기쁨을 누렸지만 그 감정들은 휘발성이 강해 이미 날아가고 없었다. 남은 것은 비어가는 잔고와 쇼핑의 잔해뿐이었다. 환경에 지배받지 않고 인간의 욕망의 크기를 조절할 수 있을까? 보는 대로 삶의 욕망이 커지는 것과 소비를 통제하기란 생각보다 어려웠다. 그래서 자잘한 소비가 진정 필요한 소비인지, 내게 어떤 편익을 주는지, 대체제는 없는지 등에 대한 고민을 간과했다. 이 소비가 궁극적으로 내가 원하는 삶과 같은 선상에 있는지도 돌아보지 못한 채.

삶의 중심을 찾았던, 불편하지만 무척이나 편안했던 스웨덴에서의 생활을 다시 불러와본다. 사실 스웨덴은 서비스도 행정처리도 느리고, 맛있는 음식도 많지 않고 외식은 비싸고, 직접 해야 할 일이 많은, 불편함이 많은 나라다. 거의 매일 도시락을 싸서 직장이나 학교에 가고, 장보고 요리하는 일이 일상이며, 무언가 고장이 나면 직접 해결해야 하는 경우도 많다. 그렇지 않으면 주머니가 금세 털리기 때문에. 그런데 이 불편한 나라에서 나는 생활이 불편하다는 생각을 해본 적이 거의 없다. 오히려 스웨덴 사회에서 더 성취감을 자주 느끼고 매일 안락함을 누렸다. 작은 것도 내 손으로 해내는 데서 오는 뿌듯함과 느린 시간에서 오는 편안함…. 한국에 살아본 스웨덴 친구는 물론 한국에서의 삶도 굉장히 편리하지만, 스웨덴식 라이프스타일도 스웨덴 사람에게는 불편하다기보다 자연스러운 삶이라고 했다. 다만 내가 모든 것이 편하고 빠른 한국에서 태어나고 자랐기 때문에 불편함을 많이 느꼈을 뿐인 것이다. 오히려 스웨덴에 살고 있는 한 한국인 친구는 한국에 오랜만에 방문하고 나서 선택지가 너무 많아 불편하다고도 했다. 물건 하나를 살 때도 가격 비교를 1시간 동안 해야 하고, 식당을 고를 때도 매일 뭐 먹지 고민해야 하는 선택장애에 그 친구는 오히려 스트레스를 받았다. 모든 건 상대적이다. 어떤 환경에 살며 어떤 경험을 했느냐에 따라.

스웨덴 사회가 너무 조용하고 단조롭다 보니 우울해지거나 외부의 끊임없는 자극이 그리울 때도 많았지만, 집-학교로 반복되는 단순한 삶과 사소한 모든 것을 직접 해내는 일상에 차차 적응했다. 식사는 집에서 대부분 직접 요리해 먹고 친구들과 홈파티를 하며 교류를 하고, 체육관에서 운동을 하거나 숲속에서 버섯이나 블루베리를 따고, 바비큐를 하며 자연 속에서 여가 생활을 보내고, 혼자 시간이 필요할 때면 강가에 있는 도서관에 갔다. 누구에게나 평등하게 주어지는 개인적 공간과 공공 자원을 많이 활용했다. 무분별한 소비 자극을 통제하고 스스로 나의 다양한 욕구를 충족하는 방법을 터득했다. 다만 외식을 하고 싶을 땐 맛있는 레스토랑에 가기도 했고, 문화생활을 누리고 싶을 땐 영화관이나 오케스트라 공연을 보러 갔다. 필요하거나 원하는 게 있다면 쇼핑하는 것은 물론이다. 중요한 것은 외부 자극이나 일상의 분주함, 타인의 욕망을 좇아 소비하는 것이 아니라, 모든 것이 나의 욕구에 집중되어 있었고 내가 선택해 소비한다는 점이었다. 덕분에 스웨덴에서 단순하지만 더 친밀하고 건강하며 자연에 한층 더 가까운 삶을 살았다. 무분별한 소비가 아니라 필요에 따라 소비하하며 욕망을 통제할 수 있는 습관도 키웠다. 모든 것이 구매 가능한 한국에 있을 때보다 불편함이 많은 스웨덴에서 더욱 편안하게 느꼈던 이유다. 남의 눈치 볼 필요 없이 내 모습 그대로 존재하며 합리적인 소비를 하는 것. 때문에 스웨덴 생활은 조금 덜 재밌고 불편한 점도 많았지만 심리적으로는 오히려 훨씬 더 자유롭고 만족스러웠다.

한국에 돌아온 후 나는 편리하게 살고 있지만 과연 편안하게 살고 있나 곰곰 생각해본다. 궁극적인 삶의 자유와 행복을 위해 소비에 저항하는 연습이 필요함을 느끼는 요즘이다. 진정한 삶의 행복은 지금 내키는 대로 소비하는 것도 미래를 담보로 현재 행복을 유예하는 것도 아니며, 현재만 생각하며 미래를 내팽개치는 것도 아니다. 아슬아슬한 자기만의 인생이라는 줄타기 위에서 균형을 찾고 지속가능한 삶을 계획하는 것이 중요하다는 사실을 스웨덴에서 배웠으니까.

1500원짜리 커피 한 잔을 살 때도 생각 없이 사는 대신, 카페에서 머무는 시간이 필요한 경우에만 사 마신다. 사무실에서는 회사에 구비된 커피머신에서 커피를 내려 마시고 커피머신이 없는 집에서는 아메리카노를 직접 타 마신다. 매해 트렌드를 좇아 사기보다 필요에 따라 옷을 구매한다. 몇 년 전 산 옷장에 묵혀둔 옷들도 다시 보고 필요한 옷이 무엇인지 파악하고, 다른 옷과 믹스 매치해 즐겨 입을 수 있는, 활용도 높은 옷 위주로 구매한다. 김밥 한 줄도 허투루 사 먹지 않는다. 내 몸과 지갑을 위해 회사에 도시락을 싸가려 노력하고, 집에서는 남자 친구와 나를 위해 매일 요리를 한다. 오랜만의 데이트에 외식할 때도 최근 외식을 자주하지는 않았는지, 음식이나 서비스가 우리가 내는 돈에 비해 괜찮은지 등 매일의 작은 소비를 되돌아보고 소비를 통해 얻는 게 무엇인지 자문한다. 소비하는 삶이 내 몸과 정신과 더 나아가 우리가 살고 있는 지구에 편안한 삶이 아님을 알고 있으니까.

나는 편리한 삶을 살고 있지만 과연 편안한 삶을 살고 있나? 궁극적인 삶의 자유와 행복을 위해 그리고 지속가능한 삶을 위해 오늘도 소비에 저항하는 연습을 하는 중이다. 그 과정에서 발견하는 성취감과 행복은 보너스다!

로마에서 로마법을 따르지 않기로 했다

'When you are in Rome do what Romans do.'

'로마에서는 로마법을 따르라'에 물음표를 던지다.

스웨덴에서 한국에 돌아온 지 두 달이 지났을 때다. 어디에 살든 스웨덴에서 배운 행복의 가치를 놓치지 않고 살 수 있을 거라 생각했고 가족과 보내는 시간이 얼마나 중요한지를 깨달았기에 돌아왔다. 그러나 혹시나 했지만 역시나, 스웨덴에서 변한 나와 변치 않은 한국 사이에서 오자마자 몇 차례 가치 충돌을 겪었다. 한국 나이로 29.5살로 귀국한 나는 오자마자 취업 전선에 뛰어들었다. 신분은 '서른을 코앞에 둔 신입 여성 구직자'였다.

'그래, 2년간 꿈 같은 삶을 살았으니 이제 정신 차리고 현실적으로 살자!'라고 스스로 매일 다짐을 되새기며 구직을 준비하던 중, 졸업한 학교에서 하반기 공채에 대비해 기업 관련 특강이 열린다는 소식을 친구에게 전해 들었다.

"학교에서 인적성 특강 열리는데 같이 들을래?"

한 번도 한국에서 취업을 준비한 적도 없었고 모르는 부분이 많았기에 정보도 얻고 인적성이 어떤 것인지 한번 살펴보자는 차원에서 4일 연속 열리는 특강을 신청했다. 대기업이나 회사 취업만을 생각하는 것은 아니었지만 우리나라 취업생의 90%가 어떻게 취업을 준비하는지 궁금하기도 했다. 스웨덴에 살면서 내가 한국 사회를 흑백안경을 쓰고 얼마나 편협하게 바라봤는지 반성하는 마음도 있었다. 그래서 우리나라 기업 문화와 사회를 편견 없이 보고 그들이 필요로 하는 부분을 나도 성실히 준비해보자는 마음으로, 30㎝ 남짓한 내 공간을 확보했다. 화요일에서 금요일에 걸쳐 아침 10시부터 6시까지 두 번의 모의고사와 언어, 추론, 수리, 공간감각 등 분야별로 강사님의 특강이 준비되어 빽빽하게 잡혀 있었다. 아침 일찍부터 빡빡하게 짜인 수업만큼 강의실도 100여 명이 넘는 학생들로 발 디딜 틈 없이 꽉 찼다. 학생들은 좁은 의자에 몸을 쑤셔 넣고 무대 위 스크린을 묵묵히 지켜보고 있었다. 하반기 취업 성공을 위한 결연한 의지를 다지며 긴장의 끈을 놓지 않았다. 마치 수능을 앞둔 고3 수능 특강 수업 같았달까?

수백 마리의 일벌들이 치열하게 벌집을 짓기 위해 각자 역할을 다하듯이, 나도 이 사회에서 내가 다할 수 있는 역할을 찾고 싶었다. 그리고 훌륭한 사람들 사이에서 배우고 싶었다. 그런데 내 의지가 너무 약했던 걸까? '남들도 다 하는데, 불평불만 하지 말고 나도 해야지!'

라는 결연한 마음으로 수업에 갔지만 이해할 수 없는 문제와 광경들에 의지가 한풀 꺾이고 말았다. 고백하자면 첫날 가장 일반적으로 적용된다는 굴지의 대기업 인적성 테스트를 보았는데, 나는 단 20%만 풀 수 있었다. 수학 공식도 모르고 공간 감각도 부족하고 추리력도 모자랐던 것이다. 열심히 준비해 더 많이 풀고 맞춘 사람들도 분명 많겠지만 마음속에 떠오르는 질문은 막을 수가 없었다.

'이 수많은 문제들을 과연 제한 시간 내에 제대로 풀어내는 사람이 과연 몇이나 될까? 이 문제를 '왜' 만들었고 이 문제를 통해 회사는 무엇을 '평가'하고자 하는 걸까? 이 문제를 푸는 사람들은 그 의도를 잘 알고 있을까?'

대기업에서 8년 정도 인사팀에서 근무하셨던 선생님은 우리에게 각 문제마다 회사에서 업무와 관련해 파악해보는 지점이 있다고 말씀하셨다. 예를 들면, 보기에 주어진 도형 두 개를 끼워 맞췄을 때 완성될 도형의 모양을 맞추는 문제 같은 경우, 우리가 일할 때 미래에 어떤 일이 일어날지 예측하며 업무를 진행할 줄 아는지 묻는 거라고. 사실 어찌 보면 일리 있는 말이었다. 정말 어찌 보면 출제자 의도가 그럴 수 있겠구나 싶었다. 게다가 8년 동안 대기업에서 인사 담당을 맡았던 분의 말씀이었다. 치열하게 살아가는 우리 젊은 취업 준비생들을 위해 자신의 경험과 지식을 열정적으로 나누며, 시험에서 좀 더 좋은 점수를 받으라며 가르침을 주셨던 고마운 분의 말씀이었다. 그러나 나는 선생님의 열정에는 감사했으나 그 가르침을 곧이곧대로 받아들이지는 못했다. 분명 뭔가 잘못되었다는 생각을 지울 수 없었으니까.

중고등학교 내내 정답을 찾기 위해 수많은 공식을 외우고 헤매야 했던 내 10대 때 모습이 눈앞에 아른거렸다. 선생님께서 우리에게 몇 시간에 걸쳐 가르쳐 준 방법은 제한 시간 내에 더 빠르게 '정답'을 찾는 기술이었다. 100여 명의 학생들은 아무 말 없이 그 풀이를 문제 밑에 받아 적고 풀이 과정을 동영상이나 사진으로 기록했다. 사실 이런 기술들이 어떤 시험에서 단시간에 성적을 올리는 데는 분명 도움이 될 수 있을 것이다. 우리가 인적성 테스트를 수년에 걸쳐 준비하지는 않으니까.

하지만 근본적으로, 인적성 특강을 들은 그 하루 7시간 동안 나는 아무래도 뭔가 잘못되었다는 기분을 떨쳐낼 수 없었다. 그 누구도 이것을 '왜' 공부하는지 묻지 않았다. 아무런 질문도 하지 않은 채 정답을 찾기 위해, 주어진 풀이과정을 그대로 받아 적는 우리의 모습. 그 누구도 질문을 하지 않던 너무나 고요했던 7시간. 질문하지 않는 우리 사회를 1백 명 취준생들의 치열한 생존 전장에서 다시 보았다. 청년실업이 하늘로 치솟는 와중에 경제적으로 아직 완전히 독립하지 못한, 서른을 앞둔 대한민국 여성 구직자 신분인 주제에 분수에 맞지 않게 불평불만을 했는지도 모르겠다. 더군다나 그 자리에 모두 찰나의 인생을 치열하게 살아가기 위해 모였으니까.

그러나 우리가 매일 내리는 일상의 선택과 삶의 중심에는 항상 '왜'라는 질문이 있다. 스웨덴에서 가장 첫 수업 시간에 배운 것은 항상 '왜'라고 물으라는 것이다.

'어떤 학자가 내린 한 개념의 정의도 고정된 것이 아니다. 언제든 변할 수 있다. 너만의 정의를 찾으라'는 교수님의 말씀. 물론 스웨덴에도 정답을 요구하는 시험도 있고 대형 강의도 존재하고 질문하지 않는 학생들도 있다. 하지만 전반적으로 스웨덴 교육은 학생의 자기 학습을 장려하며, 학습 과정에서 민주적으로 의견을 개진하고, 흥미를 따라 자기만의 관점을 가지도록 돕고 있다고 느꼈다. 오히려 그 때문에 유학 초반, 흥미 분야가 무엇인지조차 잘 몰랐던 나는 방향을 잃고 헤매기도 했지만. 스웨덴 교육에도 장점만 있는 것은 아니지만 그래도 가장 큰 장점이라면 '왜?'라고 질문하는 것을 그 누구도 두려워하지 않는다는 점이다. 생각의 '다름'을 존중하는 분위기가 조성되어 있기 때문이다. 질문의 질이나 질문하는 사람을 판단하지도 않는다. 때문에 활발한 토론이 일어나는 것이 굉장히 자연스럽다.

스웨덴에서 처음으로 경험한 토론 수업은 굉장히 편안한 분위기 속에서 진행되었다. 학생 각자가 정한 논문을 읽고 요약한 뒤 비판하고, 함께 논의할 주제들을 준비해왔다. 약 20분씩 각자 준비한 발표를 마치고 10~15분 정도 함께 의견을 나누는 시간을 가졌다. 아무리 편안한 분위기라도 평가에 반영되는 시간인 만큼, 나도 모르게 더 좋은 점수를 받고 싶었고 프로페셔널하게 마무리해야겠다는 마음이 앞서 있었다. 그런데 첫 스타트를 끊은 스웨덴 친구의 발표와 이에 대한 교수님의 피드백을 보자, 이러한 경쟁의식을 느끼는 내 모습이 부끄러워졌다. 사실 친구의 발표를 보면서 좋은 점수를 받기 어려울 거라는 생각부터 먼저 했다. 적어도 내가 느끼기에는 그 발표가 너무 격식 없고 말이 자연스럽게 이어지지 않는 등 발표 형식 면에서 전문성이나 완결성이 부족했기 때문이다.

그러나 발표와 평가의 핵심은 잘 갖춘 형식이 아니라 그 친구가 기존 연구에서 어떤 새로운 쟁점을 발견했는지, 이미 정립된 개념들에 대해 어떤 비판적인 시각을 가졌는지 등이었다. 발표자는 읽은 논문에서 부족하거나 잘못되었다고 생각했던 부분, 앞으로 더 연구가 필요하다고 생각하는 '자신만의 관점'을 끌어내 왔다. 발표 내내 청중과 교수님과 질문을 주고받으며 이어나갔다. 주어진 10~15분의 토론 시간에도 교수와 학생들은 너나 할 것 없이 궁금했던 부분에 대해 질문을 던지거나 자유롭게 의견을 나눴다.

석사생들이 모두 전문 지식을 가지고 있는 것은 아니기 때문에, 그래도 학생들보다 오래 공부한 교수가 발표에 대해 피드백하고 통찰을 나누는 게 더 효과적이라고 생각할지도 모르겠다. 하지만 적어도 내가 느낀 점은, 우리는 우리가 알고 있는 지식이나 사물의 정의가 정답이 아님을 질문을 통해 깨닫고, 호기심을 가지고 들여다보고 싶은 주제를 찾게 된다는 것이다. 더군다나 교수 역시 모든 지식을 섭렵하고 있지 않기에 당연히 모를 수도 있다. 교수의 역할은 지식을 전달하기만 하는 것이 아니라, 학생들이 흥미를 발견하고 새로운 시각으로 사물을 바라볼 수 있도록 더 깊은 통찰력을 바탕으로 이끌어 주는 것이라고 생각한다.

매번 수업 때마다 우리 교수님은 우리에게 수많은 질문을 던진다. '관광 개발의 정의가 뭘까?' '이 사람은 이렇게 정의했는데 과연 이 정의가 타당하다고 생각하니?' 'A라는 결정을 할 경우 B 입장은 어떨까?' 등등 수업 내내 질문을 던지고 자연스럽게 생각을 이끌어낸다. 사실 이에 대한 우리의 대답은 '~이럴 수도 있지 않을까?' '나는 이 부분이 더 보강되어야 한다고 생각한다' '잘못된 것 같다' 등 확신에 찬 답이기보다 또 다른 질문으로 이어지는 경우가 대부분이다. 하지만 이 과정을 통해 나는 오히려 관광학을 공부하면서 관련 이슈에 대해 다양한 시각을 가질 수 있었다. 또한 우리의 다양한 삶에는 정답이란 없으며 다만 각자의 이해관계 또는 가치관에 따라 '자신만의 관점'만이 존재할 뿐임을 깨달았다.

우리가 무엇을 배우는 데 있어 그 지식을 습득하기 위해서는 기존 지식을 받아들이고 암기하는 것도 중요하다. 다만 한국의 교육이나 평가 시스템은 암기에만 치우쳐 있었을 뿐. 한국에서든 스웨덴에서든 더 많은 지식을 내 것으로 만들어 남을 이겨야 한다는 경쟁시스템에서 우리 모두 자유로울 수 없다. 수십만 명의 지원자 가운데 소수를 걸러내려면 정답을 찾고 점수화한 데이터가 분명 효율적이고 효과적인 필터링 기준이 될 것이다. 이런 시스템 아래 우리는 정답을 찾아야 하고, 남들보다 더 많은 정답을 맞혀야 하고, 기존 시스템에 질문하지 않는 것이 생존에 더 유리할지도 모른다. 그러나 학습은 경쟁이 아니라 결국 나를 둘러싼 환경을 이해하고 생각을 정립해가는 과정임을 스웨덴에서 배웠다. 그리고 모르는 것은 부끄러운 게 아니며, 내가 모르면 남도 모르기에 결국은 또 질문해야 함을 깨달았다. 학습은 생각을 나누는 아름다운 과정이다. 때문에 우리는 항상 '왜'라고 질문해야 한다. 무엇을 할 때 '왜' 그것이 존재하고 우리는 '왜' 그것을 추구하는지, 그 과정에서 자신만의 답을 찾아가고 있는지.

'로마에 가면 로마법을 따르라'는 말처럼, 누군가는 내게 한국에 왔으니 한국에서 주어지는 의무, 관습, 규범 등에 '왜?'를 묻지 말라고 한다. 생존에 전혀 도움되지 않는 에너지 소모라고도 한다. 그러나 외면하기만 하는 것은 책임감 없는 자세이기도 하고, 그럴 거면 왜 돌아왔는지 스스로 되묻기도 한다.

한국인이라는 정체성은 나의 일부분일 뿐이고, 인간과 사회에 궁극적으로 도움이 되는 본질은 변하지 않는다. 그래서 나는 오늘도 질문하고, 묻고, 또 듣고 싶다.

여러분은 로마법을 지키고 계시나요?

혹시 그 법이 잘못되었다면요?

그 흔한 '빽' 하나 없지만

반짝반짝. 친구의 인스타그램 속 사진에는 비싸다고만 들은 목걸이가 테이블 위에 영롱히 빛나고 있었다. 너도나도 요즘 이 브랜드의 목걸이에 대해 이야기하기에 얼마나 대단한 것인가 문득 궁금해 찾아보았다. 그러고는 내 눈을 의심했다. 도대체 목걸이 하나에 0이 몇 개인 거야? 목걸이 하나에 수백만 원이라니! 기념일은 특별한 날이니까 그런가 보다 싶다가도, 특별한 날이 아니어도 명품 구매 인증으로 가득 차는 요즘의 인스타그램들이 떠올랐다. 샤넬, 루이비통, 에르메스, 구찌, 카르티에, 롤렉스…. 도대체 명품을 하나 사려면 월급을 한 푼도 안 쓰고 얼마나 모아야 하나 머리를 굴리다, 평균 월급을 호가하는 가방이나 시계를 나만 빼고 누구나 하나쯤은 가지고 있는 것 같아 내가 이상한 것인지 자문해본다.

얼마 전 1주년 결혼기념일을 앞둔 친구네 커플은 비싼 시계를 서로 선물하기로 하고 백화점에 들렀다 발길을 돌렸다고 했다. 너무 비싸서가 아니라 재고가 없어서라고. 가장 저렴한 시계를 산다 해도 약 4백만 원에서 비싸면 수천만 원까지 이르는 어마 무시한 가격에도 불구하고 명품 시계는 없어서 못 산다고 하니, 우리 사회가 명품에 대해 얼마나 미쳐 있는지 귀동냥하던 나조차도 그 광풍이 실감이 났다. 반짝반짝 로고가 빛나는 샤넬 백을 든 친구 앞에서 4년 전 SPA 브랜드 세일 코너에서 2만 원이 조금 안 되는 금액을 주고 산 나의 백팩과, 생일에 선물받은 나름 값비싼 40만 원 대의 스포츠 시계가 조금 초라해 보여 한참 바라보았다. 초라함을 화려한 상상으로 뒤덮어보려고 명품 가방을 든 나를 혼자 마음껏 상상해본다. 그리고 이내 내 안의 값싼 취향을 긍정하기로 했다.

사실 명품에 관심이 없다. 명품을 잘 모르기도 하지만, 큰돈을 들여 명품을 소유하는 기쁨을 잘 모르겠다. 그 큰돈으로 여행을 가거나 책을 사거나 근사한 곳에서 맛있는 것을 먹거나 저축을 하고 싶은 참 지루한 사람이다. 나 빼고 주변 사람은 다 하나쯤은 가지고 있는데 이에 대한 욕망이 전무한 나는 수백 번 자문해본다. 자격지심일지도 모른다는 생각에. '지금 내 경제적 능력이 부족해서 명품에 관심이 없는 걸까? 명품 구매쯤은 편의점에서 물을 사듯 쉽게 할 수 있을 정도로 돈을 엄청나게 많이 벌면 명품을 좋아하게 될까?' 끝없는 자문과 자기 검열 끝에 내 값싼 취향은 크게 변하지 않을 것 같다는 결론에 이르렀다. 이게 나라는 사람인 걸 어쩌겠나.

나의 값싼 취향에 영국인 남자 친구는 "네가 샤넬 백을 생일 선물로 사달라고 하지 않아서 다행이야"라고 가끔 농담을 건넨다. 그러면 나는 그가 구찌 신발을 바라지 않아서 다행이라 맞받아친다. 유유

상종이라고, 롤렉스 시계보다는 책을 천만 원어치 사달라는 그의 눈에는 한국의 대중화된 명품 소비 현상이 흥미로우면서도 위험해 보이는 듯하다. 물론 영국은 버버리, 롤스로이스 등 명품의 고향이긴 하지만 그의 한마디의 무게는 명품의 '대중화'에 있었다.

"한국에서 지하철이나 버스를 타면 비싼 명품 가방을 든 많은 사람을 볼 수 있어요. 명품을 살 능력이 있다면 왜 복잡하고 어쩌면
불편할 수도 있는 대중교통을 타고, 가방에 흠집이 나지 않게
꽉 끌어안는지 궁금해요."

한 외국인 여행객의 뼈 있는 농담은 우리 사회의 자화상을 여실히 드러낸다. 특히, 한국에서 오래 산 남자 친구와 호주인 친구는 유독 한국인이 명품을 소유하는 것에 자부심을 가지는 것 같다고 말했다.

"영국이나 호주에도 명품을 좋아하고 소비하는 사람들이 많아.
그런데 한국에서는 명품이 명품이 아니라, 누구나 다 가진 평균의
기성품인 것 같아. 그리고 많은 한국 사람들이 명품이 자신의 가치를
증명한다고 생각하는 것 같아."

그들의 시선으로 본 우리의 자화상. 내가 소유한 명품을 통해 본인의 가치를 드러내고자 하는 많은 사람들. '우리의 가치가 그깟 명

품 백밖에 안 되는 걸까?' 하는 생각에 씁쓸해졌다. 물론 능력이 있고 내가 진정으로 원해 구매하는 것은 합리적인 소비다. 하지만 남에게 과시하고 싶어서 또는 남들도 하나쯤은 있으니까라는 이유라면, 무리해서 타인의 욕망을 소비하는 것은 행복이 아니라 불행에 더 가까워지는 지름길이다. 더군다나 내가 가진 물건이 과연 나의 가치를 증명할 수 있을까. 물건이 나의 가치를 다 담아낼 수 있다면, 내가 그것밖에 되지 않는 존재일까 봐 두렵다.

사실 나도 명품 쇼핑을 아무렇지 않게 여기던 때가 있었다. 대학생 때 해외에 나갈 기회가 있으면 빡빡한 일정인데도 명품 아울렛 쇼핑을 기어이 포함시켰다. 엄청나게 비싼 가방을 살 능력은 없었지만 지갑이나 작은 가방이라도 싸게 사면 소위 '득템이다'라는 마음으로 친구들과 삼삼오오 무리 지어 쇼핑을 갔다. 당시 수입이 0인 대학생이었는데도 10여 년 전 물가 기준 백만 원어치 쇼핑을 하곤 했으니, 그 배짱이 어디서 나왔는지 스스로도 놀랍다. 내 명품 소유욕에 대해 곰곰 생각해보면, 배짱은 없었고 나 스스로를 타인으로부터 소외시키고 싶지 않은 마음이 더 컸던 것 같다. 나도 친구들이 가진 브랜드 가방이나 지갑쯤은 갖고 싶은 마음.

빡빡한 여행 일정에도 기어이 아울렛에 들러 사 온 가방과 지갑은 결국 몇 번 쓰지도 않고 얼마 전 당근마켓에 팔아버렸다. 글을 올린 지 얼마 되지 않아 내 물건은 새로운 주인을 찾아 떠났다. 많은 사람들이 당근마켓에서조차 중고 명품을 찾는 덕분에. 더는 특별하지 않은 명품 플렉스. '나 좀 봐주세요!' 하는 인정 욕구 경쟁의 장에서 나는 간신히 탈출했다.

리투아니아와 스웨덴에 사는 동안 그리고 유럽 여행을 하는 동안, 물건을 함부로 소비하거나 가진 것을 과시하지 않는 태도에 대해 정말 많이 배웠다. 120년 이상 된 할머니의 고가구를 매일매일 닦고 관리하던 리투아니아 친구네 가족과 유럽 지역 곳곳에 활성화된 중고시장, 내가 가진 것을 남에게 과시하지 않던 사람들의 태도. 하나의 독특한 이야기가 있는 모든 물건이 명품이 될 수 있고, 한 사람의 가치는 무언가를 소유하는 데 있지 않음을 배운 시간들.

북유럽 국가들은 전 세계에서 가장 잘 사는 나라인데도 스웨덴에 사는 동안 부를 과시하지 않는 사람들 모습이 참 인상 깊었다. 평등한 사회의 공동선과 질서를 유지해야 하기에 차별을 일으킬 수도 있는 행동이 지양되어온 덕분이기도 하겠지만, 대다수 사람들은 각자의 행복을 얼마나 다양한 경험을 하느냐에 둔다. 스웨덴 친구는 스웨덴에서 가장 부자인 사람은 '취미 부자'라고 말한 적이 있다. 자전거, 스키, 버섯 따기, 합창단, 오케스트라…. 스웨덴 사람들은 취미 이야기만으로도 새로운 사람을 만나면 이야기가 끊이지 않았다. 행복을 물건의 소유가 아니라 시간과 경험의 소유에서 발견하는 그들은 나보다 훨씬 더 행복해 보였고, 실제 통계로도 전 세계에서 가장 행복한 사람들에 가깝다.

휴가와 쉬는 시간이 부족한 탓일까? 2021년 미국 여론조사기관 퓨 리서치센터가 17개국 선진국 국민을 대상으로 삶에서 가장 가치 있게 생각하는 것이 무엇인지 물었는데, 한국만 유일하게 '물질적 행복'을 1위로 꼽았다. 가족 간의 시간이나 건강, 즐거운 경험보다 더 좋은 차, 더 큰 아파트 등을 행복의 척도로 삼는다니. 물질적 풍요가 행복을 보장하지 않는다는 것이 명백한데도 여전히 우리 행복의 척도는 제자리에 머물러 있다. 서글프다. 우리 모두 행복을 향해 달려왔는데 오히려 행복에서 멀어지고 있다니. 순간의 물질적 욕망은 충족되면 쉽게 휘발하지만 변치 않는 본질은 달리 있다는 것을 또다시 떠올리며, 나는 올바른 삶의 방향으로 달리고 있는지 멈추어본다.

명품, 명품을 소유할 만한 사람은 어떤 사람일까? 좋아하는 명품 브랜드가 생기고, 그 철학을 이해하고, 할부 걱정, 감가상각 걱정 없이 쇼핑할 수 있을 때면 명품을 사고 싶으려나? 나에게 명품이란 어떤 의미일까?

글을 쓰는 지금 다시 한 번 나 자신에게 물어보았지만, 앞으로도 명품을 살 일은 꽤 오랫동안 없을 것 같다. 멋진 명품 어른 밀라논나의 말씀처럼, 내가 명품이 되도록 나를 갈고 닦는 시간, 경험, 자원에 돈과 에너지를 써야지. 그 흔한 '빽' 하나 없지만 주변의 행복의 척도에 휘둘리지 않고 행복의 본질을 놓치지 않기로 한 나는, 오늘도 운동화 끈과 백팩을 단단히 메고 지하철에 오른다.

어른이, 이제 그만 '진짜 어른'이 될 때도 됐잖아!

한국에 돌아온 내게 엄마는 내가 엄마의 말에 더 자주 반박하게 된 것 같다고 했다. 반박이라기보다 사실 다른 생각을 나누고 싶었을 뿐인데 엄마와의 토론은 언제나 말싸움으로 번지곤 했다. 한국인이니까, 나이가 있으니까, 여자니까 등 엄마가 나를 규정하는 여러 기준이 나를 옥죌 때마다 답답함만 차오른다.

"그건 나의 정체성을 나타나는 일부분일 뿐이지
나를 정의하는 모든 게 아니잖아."
"그래도 현실을 생각해봐라."

서로 다른 생각을 나누고 이해하고자 시작한 대화는 크나큰 의견 차이만 더욱 명확히 확인하고, 서로의 가슴에 생채기를 내고 끝날 뿐이다. 엄마는 왜 내 생각을 존중해주지 않을까.

어른들에게 묻고 싶다. 행복의 기준과 삶의 속도는 누가 정한 거죠? 여러분 기준으로 우리 행복을 판단하지 말아주세요. 우리 모두 각자 행복을 위해 고군분투하고 있으니, 각자 나름의 답을 찾을 수 있도록 내버려둬주세요.

엄마가 하는 많은 걱정은 내가 여러모로 불안정한 상황에 있었기 때문임을 안다. 대한민국 평균 결혼 적령기를 놓친 딸이 30살이 되어 첫 사회생활을 시작한 데다, 당시에는 남자친구와 결혼을 약속한 사이도 아니니 엄마는 내가 답답했나 보다. 엄마의 계산으로는 내가 자금을 모아 결혼하고 아이를 낳을 수 있을지 따져보면, 내 나이가 너무 많았다.

"평균적으로 지금쯤 너 나이대면 이미 결혼했거나 결혼을 준비하는 친구도 많지 않니?"

그놈의 평균! 평균은 평균일 뿐 개개인의 삶을 대변할 수 없다고 생각하는 나는 엄마의 평균 이론을 받아들일 수 없다.

"그 평균 역시 다양한 개개인의 인생 총합을 그 수로 나눈 데 불과하잖아. 평균에 조금 벗어난다고 해서 잘못 살고 있는 것은 아니라고 생각해."

반복되는 갈등에 매번 엄마에게 지지 않기 위해 고개를 빳빳이 들고 반박하지만, 사실 마음 한 켠에서는 삶에 대한 묵직한 책임감이 나를 짓누른다. 내가 한 말에 책임을 질 만큼 나는 독립적인 삶을 살아왔나? 그리고 지금 그렇게 살고 있나? 난 나이에 걸맞은 어른이 되었을까?

20대의 나는 내가 독립심이 강한 사람이라 생각했다. 스무 살에 서울로 유학을 와 대학교에 입학하자마자 자취를 시작했고, 전액은 아니지만 장학금을 받으며 공부도 했다. 누구도 등 떠밀지 않았지만 혼자 해외여행도 다녀왔고 전액 장학금을 받고 해외 대학원 유학도 다녀왔다.

'역시나 나는 독립적이고 진취적인 사람이야.'

20대의 나는 성취의 도파민에 젖어 모든 걸 나 스스로 성취해냈다고 생각했다. 성인이 되어서도 부모의 그늘 아래, 부모의 안전한 울타리 안에 있었다는 사실을 외면한 채. 엄마 아빠는 뼈 빠지게 일해서 대학까지 나를 공부시켜주고 용돈 주고 생활비까지 주셨는데, 나는 부모님이 주신 모든 것을 당연하게 받아들이고 있었다.

어른. '다 자라서 자기 일에 책임질 수 있는 사람'. 국어사전을 찾아보니 '책임'이라는 단어가 가슴에 꽂힌다. 스무 살 성인이 된 이후 나는 정말 어른이 되었을까? 그렇지 않다면 언제 어른이 될 수 있을까? 나는 어른의 모양을 한 어른아이는 아니었을까.

스웨덴에 사는 동안 주변에서 일찍 어른이 된 친구들을 많이 만났다. 대학에서 만난 많은 친구들은 나보다 더 일찍 경제적으로, 심리적으로 부모님에게서 독립해서 살고 있었다. 대부분 만 18세에 부모님과 함께 살던 집을 나와 독립해 살면서 생활비까지 스스로 충당했다. 심지어 남자 친구나 여자 친구와 동거를 하거나 가족을 이룬 친구들도 꽤 있었다. 대학 등록금, 생활비, 유학 생활비, 보증금 등 많은 경제적인 부분을 부모님께 수년간 의지해온 나로서는 100% 온전히 자신의 힘으로 공부하고 인생을 주도적으로 설계하는 친구들 모습이 신기했고 존경스러웠다. 무상교육에, 정부로부터 한 달 동안 생활비를 지원받는(스웨덴 학생들은 국가로부터 한 달 평균 30만 원을 무상으로 받고 나머지는 저리로 국가에서 대출받는다) 복지 제도의 혜택도 컸지만, 경제적인 문제를 떠나 심리적으로 학업과 삶을 스스로 책임지는 자세는 충분히 귀감이 되었다. 자라온 환경이 너무 다르기에 삶의 방식이 다를 수밖에 없지만, 일찍이 부모에게서 독립해 주도적으로 삶을 책임지는 친구들 모습은 참 멋있고 진정 어른스러웠다.

영국인 남자 친구는 스웨덴과 마찬가지로 영국에서도 18세가 되면 대부분 자녀들이 부모로부터 독립한다고 했다. 부모와 함께 살던 집을 떠나는 것은 물리적인 독립뿐만 아니라 경제적, 심리적인 독립을 의미했다. 이는 자녀가 어른으로서 삶을 주체적으로 이끌어갈 기반이 된다. 남자 친구는 21살이 되던 해 하고 싶은 일을 찾아, 한 번도 온 적 없는 낯선 나라 한국에 혼자 왔다. 부모님은 한국이 너무 멀어 자주 못 본다는 마음에 아쉬워하셨지만, 하고 싶은 일을 찾아 떠나는 그를 응원해주셨다고 한다. 그는 하고 싶은 일을 위해 비자 발급부터 생활비, 보증금까지 스스로 다 해결했다. 하고 싶은 일을 곧바로 시작할 수는 없었지만, 그때그때 할 수 있는 일을 통해 돈을 모으며 목표에 다가갔다. 그는 지금 하고 싶은 일을 하며 매일 치열하고 행복하게 살고 있다.

"언제 돌아올지도 모르는데, 한국에 살러 간다고 했을 때
부모님이 뭐라고 하셨어?"
"영국의 부모님은 혼전동거에 대해 뭐라고 하시진 않아?"
"부모님께 금전적인 도움은 일절 안 받아?"
"부모님은 네가 지금 하는 일이나 직업에 대해서는 뭐라고 하셔?"

내 질문 공세에 남자 친구는 "They don't think it's their business"(부모님은 자기 일이라고 생각하지 않아)라고 대답했다. 18세 이후 삶의 결정은 스스로 내리고 책임지는 게 당연하단다. 다만 부모님은 언제나 묵묵히 그의 곁에 계신다. 부모님의 도움이 필요할 땐 언제든 SOS를 요청할 수도 있으니까.

"Let me know if you need any help." (도움이 필요하면 언제든지 말하렴.)

교환학생과 유학 생활을 위해 외국에 갈 때면 엄마와 친척들 도움을 당연하게 여기던 내 모습과, 사사건건 엄마와 부딪히던 그 시간이 떠올라 얼굴이 화끈거렸다. 필요할 때마다 부모님께 손 벌리는 것을 너무 당연히 여기던 내가 떠올라 부끄러운 마음에, 괜히 부모님 탓을 해본다.

'해달라는 건 괜히 다 해줘가지고….'

부모님은 내 삶을 위해 당신들 삶에서 많은 것을 포기했고, 나는 부모에게 그 빚을 갚기 위해 부모에게서 자유로울 수 없고, 부모님은 부모님대로 또 희생하며 우리는 더욱 단단히 엮여 있다. 어른이 되어서도 서로를 떠나보낼 준비가 안 된 우리.

남자 친구뿐만 아니라 주변의 많은 외국인 친구들은 나보다 훨씬 더 성숙한 것 같았다. 부모와의 관계도 훨씬 더 자유로우면서도 친밀했다. 스스로 결정을 내리고 책임을 지면서도 독단적이지 않았다. 부모와 충분히 대화하고, 부모는 그 결정을 존중해줬으며, 반대로 친구들은 부모를 독립적인 개인으로 존중했다. 자식들이 성인으로서 독립한 뒤 부모는 제2의 인생을 설계했고, 각자는 성숙한 어른으로서 각자의 삶을 꾸려나갔다. 죽을 때까지 우리는 부모와 자식이지만, 적당한 거리를 두고 어른 대 어른으로서 서로를 존중하는 부모 자식 간 관계가 참 어른스러웠다. 개개인을 독립된 개체로 존중하는 문화는 모두가 각자의 삶을 책임지고 행복을 찾아갈 수 있는 동력이 되었다.

매번 부모라는 나무 아래서 열매만 따 먹은 내 지난날에, 나는 부모님의 자유와 삶을 얼마나 존중해본 적이 있나 싶어 부모님께 미안해졌다.

'양육의 목적은 자녀의 독립이다.'

어린이들의 '뽀통령'이자 정신의학박사인 오은영 박사의 말이다. 오은영 박사는 탯줄이 끊어지는 순간부터 자녀는 부모에게서 독립적인 존재가 된다고 했다. 정신분석학자 에리히 프롬 역시 오래된 고전이자 대표적인 저서 《사랑의 기술》에서, 부모의 참된 사랑은 자식이 떠날 준비가 됐을 때 떠나보내 주는 것이라고 했다. 엄마의 자궁 속에서 열 달을 보낸 뒤 모든 인간은 독립한다. 진정한 인간의 실존은 분리불안을 극복하고 온전히 스스로의 힘으로 세상을 살아가는 데 있다. 따라서 부모의 진정한 사랑은 자식이 세상을 혼자 힘으로 헤쳐나가는 모습을 지켜봐주는 것이다. 진로, 취업, 결혼, 동거 등 삶의 중대한 결정 앞에서 걱정을 빌미로 자식 대신 결정을 내려주기보다, 자식이 옳은 선택을 내릴 수 있도록 믿고 지켜봐주는 것.

내가 좀 더 일찍 독립했더라면 나는 일찍 어른이 되었을까? 부모와 자식의 건강한 관계는 뭘까? 나는 앞으로 어떤 자식으로 그리고 부모로 성장하고 싶은가? 아직 이에 대해 명쾌한 답은 없지만, 분명히 다짐하는 건 더는 부모에게 기대지 않을 것, 대신 내 감정과 생각을 더욱 내밀히 나눌 것, 그리고 부모가 되었을때 아이가 사소한 것이라도 스스로 해낼 수 있도록 기다려주어야겠다는 약속이다. 스스로 해낸 작은 성취들을 통해 인간은 성장하고, 내밀한 정서적 교류를 통해 관계는 진정성 있게 발전한다고 믿으니까.

"엄마는 혼전 동거에 대해 어떻게 생각해?"

스웨덴에서 돌아온 이후 나는 엄마에게 직업, 연애, 동거, 결혼 등 내 삶에서 중요한 것들에 대해 이야기를 많이 나누려 노력하고 있다. 내가 왜 이런 선택을 내리고자 하는지, 얼마나 할 건지, 대안은 무엇인지. 이런 이야기를 나눠본 적이 없어서일까, 처음에 엄마는 껄끄러운 이야기를 잘도 꺼낸다며 나에게 유별나다고 했지만, 수많은 어색한 정적과 감정의 줄다리기 끝에 엄마는 무심한 듯 한마디를 던지셨다. "이제 니 알아서 해라." 짧고 무뚝뚝한 한마디지만 그 한마디에는 많은 것이 담겨 있음을 안다. 나에 대한 신뢰와 사랑 그리고 존중. 덕분에 우리는 더욱 독립적인 성인이 되었고, 그만큼 더 가까워졌다.

오늘도 휴대폰 속 엄마 얼굴을 보며, 오늘 하루 있었던 중요한 일과 내 생각을 나누었다. 내 하루의 끝에 엄마의 걱정 어린 잔소리가 100% 사라졌다면 거짓말이다. 하지만 걱정이 담긴 엄마의 잔소리도 존중받아 마땅하기에 엄마의 말을 끊지 않고 경청했다. 그리고 이어지는 엄마의 한마디.

"니 알아서 해라."

우리의 대화는 오늘도 이렇게 끝난다. 나도 엄마도 어떤 선택에 대한 결괏값은 모르지만, 스스로 내 길을 찾아왔듯이 앞으로도 난 부딪히며 결국 헤쳐갈 것이고 엄마에게 보여드릴 것이다.

이제야 나는 어른아이에서 어른이 되기 시작했다.

살면서 이런 평가는 처음이야

우리는 태어나서 죽을 때까지 수많은 평가를 받는다. 태어나 사회화에 첫발을 내딛는 10대 때는 수우미양가로 표시되는 초등학교 성적 평가부터 등급과 등수로 표시되는 입시 성적 평가가 우리 삶을 지배한다. 대학교에서도 그 평가는 별반 다르지 않다. F부터 A+까지 객관식 시험 문제로 정량화된 점수를 얻고 정량화된 점수를 바탕으로 타인과 비교해 평가를 받는다. 모든 건 수치화되며 타인과의 비교를 통해 상대적인 우위를 차지하고 더 나은 성적표를 얻는다. 대학을 졸업해 정글에 뛰어들 때도 사정은 크게 다르지 않다. 성적, 수많은 자격증, 시험 점수를 바탕으로 취업을 준비하고 입사 후에도 핵심 성과지표인 숫자를 바탕으로 인사 평가를 받는다. 모든 걸 수치로 뽑고 정량화하면 목표가 뚜렷해 보이고 상대적으로 객관적인 평가가 가능하겠지만, 목표를 달성하기 위해 들이는 과정을 간과하게 되기도 한다. 또한 스스로 숫자에만 매몰되다 보니 나를 종합적으로 볼 기회를 갖기가 참 어려울 뿐만 아니라, 우리의 모든 평가는 타인의 평가에 의존해왔다. 살아가며 수많은 평가를 받는 우리에게 더 나은 평가 방법은 없을까? 난생처음 받은 인사 평가에서 그 해답을 찾았다.

스웨덴에서의 경험을 살려 스웨덴 회사에서 일을 시작한 지 8개월 차, 새해를 며칠 앞둔 어느 날 인사팀으로부터 이메일 한 통이 도착했다.

"Dialogue(대화)를 준비하세요."

입사 7개월 차, 여전히 회사의 여러 문화에 대해 배우던 나는 처음 접해보는 Dialogue라는 단어에 잠시 당황스러웠지만, 이내 이메일을 열어보고는 1년에 한 번 진행되는 '인사 평가'라는 것을 깨달았다. 서른 살이 넘어 뒤늦게 사회생활을 시작했기에 생애 첫 인사 평가를 받게 된 것이다. 하지만 우리 회사는 '인사 평가'라는 말을 쓰지 않는다. 대신 매니저와 내가 1:1로 마주 앉아 1시간~1시 30분 등 정도 나의 성과와 업무 태도 또는 매니저에게 바라는 점에 대해 이야기를 나누고 새해의 골을 세우는, 말 그대로 'Dialogue(대화)' 시간인 것이다. 이메일을 열어보니 8장에 이르는 Dialogue 자료가 첨부되어 있었다. 우리가 왜 'Dialogue'를 하는지부터 어떻게 무엇을 준비해야 하는지까지.

'Dialogue는 라인 매니저와 한 해를 돌아보고 목표를 설정하는 시간이자 스스로를 돌아보는 시간입니다.'

매니저는 효과적인 Dialogue를 위해 무엇을 준비해야 하는지 알려주었는데, 모든 직원은 총 3가지를 준비해야 했다.

-

1. 나와 긴밀하게 일하는 동료 2~3명에게서 나의 강점과 개선점에 대해 피드백을 받는 것
2. Job description(직무 기술서)을 바탕으로 스스로에 대해 핵심 업무 및 업무 태도에 대해 평가하는 것
3. 이 외에 회사에서 일을 하며 느끼는 감정적인 부분에 대해 매니저와 이야기 나누는 것

-

삶에서 숫자로 표현할 수 없는 것들이 많다는 사실을 알고는 있었지만, 막상 타인에게 피드백을 요청하고 나 자신에게 대화를 걸어야 한다고 생각하니 무척 막막하고 떨렸다. 우선 남에게 나의 강점과 개선점에 대해 직접 피드백을 요청해본 적도 없을 뿐만 아니라, 스스로 내 일에 대해 체계적으로 되돌아본 적이 없었기 때문이다. 타인이든 자기 자신이든 마음을 열고 대화를 나누는 것은 자기 객관화를 할 수 있는 절호의 기회이지만, 굉장히 어렵고 용기가 필요한 일이었다. 아무리 타인의 평가에 민감하지 않으려고 해도, 우리는 타인과 함께 살아가는 사회적인 존재이며 부정적인 평가에 대해서는 본능적으로 자기방어 기제가 생기기 마련이기 때문이다. 물리학자 정재승 교수는 자기 객관화야말로 우리 뇌의 가장 고등한 능력이라고 했다.

동료들은 나를 어떻게 보고 있을까?

피드백 받고 싶은 동료를 내가 먼저 선택한 뒤 매니저와 상의하여 합의를 보았고, 나는 사회 생활 5~10년 차인 매니저 세 분에게 피드백을 요청했다. 나와 긴밀하게 일하는 동료 세 분에게 떨리는 마음으로 이메일을 썼다.

-

OO님, 안녕하세요.

Dialogue 준비를 위해 피드백을 요청 드리고자 이메일 드립니다.

OO님과 함께 일하면서 어깨너머로 이 분야에 대한 지식뿐만 아니라 일에 대한 태도에 대해서도 많이 배우고 있어요. 주시는 피드백이 항상 많은 도움이 되고 있어요. OO님이 저와 함께 일하면서 느낀 제 강점과 개선점이 있다면 XX까지 나눠주실 수 있을까요?

내년에는 적극 반영하여 2.0 버전의 저로 찾아뵙겠습니다. :)

감사합니다.

-

며칠이 지나 동료들에게서 피드백이 도착했다. 마땅히 내가 준비해야 하는 일이고 완벽한 인간은 없다는 걸 알기에 긍정적인 피드백만 있을 거라 기대하지는 않았지만, 타인이 바라보는 나를 마주하기란 쉽지 않았다. 이메일을 열기 전부터 심장이 콩닥콩닥 뛰었다. 하지만 도착한 피드백을 하나하나 읽으며, 이내 무릎을 탁 칠 수밖에 없었고 오히려 감사한 마음이 피어났다. 세 명의 동료가 준 나의 강점과 개선점은 나 스스로 평가한 내용과 비슷한 부분도 있었지만, 특히 개선점에 대해서는 내가 오히려 놓치고 있던 부분을 더 넓은 관점에서 제시해주었다. 역시 경험과 연륜은 무시할 수 없구나. 내가 항상 나무만을 보고 업무를 진행해왔다면, 동료들은 숲을 보고 내 업무를 다각도에서 관찰하고 있었다. 혼자 프리랜서로 일할 때 타인으로부터의 도움과 소통에 대해 늘 갈증을 느껴왔는데, 동료들이 준 소중한 피드백은 나를 객관적으로 파악할 수 있는 거울이자 나 스스로를 평가하는 기반이 되었다.

스스로에 대한 평가는 나의 직무 기술서를 기반으로 업무(What)와 업무를 대하는 태도(How), 이렇게 두 부분으로 이뤄졌다. 지난 9개월을 찬찬히 돌아보며 나의 성과와 부족했던 점 그리고 타인과 어떻게 협업해나갔는지 차근차근 적어내려 가보았다. 특히 우리 회사에서는 업무를 대하는 태도 부분인 How를 굉장히 중요하게 생각하는데, 이에 대해서는 회사가 중요하게 생각하는 7가지 가치를 기반으로 해 스스로 평가를 내렸다.

과거의 나를 마주하는 것 역시 타인의 피드백을 듣는 것만큼 쉽지 않았다. 입사 후 위축되어 업무에 대한 자신감이 없던 내 모습, 자기방어 기제로 똘똘 뭉쳐 동료들에게 마음을 닫았던 시간, 독립적이지 못했던 순간들을 생각하니 얼굴이 화끈거렸다. 하지만 그럴 때마다 매니저는 나를 따로 불러, 지금 내가 마주하는 문제를 들여다보게 했고 개선할 수 있는 해결책을 함께 고민해주었다. 마음의 상처를 입지 않았거나 변명하지 않았다면 거짓말이지만, 매니저의 피드백은 나 역시도 느끼던 바라 수긍할 수밖에 없었다. 그러니 매니저가 시간을 내어 내가 발전할 수 있는 기회를 준다는 것은 참 감사한 일이었다.

Dialogue 덕분에 현재의 나는 과거의 나와 마주할 수 있었다. 이 시간 여행은 아팠던 과거를 들여다보는 시간이기도 했지만, 그 시간들을 거쳐 내가 얼마나 독립적이면서도 타인과 조화로울 수 있는 사람으로 성장했는지를 파악하는 시간이자 앞으로 나아갈 방향을 제시하는 토대가 되었다.

드디어 Dialogue 당일. 동료들과 나 자신에 대한 평가를 정리해 약 1시간 정도 팀 매니저와 이야기를 나누었다. 나는 동료들에게 어떤 피드백을 받았고 스스로 어떤 평가를 내렸는지, 앞으로 어떤 부분을 발전시키고 싶은지 허심탄회하게 이야기했다. 또한 상사로서 매니저는 나에게 필요한 인사이트와 도움을 주고 있는지, 앞으로 내가 매니저에게 바라는 것은 무엇인지도 솔직하게 털어놨다.

참 신기하게도, 매니저가 바라보는 나 역시 다른 동료들과 나 스스로 바라본 나와 크게 다르지 않았다. 이래서 자기 객관화가 정말 중요한 거구나. 매니저와 나는 각자의 평가지를 바탕으로 지금의 나에 대한 발전 단계를 합의했고, 올해 업무에서 목표로 하는 부분을 정리했다.

- *카피라이터로서 캠페인 핵심 메시지를 잘 이해하는 것*
- *비즈니스 및 캠페인에 관한 다각적인 관점을 기를 것*
- *더 주도적인 자세와 주인의식을 가지고 업무에 일할 것*
- *타인을 존중하고, 열린 마음과 명확하게 의사를 전달하는 장점은 더욱 개발할 것*

내가 사회에서 처음으로 받은 평가는 일방적인 평가가 아니라 매니저와 나의 양방향 '대화'로 끝났다. 숫자에 기반한 정량 평가보다 정성 평가가 대화를 이끈 1시간 30분. 숫자로 나를 재단할 수는 없었지만 오히려 나 자신을 객관적으로 바라볼 수 있었던 시간이었다. 단순히 직장인으로서의 나를 평가한 시간이 아니라, 나를 둘러싼 타인과 내 안의 자아가 마주하고 대화를 나누며 스스로에 대해 돌아본 소중한 시간이었다.

회사에서 왜 인사 평가를 Dialogue라고 하는지 그제야 깨달았다. 나와 함께 처음으로 Dialogue 시간을 가진 동료는 이런 회사의 평가 방식이 새로웠지만 도움이 많이 되었다고 했다. 10년간 국내 대기업과 외국계 기업에서 일한 경험이 있는 동료는 대다수 회사에서는 라인 매니저가 당사자를 평가할 뿐, 타인으로부터 자세히 피드백을 들을 일이 많지 않다고 했다. 또한 트렌드 이해, 시장 이해 노력 등 수치화하기 어려운 부분도 리포트 작성 개수와 같은 기준으로 정량화된다고 했다. 결과만 만들어내면 좋은 평가를 받는 구조. 그 안에서 우리 무엇을 배울 수 있을까.

비즈니스의 세계에서 우리는 늘 최선의 결과물을 만들고자 노력한다. 좋은 결과물을 만들기 위해서는 뚜렷한 목표와 객관적인 데이터를 기반으로 의사 결정을 내려야 한다. 하지만 그 결과물을 만들어내는 '사람'의 노력을 어떻게 다 수치화하여 평가할 수 있을까. 오히려 좋은 숫자를 만들어내려면 일하는 과정에서 동기 부여, 대화, 협력, 리더십 등 휴먼 터치가 더 중요하다는 사실을 나의 첫 인사 평가를 통해 깨달았다. 훌륭한 숫자 아래 빛나는 성과가 나오려면 우리 내면에 좋은 마음이 먼저 피어나야 하지 않을까.

내 꿈은 좋은 직업을 갖는 것이 아니다

팀장님과의 20여 분간 짧은 미팅이 끝나자마자, 두 번째 퇴사는 이제 돌이킬 수 없는 일이 되었다.

서른한 살에 신입 사원이 되었다. 남들보다 훨씬 늦게 설렘을 안고 시작한 제대로 된 첫 직장 생활. 긴장감이 역력했던 출근 첫날의 모습이 생생하게 그려지는데, 1년 반의 회사 생활이 20분 안에 정리가 된다니 기분이 참 묘하다. 인생의 끝에서 지난 삶을 돌아봤을 때도 이런 기분일까…. 어떻게 퇴사 이야기를 팀장님께 전달해야 할까, 며칠간 고민하며 긴장했던 것과 달리, 팀장님은 내 퇴사 소식에 예상보다 담담하셨다.

"많이 아쉽지만 회사보다 도희의 인생과 커리어가 먼저지.
아직 30대니 뭘 해도 이른 나이야!
언제든 추천서가 필요하면 연락하고 응원할게."

괜한 걱정과 달리 순조롭게 마무리 지을 수 있었다는 감사와 아쉬움 그리고 새로운 시작을 향한 설렘에 마음은 온통 길을 잃었다.

스웨덴에서 돌아오자마자 구직을 시작했다. 20대의 마지막에 구직을 시작하는 나를 보고 친구들은 막차를 놓치면 기회가 더는 없을 거라고 했다. 불안했고, 조급했고, 해볼 만한 일이다 싶으면 방향성도 없이 우선 원서를 쓰고 보았다. '이건 내 길이 아닌데…' '내가 지금 따질 때가 아니지'. 중심 없이 진자운동 하는 추처럼 극과 극을 오가며, 어찌 됐든 나를 취업 공고에 끼워 맞추어 이력서를 수백 군데 돌렸다. 수백 번의 서류 광탈을 거쳐 스물아홉에 작은 미디어 회사에 입사한 뒤, 수습기간을 끝내고 정규직 전환을 앞둔 4개월 차에 퇴사를 결심했다. 수직적인 조직 문화가 나와 맞지 않았고, 하고 싶은 일을 하며 살고 싶다는 막연한 열망 때문이었다.

첫 직장에서 퇴사를 결심하던 마음을 돌이켜보면 참 부끄럽다. 함부로 회사를 판단하기도 했고, 나는 모든 걸 해낼 거라는 자의식이 넘쳤으며 현실에서는 두 발을 뗀 채 이상만 좇았다. 그러다 보니 하고 싶은 것이 무엇인지도 잘 몰랐고 구체적인 목표도 없었다. 그러다 보니 성과도 없이 불안감만 커졌다. 혼자 정체된 느낌에 다시 조직으로 돌아가 결국 서른한 살에 팀의 막내가 되었다. 수평적인 조직 문화에 이끌려 선택한 곳이었지만 낯선 산업, 전무한 실무 경험 때문에 한동안 방황과 좌절의 쓴맛을 봤다. 그래도 좋은 동료들 덕분에 비즈니스 매너를 배웠고 다른 나라 부서 간 어떻게 협업을 하는지 많이 배웠다. 낯설었던 회사도 어느새 집처럼 편안한 곳이 되었다.

하지만 편안하고 안락한 안정이 더는 편안하지 않게 다가올 때가 있다. 다양한 나라, 다양한 배경을 가진 동료들, 수평적이고 인간적인 조직 문화, 좌절할 때도 많았지만 무난히 맞춰간 직무, 안전하고 안정적인 직장 생활을 뒤로하고 떠나기로 했다. '무난히' 잘 맞는 일보다 천직을 찾기 위해 한 번 더 도전하기로 했다. 또 어디에 살든 유연하게 해낼 수 있고, 자립할 기반을 마련하고, 내 재능을 살려 다른 사람에게 도움이 될 일을 하고 싶다. 심장마비에 걸린 듯 가슴이 두근대던 게 언제였나, 기억의 맥박이 희미해갈 때 나는 두 번째 퇴사를 결심했다.

나에겐 수년 동안 '꿈=좋은 직업=좋은 삶'이라는 등식이 성립했다. 이 치열한 생존 경쟁에서 살아남으려면 막연히 좋은 직업을 가져야 한다는 압박이 늘 의식의 기저에 깔려 있었다. 좋은 직업이 내게 무엇을 뜻하는지 정의도 명확히 내리지 못한 채 말이다. 그 압박은 자연스레 뚜렷한 목적이나 '왜?'라는 물음 없이 성적만 중시하고, 수많은 자격증을 위한 공부를 하거나 관련 학원을 기웃거리는 불안감으로 이어졌다. 나 자신에 대해 탐구할 노력은 하지도 않고 사회가 요구하는 수많은 조건에 압도되다 보니, 방향성을 잃은 채 대학 생활 내내 공회전을 한 것이다. 하지만 조금씩 어른이 되어가면서 꿈에 대한 관점이 많이 바뀌었다. 지금 누군가 내게 꿈을 묻는다면 '내가 사랑하는 사람과 원하는 곳에서 원하는 삶을 꾸려나가는 자유를 쟁취하는 것, 그리고 그것을 지키기 위해 좋아하고 잘하는 것과 사회가 필요로 하는 것을 잘 조화시켜 경제적으로 독립하는 것'이다.

-

"다른 회사로 옮기든 자신만의 사업을 시작하든,
커리어 변곡점의 순간에 당신은 기존의 정체성을 떠나보내고
새로운 정체성을 구축해야 한다.
그러기 위해 노력과 시간이 필요할뿐더러
틀림없이 용기도 필요할 것이다."

- 앤드루 S. 그루브, 《편집광만이 살아남는다》 에서

-

퇴사의 마음에도 도수가 있다는 것을 두 번째 퇴사를 앞두고 깨달았다. 두 번째 퇴사를 앞둔 내 마음 상태는 첫 번째 퇴사를 결심했을 때와 참 다르다. 첫 퇴사 때 무엇이든 스스로 해낼 수 있을 것 같았던 믿음은 퇴사 후 거만함으로 미성숙하게 자라났다. 뚜렷한 방향성도 없이 그저 패기롭게 회사를 박차고 나왔다. 회사는 나를 구속하는 곳이었고 더 큰 세상에서 무조건 꿈을 이룰 수 있을 것 같았다. 당시 퇴사하던 내 마음을 술에 비유하자면 가볍게 마실 수 있는 데킬라 샷 같달까. 작은 잔에 맛있기까지 하니, 계속 마시다 어느새 기분이 좋아져 꽃밭에서 춤을 춘다. 퇴사를 대하는 마음도 비슷했다. 퇴사는

마음만 먹으면 할 수 있고 퇴사 후 자유는 달콤하기 그지없을 것이며, 나는 꽃길만 걸을 것이다.

하지만 두 번째 퇴사는 30년산 발렌타인을 대하는 것 같다. 꼭꼭 아껴 놨다 중요한 손님이 왔을 때 꺼내 술에 깃든 시간과 정성을 천천히 음미하며 달콤씁쓸한 그 맛을 홀짝홀짝 마시듯, 퇴사 결심도 신중에 신중을 기해 고민하고 인생의 중요한 시점에 변곡점을 찾아 결정했다. 퇴사 후 찾아오는 자유와 함께 굴곡진 시간을 매일 즐기고, 엄습하는 두려움을 품고 결과를 만들어가고자 단단히 마음먹었다.

퇴사를 앞둔 내게 많은 걱정과 격려, 조언이 쏟아졌다. 누군가는 조직에서 몇 년 동안 경험을 쌓는 것이 얼마나 중요한지 가르쳐주기도 했고, 누군가는 나의 나이, 미래 그리고 가진 것 없는 현재를 걱정하기도 했다. 누군가는 내 결정을 아무 이유 없이 지지해주기도 했다. 모든 사람이 각자 다른 삶을 살아왔기에, 똑같은 사안을 두고도 건네는 조언이 모두 달랐다. 모두 각자 삶에서 배운 경험과 지혜를 나눠주었음을 알기에 참 감사했지만, 이 많은 것 중 무엇을 취해야 할지 혼란스럽기도 했다. 하지만 내게 어떤 말이 필요한지는 머리보다 마음이 먼저 아는 법이다. 도전가 오현호 님의 한마디가 과거의 나를 돌아보게 했다.

'경험해보지 못한 자들의 조언이 가장 위험하다.'

쪼그라들었던 마음속 깊이 무언가 꿈틀했다. 그의 말을 비로소 이제야 마음으로도 이해하게 되었다. 내 삶은 오롯이 내가 경험할 수밖에 없다. 나아가야 할 길을 안다는 것은 진정한 나를 마주하는 길이다. 시키는 대로, 그저 주어진 길만 걷다가 주체적인 의사 결정을 하기 시작한 20대, 돌아보니 모든 경험이 다음 선택을 위한 발판이 되었다. 여행, 봉사활동, 유학 등 별것 아닌 것 같았던 선택들이 특별해졌다. 성공 실패 여부를 떠나 마음이 동했던 선택들은 나를 행복하게 했고 발전할 기회를 주었다. 그렇게 나는 지금의 내가 되었다. 결국 스스로경험하며 얻은 결과를 가지고 생각하고 행동하며 관점을 넓혀 가는 것이 가장 중요하다는 사실을 다시금 깨닫는다.

'이 선택이 맞는 걸까? 잘못되면 어떡하지? 밥벌이는 할 수 있을까?
사회생활 경험도 없는 내가 너무 자만하는 것은 아닐까?
배울 게 너무나 많을 텐데.'

자기 회의와 고민이 계속될수록 내면의 불안함도 곱절로 커져만 간다. 하지만 멈추지 않는 한 우리는 모두 나아갈 것이다. 전 세계에서 손꼽히는 투자의 귀재이자 영향력 있는 기업가인 레이 달리오는 삶을 원인과 결과가 맞물려 돌아가는 기계로 인지한다. 적응과 도태가 반복되는 '진화'의 관점에서도, 멈추지 않는 한 나는 궁극적으로 진화하고 있기에 불안할 필요가 없다. 다만 원하는 결과값을 얻기 위해, 나를 알고 제대로 된 인풋을 넣는 것이 오늘 해야 할 일이다. 그렇게 발견되는 원칙을 적용하면 누구나 원하는 방향으로 나아갈 수 있고 각자 원하는 목표를 이룰 수 있다. 불안함과 두려움은 삶에 대한 애착의 다른 표현이다. 원하는 것을 쟁취하기 위해 나를 더 객관적으로 이해하고 나에게 더 솔직해져야겠다고 생각한다. 느려도 꾸준하게, 나아가고자 하는 방향으로 한 걸음씩 옮기는 것이 할 수 있는 최선이라 믿는다. 나의 약점을 이해하고 받아들일 때, 우리는 타인을 이해하는 데 한발 더 다가설 수 있고 삶에 겸손해진다. 레이 달리오의 말대로, 세상에서 믿을 수 있는 사람은 이 원칙을 습관화하고 내재화해서 목표를 이룬 사람이다. 아직 그렇지 못했으나 나도 그런 사람이 되고 싶다. 그래서 그의 말을 믿기로 했다. 그의 조언을 곱씹으며 약점을 숨기지 말고, 용기를 내고 실천하고자 다짐한다.

퇴사하는 것만이 답은 아니고 새로운 시작이 결코 쉽지 않다는 것도 안다. 용기를 잃거나 가던 길 위에서 멈춰 설까 두렵기도 하다. 역설적으로, 두려워도 아무것도 바뀌는 것이 없기에 오히려 더 용감해져야 한다는 것도 안다. 세상에 안정적인 것은 없음을 받아들이고 삶의 역동성을 즐길 준비를 할 수밖에. 나에 대해 믿고 파도를 타는 수밖에. 가진 게 없으니 잃을 것도 없다. 진정한 서퍼는 파도에 맞서기보다 파도를 즐기는 법이다. 선택에 대한 책임을 지고 주어진 삶을 헤쳐나가야 하는 게임의 제1막이 시작되었다. 삶에 역동적인 파도가 일기 시작했다.

'나나랜드' 공화국민 선언

왜 우리는 항상 남들과 비슷해지려고 할까?

"한국 사람들은 비슷한 걸 좋아하는 것 같아.
거리의 자동차도 검은색, 흰색 아니면 회색이고
남자 여자 헤어스타일도, 때마다 유행하는 옷도 다 비슷한 것 같아."

6년째 한국에 살고 있는 영국인 남자 친구는 아직도 한국 사람들의 비슷한 모습이 신기한가 보다. 모든 게 평균으로 수렴하는 우리의 선택은 생각보다 일상의 사소한 선택에까지 널리 퍼져 있구나 싶다.

2019년 12월, 미국 서부의 중심 샌프란시스코에 도착했다. 도착하자마자 매서운 겨울의 칼바람이 뺨을 할퀴었다. 아니, 캘리포니아는 따스한 햇살이 비추고 겨울에도 나를 온화하게 보듬어줄 줄 알았는데. 겨우내 껴입고 다니는 롱 패딩을 두고 온 걸 뼈저리게 후회하던 찰나, 친구 집에 도착하니 너무나도 익숙한 무언가가 내 레이더망에 딱 걸렸다. 어둡고, 무릎을 여유롭게 덮는 기장에, 보기만 해도 폭신폭신하고 따뜻한 이불 같은 그것. 롱 패딩 아닌가…!

“미국에서도 롱 패딩이 유행이야? 한국에선 겨울에 롱 패딩 없으면 유행에 뒤처지는 느낌이야. 롱 패딩은 따뜻하기는 한데 쿨함이 완전 사라지는 패션이랄까?” 9000km나 떨어진 미국에서 나는 한국산 롱 패딩을 발견하곤 너무 놀랐다. ‘K-pop, K-뷰티를 넘어 K-롱패딩까지 미국 진출인가?’ 고개를 갸우뚱하던 중, 친구는 오히려 미국에서 유행해선 안 된다며 농담을 했다.

“아니, 미국엔 이런 디자인이 없어! 그래서 한국에 여행 갔을 때 아내에게 주려고 사 왔어. 미국에서 유행했으면 안 사 왔을 거야. 남들이랑 똑같은 걸 입으면 오히려 쿨하지 못하거든.”

이어 그는 작년 겨울 한국을 방문했을 때, 검은색 롱 패딩이 거리를 꽉 채운 광경을 보고 놀랐다고 했다.

“모두 다른 사람인데,
모두 똑같은 스타일과 똑같은 브랜드의 옷을 입고 있었어.”

그게 놀랄 일인가? 우리의 쿨함이 친구에게 쿨하지 않다는 사실에 나는 더 놀랐다. 쿨하지 못해서 미안해. 어릴 적 나는 친구들에게 소외당하기 싫어서 유행하는 물건을 사달라고 매번 부모님께 떼를 쓰곤 했다. 친구들이 가지고 있는 아이템 하나쯤은 들고 있어야 멋지니까. 나이키 운동화, 노스페이스 패딩, 떡볶이 코트 등 패션뿐만 아니라 가로본능 폰, MP3, 샤기 컷 등 시즌별로 유행하는 상품과 스타일을 빠르게 소비했다. 정말 내게 필요한지 나에게 어울리는지는 중요하지 않았다. 남들이 가진 아이템 하나쯤은 들고 있어야 쿨한 것 같았으니까.

어른이 돼서도 내 소비 패턴과 미적 기준은 크게 달라지지 않았다. 시시각각 변하는 트렌드 속에 트렌디한 사람으로 살아남기 위해 그해 유행하는 아이템이나 유명한 브랜드 제품을 샀다. 배낭여행으로 떠난 여행에서도 해외 아울렛은 필수 코스. 사실 왜 그렇게 유행을 쫓아가야 하는지는 몰랐지만 다들 사니까 사고 싶었고, 그래야 친구들과의 대화에도 낄 수 있었다. 무언가를 사고 싶은 그 욕망이 순수한 내 내면의 욕망인지 타인의 욕망이 내 욕망으로 주입된 건지, 그 질문은 중요하지 않았다. 그렇게 평균 인간, 보통의 존재가 된 나에게 여행 중 만난 서구 사회는 참 달랐다.

한국 사회는 남들이 가진 아이템 하나쯤은 들고 있어야 멋지다 여기는 사회이다. 그런데 미국의 쿨함은 한국과는 달랐다. 남들과 달라야만 멋지다고 생각하는 사회. 미국에서는 사람들이 외적인 개성을 표출하기 위해 남들과 달라지려고 노력하는데, 한국에서는 남들과 비슷해야 멋지게 여긴다는 인상을 받았다고 친구는 전했다.

"미국 사람들은 패션뿐만 아니라 삶의 곳곳에서 남들과 다름을 적극적으로 표출해. 남들과는 다른 헤어스타일, 남들이 가보지 못한 여행지, 남들과는 다른 스타일의 자동차 등 말 그대로 달라야 쿨한 거지. 그래야 SNS에서도 주목받아."

덧붙여 그는 미국에도 유행하는 브랜드가 있긴 하지만, 그 유행 안에서조차 사람들은 자기만의 스타일을 추구하려 애쓴다고 말했다. 우리와는 다른 방식으로, 타인으로부터 주목받고 싶은 인간의 욕구를 충족시키는 사람들. 3주간 미국 여행을 하면서 바라본 미국 사회는 친구가 말한 것과 일치했다. 거리에는 각양각색의 패션과 메이크업, 헤어스타일, 스케이트보드를 타고 출근하는 사람 등 다양한 개성이 넘쳐났다. 익숙한 장면에 3년 전 스웨덴으로 향했을 때 처음 공항에 도착했던 날이 떠올랐다.

2016년 8월, 스웨덴에 도착한 첫날의 기억. Hej, Välkommen! 영어도 한국어도 아닌 낯선 언어만큼 낯선 사람들에 나는 혼자 둘러싸였다. 하늘색, 분홍색 머리, 문신한 사람들, 수염을 기른 남자들, 민머리의 여성과 남성, 장발 남성, 피어싱을 한 사람들 등 다양한 스웨덴 사람들이 가득했다. 내 기준에 너무나도 튀는 스타일에 문신까지 한 모습을 보고 신기한 기분과 동시에 공포감을 느꼈다. 이상한 사람들은 아닐까, 조폭은 아닐까 하는 생각에 시선을 이리저리 옮기며 잔뜩 긴장하던 그날의 기억. 멀뚱히 서서 몰래 사람들을 염탐하던 나를 빼고는 서로에게 일말의 관심도 없던 스웨덴의 보통 사람들. 합리적인 개인주의가 잘 자리 잡힌 미국이나 스웨덴에서 사람들은 자신만의 스타일을 적극 표출하고 있었다.

한국에서는 튀지 않고, 소수보단 다수가 되는 입장이 더 편하다. 소수가 되면 다수의 눈총을 받기도 하니까. 공동체주의 사회에서 자랐기 때문일까? 내 눈에 비친 미국과 스웨덴 사람들의 모습은 삶의 무게중심과 주도권을 스스로 잡을 수 있다는 그 사실만으로도 보다 자유로운 느낌이었다. 개개인의 개성을 존중받는 분위기도 인상 깊었지만, 특히 미국에서 무엇보다 신기했던 점은 낯선 타인에게 서슴없이 칭찬의 인사를 건넨다는 점이었다. '낯선 사람과는 말을 절대 섞지 마라', 어릴 적부터 귀에 못 박히게 들어온 엄마의 신신당부는 미국 사람들의 끝장나는 친화력 앞에서 끝장나버렸다.

"Your stockings look so cool!" (네 스타킹 정말 멋지다!)

유니폼 아래 형형색색의 무지개 줄무늬 스타킹을 입은 승무원에게 스타킹이 마음에 든다며 칭찬을 건네는 승객. 그런 스타킹을 승무원으로 근무하는 시간에 신을 수 있다는 것도 가히 충격적이었지만!

"Wow, that's amazing, what does that mean?" (그 타투 진짜 멋진데, 무슨 뜻이야?)

타투를 한 승객에게 엄지를 척 들어 멋지다며 타투의 의미를 묻는 승무원, 거리에서 지나가던 낯선 이의 패션이나 헤어스타일을 보고 멋지다고 엄치 척 하던 사람들. 한 번도 만나본 적도, 다시 만나지 않을지도 모르는 낯선 타인의 마음에서 전해진 한마디가 누군가에게는 평생 잊지 못할 추억과, 자신의 고유한 아름다움을 지킬 용기를 줄 수 있구나. 당사자도 아닌 내 마음이 이렇게 설레고 일렁이는데, 그 이야기를 듣는 사람의 기분은 어떨까.

"나, 네 립스틱 색깔 너무 마음에 들어. 너에게 정말 잘 어울려!"

거짓말처럼 3주간의 미국 여행을 마치고 공항에서 보안검색대를 향하던 중, 지나가던 미국 여성이 대뜸 칭찬을 건넸다. 갑작스러운 표현에 부끄럽기도 했지만, 그녀가 건넨 칭찬 한마디에 마음이 두근거렸다. 나는 몇 년째 한 로드 브랜드의 핫핑크 색 립스틱만을 고집한다. 이 색이 나에게 가장 잘 어울린다는 사실을 알고 있기 때문이다. 낯선 그녀의 한마디는 한국에 돌아가서도, 유행이나 브랜드에 상관없이 내가 나에게 가장 잘 어울리는 아름다움을 지켜나갈 용기를 주었다. 내가 언제 편안함을 느끼고, 어떤 모습이고 싶고, 어떤 것을 좋아하는지 등 내 안에서 발생하는 다양한 욕구에 집중하고 표출해 본 시간들. 적당한 나르시시즘은 인생에 필요하다.

우리는 남이 내 삶을 대신 살아 주지 않는다는 것을 당연히 알고 있다. 그런데도 우리는 항상 남과 나를 비교하는 데서 자유롭지 못하다. 나를 속박하는 엄격한 외적, 사회적 기준과 타인의 평가에 우리는 왜 그렇게 민감할까? 질문의 화살을 나와 우리에게로 향하다, 다름에 대한 존중과 수용의 자세를 배울 기회가 없었던 게 아닐까 하는 자각이 들었다. 다름은 틀림이 아니다를 머리로는 알고 있지만, 마음으로 받아들이고 실천하는 건 다르니까.

한국인이란 검은색 머리와 짙은 눈동자, 연황색 피부를 지닌 사람. 우리는 태어나 똑같은 교육을 받고 똑같은 헤어스타일을 하고 정장을 입고 취업이라는 관문을 통과해, 똑같이 지어진 아파트에 살며 비슷한 속도로 살아간다. 어쩌면 우리가 다름을 낯설어하고 남들과는 비슷한 선택을 하는 게 당연한 결과일지도 모르겠다. 하지만 이 당연한 사실들이 우리를 행복하지 않게 한다면, 이 당연한 것들이 잘못되었다는 신호일 것이다. 당연한 것들이 당연하지 않을 수 있다는 것을 나는 스웨덴에서, 여행 길에서 만난 수많은 인연으로부터 배웠다. 그리고 이 배움은 나의 평범한 한국에서의 일상을 지탱하는 새로운 기준이 되었다.

소설가 김영하는 《여행의 이유》에서 여행을 통해 '우리 몸은 세상을 다시 느끼기 시작하고, 경험들은 연결되고 통합되며, 우리의 정신은 한껏 고양된다'라고 썼다. 진정한 변화가 시작되는 것이다. 때문에 당연하게 여겼던 많은 것들이 더 이상 당연하지 않다는 것을 깨달은 사람에게는, 오히려 익숙했던 일상이 낯설게 다가온다.

스웨덴에서 한국으로 돌아온 지 5년째, 매일 반복되는 일상의 매너리즘에 젖어들거나 나를 둘러싼 환경에, 사회적 기준에 휩쓸린다 느낄 때면 일상을 여행처럼 살아야겠다 다짐한다. 그리고 사소한 그 무언가라도 나를 속박하고 불편하게 하는 게 있다면, 그 기준을 충족하지 못하는 나를 탓하기보다 그 기준이 합당한지 질문을 던져야지라고 되새긴다. 내 잘못이 아니라 내가 마주하는 바로 그것이 애초부터 잘못되었을 수도 있으니까. 우리는 모두 각양각색의 '나나랜드'를 꿈꿀 자격이 있다.

나는 나나랜드 공화국민임을 선언한다!

Chapter. 4

나나랜드에서 행복하기

'아무거나'라는 답안지는 삭제했습니다

나로서 산다는 것은 어떤 의미일까? 나는 남과 비교하지 않는 삶과 반복되는 일상에서 얼마나 자주 내 취향을 발견하고 존중하는 시간을 만드는지에서 그 의미를 발견한다. 나만의 속도를 지키고자 의식적으로 되새기며(정신 승리라고 해야 할까), 매일 가던 장소나 길 대신 다른 장소와 길을 선택하는 것, 경험해보지 않은 음식을 먹거나 운동을 하고 새로운 사람을 만나는 것. 반복되는 일상에서 작은 변화를 주는 것만으로도 우리는 익숙하거나 애매한 것들에 한발 떨어져 나와 한 뼘 더 가까워질 수 있다.

스웨덴에는 얀테의 법칙 Jante's Law이 있다. 스웨덴뿐만 아니라 덴마크, 노르웨이, 아이슬란드, 핀란드 사회에 깔려 있는 행동 양식으로, 핵심은 나를 뽐내지 말고 특별하다 여기지도 말고 다른 사람이 나를 신경 쓴다고 생각하지 말라는 내용이다. 나는 남들과 다르지 않은 사람이니까. 평등한 사회의 공동선과 질서를 유지하기 위한 이 개념은 오늘날 스웨덴 사람들이 남들에게 신경을 쓰지도 자신을 크게 뽐내지도 않는 데 문화적 뿌리가 되었다. 개인의 브랜딩이 중요한 시대에 대치되는 문화이기도 하지만 명예욕과 과시욕이 심한 사회에서 자란 나에게는 참 신선했다. 덕분에 스웨덴이라는 새로운 환경에서 새로운 사람들을 만나며 보낸 2년은 나를 정의하던 무겁고 거추장스럽기만 했던 타이틀은 다 떼어버리고, 매 순간 그냥 나로서 살 수 있던 시간이었다. 내 욕구에 집중하는 법을 훈련한 시간. 나는 어떤 것을 좋아하고 어떤 것을 싫어하는지 조금씩 들여다보게 되었다고나 할까.

춤과는 거리가 먼 사람인 줄 알았는데 줌바에 무아지경 빠져버린 나를 발견하기도 했고, 리듬감은 꽝인 줄 알았는데 평균 이상은 하는 사람이구나 자신감도 얻었다. 해보지 않아서 또 남의 눈치를 보느라 몰입한 적이 없었으니 모를 수밖에. 많은 사람 앞에서 영어로 발표해야 할 때 열등감과 부끄러움에 휩싸여 눈물을 흘리던 내가, 지금은 발음이나 문법이 완벽하지 않아도 사람들과 편안하게 대화할 수 있게 되었다. 영어를 잘하고 못 하고를 떠나 언어는 효과적인 의사소통을 위한 '수단'이라는 본질을 깨닫게 된 이후로. 식습관에서 나다움도 갖추게 되었다. 완전한 채식주의자는 아니지만 붉은 고기인 소고기와 돼지고기는 굳이 찾아 먹지 않는다. 잘하지는 못하지만 사랑하는 사람들을 위해 요리하는 것이 아주 즐겁고 음식을 나눠 먹으며 상대에 대해 알아가는 게 참 좋다.

반면 혼자 있는 것은 좋아하지만 집에서 하루 종일 혼자 있는 것은 싫어한다. 적당한 군중 속의 고독, 분리되어 있지만 분리되어 있지 않는 듯한. 일부러 엿듣지는 않지만 우연히 사람들의 삶을 전해 들으면 다들 열심히 살아가는구나 하고 동질감과 연민을 느낀다. 한편 차가운 물을 좋아하지 않아서 물을 냉장고에 넣지 않거나 항상 데워 마신다. 편의점에 가면 상온의 물을 찾고 여름에도 따뜻한 커피를 마신다. 그리고 반복되는 것들보다는 변화하는 것들이 더 좋다. 반복에서 오는 안정감보다 복잡해 보이지만 일련의 규칙 속에서 변화하는 것들에 마음이 당긴다. 매일 똑같이 걷는 길이라도 꼭 한 골목은 돌아가 다른 곳을 탐험하고, 반복이 많은 운동보다 동작이 달라지는 운동이 더 매력적이다. 춤은 규칙이 있지만 동작과 노래가 계속 변하고, 자전거를 탈 때면 달리는 곳에 따라 보이는 풍경이 달라져서 재밌다.

좋아하고 싫어하는 것이 뭔지 몰라도 이것저것 해보다 보면 알게 된다. 취향을 알아가다 보니 혼자 있길 불안해하던 내가 혼자만의 시간을 보내는 법을 조금씩 배우게 되었다. 어릴 적 나는 무엇을 해야 할지 몰라서, 남과 시간을 함께 보내며 무엇이라도 한다는 사실로 불안감을 떨치려고 했음을 뒤늦게야 깨달았다. 뭘 하고 싶은지 모르니 남들의 취향을 내 취향인 양 거르지 않고 흡수했다. 남들이 엄청난 자기 탐구를 거쳐 찾은 취향과 자기다움을 내 것인마냥 가져와 옷을 입었으니 맞을 리가 있었을까. 그러다 보니 참 많은 시간 동안 방황했다. '나는 누구인가?'라는 거대한 질문 앞에서 헤매기보다 눈치 보지 말고 뭐라도 해볼걸.

\-

그녀와 아버지는 바닷가에 함께 있었다. 아버지는 그녀에게 바닷물의 온도가 괜찮은지 알아보라고 했다. 다섯 살인 그녀는 아버지를 도울 수 있다는 게 신이 나, 바닷물에 다가가 두 발을 담가보았다.

"발을 집어넣어 봤는데 차가워요."

아버지에게 돌아온 브리다가 말했다. 아버지는 그녀를 번쩍 안아 올려 바닷물까지 데리고 가더니, 아무 말 없이 물속에 풍덩 집어넣었다.

그녀는 깜짝 놀랐지만, 곧 아버지의 장난이라는 걸 알고 재미있어 했다.

"물이 어떠니?" 아버지가 물었다.

"좋아요." 그녀가 대답했다.

"그래, 이제 앞으로 뭔가를 알고 싶으면 그 안에 푹 빠져보도록 해."

-파울로 코엘료, 《브리다》에서

\-

가장 좋아하는 소설, 파울로 코엘료의 《브리다》는 21살의 브리다가 소울메이트를 찾기 위해 마법을 배우는 이야기다. 브리다는 보이는 세계와 보이지 않는 세계 사이에 깔린 어둠 속을 뚜벅뚜벅 걸어가며 소울메이트와 자아를 찾아간다. 아무도 없는 어둠 속에서 이 길이 자신의 길인지 확신과 불확신 사이에서 회의가 들 때마다 자신의 목소리에 귀를 기울이며 두려움을 극복한다. 24살에 브리다를 만났지만, 브리다에게서 배운 것을 실천하기까지는 참으로 많은 시간이 걸렸다. 그래도 이제는 배운 것을 실천해보는 담대한 용기가 생겼다. 현재 주어지는 것에 감사하고 푹 빠져볼 정도로 최선을 다하며 행동하는 것만이 나를 알아가는 길이고, 나로서 살 수 있는 기회임을 매일 되새긴다. 수백 번의 자기 회의를 달래며.

오프라 윈프리는 한 인터뷰에서 종교에 상관없이 누구나 영성을 기르는 것이 중요하다고 생각한다고 했다. 그 말에 너무나도 동의했다. 내가 타인과 우주의 많은 존재와 연결되어 있음을 깨닫는 것. 때문에 내 마음과 나를 둘러싼 환경을 알아차리고, 타인과의 상호작용에서 일어나는 내 감정을 관조하는 것도 중요하다. 직관적으로. 마치 좋아요와 싫어요의 신호라고나 할까. 아인슈타인은 인간에게 주어진 선물 중 직관만큼 신성한 것도 없다고 했다. 다만 우리가 살아가는 사회가 이성적인 판단만을 더 가치 있게 여길 뿐. 우리의 많은 행동과 사고가 무의식에 지배된다는 사실은 널리 알려져 있다. 잊어버린 직관을 되찾기 위해서라도, 일상에서 좋아요 싫어요라는 신호에 귀 기울이며 마음과 감정을 뾰족하게 매일 세우는 훈련이 필요하다.

취향이 뚜렷한 사람에게서 매력을 느낀다. 취향은 결국 자기다움이 녹아 있는 거니까. 자기다움, 참 막연하기도 하지만 나로서 존재하고 나의 애정이 기울거나 나의 눈동자가 반짝반짝 빛나고 내 심장을 설레게 하는 것들에 마음을 쓰기란 쉽지는 않다. 나이, 성별, 집안에서의 내 역할, 사회적 관습과 규범 등 대부분 내가 원하지는 않았지만 부여된 것들에게서 완전히 자유롭기란 쉽지 않으니. 모든 선택에 영향을 미치는 외부 요인에만 신경을 쓰다 보면 취향에 신경 쓸 겨를이 없다. 그래서 역설적으로 더욱 취향이 분명한 사람이 되기를 우리 모두 갈망한다.

누군가 나에게 '뭐 좋아해? 뭐 먹을래? 뭐 할래?'라고 물을 때 '아무거나'와 같은 애매한 대답을 하곤 했다. '아무거나'라는 대답이 상대에 대한 배려라고도 생각했기 때문에. 하지만 더 이상 '아무거나'라고 대답하지 않는다. 취향을 공유한다는 것은 너와 나의 고유성을 인정하고 공통점을 발견하고자 하는 노력이고, 나와 상대의 취향을 모두 존중하고 배려할 때 우리는 모두 만족할 만한 더 나은 선택지를 찾을 수 있다.

하루하루 취향을 발견해가는 것, 그야말로 나로서 산다는 것이 아닐까!

집에 대한 생각의 변화

대학교 입학을 위해 서울로 이사 온 지 어느새 10년이 넘었다. 천정부지로 치솟은 집값에 내 집 마련은 꿈도 꿔본 적이 없다. 전 세계에서도 손에 꼽을 만큼 집값이 비싼 서울에서, 월세든 전세든 내 한 몸 누울 공간이 있다는 것만으로도 충분하다 생각했다. 이제는 월세방 한 칸도 얻기가 하늘의 별 따기지만.

대학에 입학하자마자 자취 생활을 시작했다. 발품을 팔아 내 몸 하나 누일 공간을 찾아 이리저리 뛰어다녔다. 6개월에서 길면 2년, 계약 기간이 끝날 때마다 집을 옮겨야 했다. 첫 서울 생활은 30여 년 된 주택 집 반지하를 개조해 만든 원룸이었다. 마당으로 난 큰 창문이 있어서 반지하여도 괜찮을 거라 생각했지만, 비가 억수같이 쏟아지는 장마철이면 옆 하수구가 역류해 복도에 물이 차거나 방에 곰팡이가 금세 끼곤 했다. 지긋지긋한 반지하 생활은 1년이면 충분했다. 두 번째로 이사 간 자취방은 학교 정문 술집 골목 주변의 곱창집 2층이었다. 빽빽하게 들어선 건물 때문에 볕은 잘 들지 않았고, 책상, 침대, 행거만으로도 꽉 차던 5평 남짓의 원룸이었지만 2층이라는 것만으로도 만족했다. 자정이 넘도록 집 주변은 늘 시끌벅적했고 집 주변은 만취한 사람들로 가득했지만 참을 수 있었다. 잠들어버리거나 이어폰을 끼고 음악을 들으면 그만이니까. 그곳에서 2년을 살았다. 졸업할 때까지 살던 마지막 자취방은 입학 후 처음으로 얻은 전세인데, 주택가 깊숙이 위치한 다세대 주택의 원룸이었다. 시끄러움에 질려 주택가로 이사했다. 너무 좁아 일부러 침대도 들여놓지 않았지만 전세를 구했다는 것만으로도 행복했다. 책상, 냉장고가 차지하는 공간 외에 이불을 깔고 누우면 냉장고에 내 발바닥이 닿았다. 졸업식을 위해 엄마와 동생이 서울로 왔는데, 세 명이 누울 수 없어 동생은 외박을 했다. 하지만 대부분 혼자 지냈기 때문에 좁은 건 상관없었다.

세 곳 모두 딱히 이웃과의 교류는 없었고, 방에는 한낮에도 햇빛이 잘 들어오지 않아 '오늘의 날씨'는 늘 흐림이었다. 반지하였거나 여러 건물에 둘러싸여 조망권을 침해받았으니. 평균 4~5평에 이르던 자취방은 혼자 살기에 '나쁘지는' 않은 공간이었지만, 그렇다고 해서 딱히 좋은 공간도 아니었다. 때문에 평일 주말 상관없이 눈만 뜨면 재빨리 씻고 학교나 카페로 나갔다. 10년 전부터 '카공족(카페 공부족)' 생활을 시작했다. 내 집이었지만, 편히 쉴 수는 없었던 평균 5평의 공간에서 오랜 시간을 보내고 싶지 않다는 본능에 충실해 나는 집을 탈출했다. "대도시에 살고 소득이 낮을수록, 집에서 한 개인이 머무는 정주공간이 좁아진다. 이 좁아진 공간을 보완하기 위해 도시 곳곳의 카페가 커피값을 받고 공간을 제공한다." 유현준 교수가 쓴 《어디서 살 것인가》를 읽는데 딱 내 이야기 같았다. 심지어 요즘은 대형 프랜차이즈 카페들이 카공족을 모시기 위해 카페를 독서실 형태나 공유 공간으로 꾸며 좌석을 대여하기도 한다. 카페에 오래 머무르는 시간이 긴 카공족의 객단가가 더 높기 때문이란다. 오래 머물러 미안한 마음에 하나라도 더 시키는 그 모습은 나와 별반 다르지 않았다.

그런데 스웨덴에서 지내는 2년 동안 나는 카페 유랑자 생활을 접고 집순이가 되었다. 그곳에서 집은 탈출하고 싶은 곳이 아니라 머무르고 싶은 곳이며, 내가 가장 많은 시간을 보냈고, 가장 많은 애정을 갖고 꾸민 곳이다. 2016년 스웨덴에 도착하자마자 집 계약을 위해 학교 하우징 오피스에 들른 날이 아직 생생하다. 기숙사에 짐을 풀고 사무실에 도착하자마자 들뜬 채 관계자에게 재잘댔다.

"방이 너무 크고 깨끗해! 창도 정말 크고 햇빛도 잘 들어와.
안에 화장실과 샤워 공간도 따로 있어.
공용 주방도 꽤 깨끗하고 정말 넓잖아?"

방정맞게 떠드는 나를 본 관계자는 엄마 미소를 지으며 "많은 아시안 학생들이 처음 방을 보고 놀라곤 해. 너랑 비슷한 반응이야"라고 말했다. 우리 학교에는 아시아 학생 중 중국, 대만, 홍콩, 일본 등 인구 과밀화된 곳에서 온 친구들이 많았다. 평균 4~5평의 공간에서 살다가 주방을 제외하고도 평균 7평짜리 나만의 공간을 확보한 것만으로도 기뻤던 우리. 기쁨과 동시에 마음 한 켠이 쓸쓸해졌다.

스웨덴에서의 기숙사 생활도 월세 생활이었지만 집은 온전히 쉴 수 있는 공간이었고, 월셋값을 하는 곳이었다. 한 개인의 온전한 생활을 위해 확보된 공간 덕분에 집은 잠만 자는 공간이 아니었다. 스웨덴에서는 법적으로 한 개인이 인간적으로 살기 위해 제공해야 하는 방과 창 크기 등이 정해져 있어, 무작정 개미 소굴처럼 작게 지을 수 없다고 관계자가 귀띔했다. 간이 벽으로 나뉘어 있는, 창문도 들어오지 않던 고시원 생활을 하다 공황장애에 걸린 덴마크 친구가 떠올랐다. 당시 7년 차 '프로 자취러'인 내게 침대, 책상, 책꽂이, 옷장, 신발장, 행거, 암체어, 스탠드 등 필요한 가구를 놓고도 여유 공간이 남는 자취방은 처음이었다. 매일 아침 눈을 뜨면 집에서 나오기 바빴는데, 처음으로 내 방을 머무르고 싶은 공간으로 꾸미기 시작했다. 집은 잠만 자는 공간에서 비로소 생활공간이 되었다.

스웨덴에서의 라이프스타일은 집이 중심이었다. 학교-집-체육관이 단순한 루틴의 반복은 굉장히 지루할 줄 알았는데 오히려 삶에 안정감을 주었다. 나는 코리도(Koridoor)라는 아파트에 살았다. 학생들이 많이 사는 곳으로 적게는 6명, 많게는 12명의 학생들이 주방, 다이닝룸, 세탁실을 공유하는데, 우리나라에도 많이 생긴 셰어하우스와 비슷하다. 계속 자취만 하다가 생활에 필요한 부분을 공유하는 게 불편하지 않을까 생각했는데, 오히려 공유하는 공간은 타인과 자연스레 연결될 기회를 주었다. 계획하지 않아도 주방에서 우연히 만난 코리도 친구와 저녁을 먹거나, 오랫동안 못 본 친구를 세탁실에서 우연히 만나는 등의 작은 연결이 일상을 더 풍요롭게 해주었다. 공부할 곳을 찾기 위해, 친구를 만나기 위해, 파티를 하기 위해 새로운 곳을 늘 찾을 필요가 없었다. 길 한복판에서 휴대폰을 한 손에 들고 '조용한 카페, 맛집, 파티룸'을 녹색창에 입력해 찾는 수고를 할 필요가 없었고, 공간을 사기 위해 굳이 돈을 지불하지 않아도 되었다.

스웨덴에서의 집은 끼니를 해결하고, 자고, 공부하는 생활공간일 뿐만 아니라 생일 파티, 송년회, 신년회 등 많은 사회적 교류의 공간이 되기도 했다. 그렇게 집은 외부인을 품으면서 가장 사적인 공간에서 사람들이 모여 관계를 맺는 작은 사회로 변신했다. 글을 쓰고, 사람들을 만나고, 음식을 나눠 먹으며 행복을 느끼는 이 모든 것이 집에서 가능했다. 행복을 느끼는 데 많은 것이 필요하지 않구나. 가족들이나 친구들과 함께 요리하고 식사하는 시간은 스웨덴에서 가장 중요한 시간이었다. 스웨덴식으로 말하면 라곰이고, 덴마크식으로 말하면 휘게고, 우리나라식으로 말하면 소확행이다. 균형 잡힌 삶과 소소하고 확실한 행복. 자취 생활 8년 동안 요리도 잘 하지 않고 친구를 집으로 초대한 적도 거의 없는 내겐 큰 변화였다.

가장 사적인 공간인 집을 타인에게 내주기란 결코 쉽지 않다. 하지만 나의 공간을 나와 관계를 맺고 있는 사람들에게 공개하는 것은 생각보다 매력적이었다. 책장에 꽂힌 책, 냉장고에 붙인 자석, 곳곳에 걸린 액자, 화장실에 놓인 샤워 제품과 디퓨저, 바닥에 놓인 카펫 등 개인의 취향이 녹아든 물건을 통해, 말하지 않아도 상대의 취향에 대해 더 알게 되었다. 더욱이 집안 곳곳 놓인 사진이나 엽서는 상대와 더 길고 깊은 관계를 만드는 매개체였다. 오래전 사진과 엽서를 통해 상대의 과거로 여행하고 현재 모습에 닿는 행위는 과거로부터 현재라는 물리적인 시간을 연장해주기도 하지만, 서로를 한층 더 깊게 이해하게 되면서 미래로 우리 만남을 이어주기도 했다. 집이 크든 작든, 화려하든 소박하든 간에 집은 그 자체로 한 사람을 들여다보는 가장 개인적이고 소중한 공간인 동시에, 개인과 개인을 잇는 사회적 교류의 공간이었다.

한국에 돌아온 이후 여전히 남의 집에 살고 있지만, 사는 동안 그 공간을 나만의 공간으로 만들고자 노력한다. 얼마 전에는 커피를 사고 냉장고에 과일과 채소를 채웠고, 아늑한 조명을 들여다 놓았다. 스웨덴에서처럼 외식을 줄이고 요리를 해 먹기 시작했다. 집에 친구를 초대하거나 집에서 데이트를 하는 것도 더는 어색하지 않다. 좋아하는 음악을 틀어놓고 나만의 시간을 갖거나, 사랑하는 사람과 요리를 해 먹는 시간은 하루 중 가장 소중한 시간이 되었다. 누구에게도 방해받지 않고, 조용히 혼자 또는 함께하는 사람에게 집중할 수 있는 공간으로 집만큼 편안하고 조용한 곳도 없다는 걸 깨달았다. 공간의 크기와 상관없이 공간이 주는 아늑함과 차분함만으로 마음이 편해진다. 집에서 보내는 시간이 많아진 요즘 나의 하루가 안정된 느낌이다. 집을 잠만 자는 공간으로 인식해온 내게, 하루의 많은 시간을 집에서 보낸 스웨덴 생활은 집에 대한 인식을 바꿔놓았다.

앞으로 어디에 살든 집은 가장 사적인 공간이자, 가끔은 소중한 사람들과 교류할 수 있는 적당한 크기의 쾌적한 환경을 제공할 수 있는 곳이면 좋겠다. 편의시설이나 교통을 조금은 양보하더라도 인간답게 쉴 수 있는 공간을 찾는 것이 이제는 가장 중요한 우선순위가 되었다. 스웨덴에서 돌아온 뒤 나는 집에서 더 많은 시간을 보내고 있다.

결혼할지는 모르겠지만 일단 소개할게요

거짓말이 나쁘다는 건 알지만, 단 하나의 주제에 대해서는 어쩔 수 없이 거짓말을 하곤 했다. 바로 남자 친구에 관해서다. 성인이 되어서도 내 남자 친구는 비밀에 휩싸인 신비의 존재였다. 엄마에게 굳이 소개를 하지도 않았고 데이트할 때는 친구를 만난다고 둘러댈 뿐이었다. 이성을 만난다는 순간 엄마가 걱정할 게 불보듯 뻔했다. "집에는 10시까지는 들어가라"는 한마디에는, 피끓는 청춘 둘이 만났을 때 일어날 법한 우리 모두가 다 아는 그 일에 대한 걱정이 가득했다. 착한 유교걸을 자청했던 나는 엄마에게 걱정을 끼치고 싶지 않아서 거짓말을 했다.

하지만 이제 더는 엄마에게 연애를 감추지 않고 오히려 적극적으로 드러내기 시작했다. 스웨덴에서 돌아온 후부터. 처음부터 공개 연애가 쉽지만은 않았다. 엄마는 늘 내게 유별나다고 했다. 스웨덴에 가기 전에는 늦은 나이에 취업 준비도 안 하고 남들은 유학지로 고려하지도 않는 북유럽으로 떠난다고 못 미더워했다. 스웨덴에서 한국에 돌아왔을 때는, 한국에서 살면서 스웨덴식 삶을 흉내 낸다며 내 자존감과 정체성에 날카로운 말로 상처를 냈다. 남자 친구가 생겨 엄마에게 소개하면, “결혼할 사이도 아닌데 섣불리 소개하지도 말고 급하게 마음 다 주는 거 아니다”라며 걱정 어린 핀잔을 주곤 했다. 게다가 그가 외국인이면 “너는 왜 떠날지도 모르는 사람에게 마음을 금세 다 줘버리니?” 하며 못마땅해했다. 이런 엄마의 잔소리에도 아랑곳없이, 만난 지 4개월밖에 안 된 남자 친구를 꿋꿋이 엄마에게 소개했다. 좋아하는 사람과의 관계에 떳떳하고 싶고, 나의 가장 가까운 존재인 가족에게 소개해주고 싶은 것은 물론, 남자 친구도 남의 집 귀한 자식인데 부끄럽다고 감출 필요가 없었다. 특히 가족 간의 사소한 대화와 심리적인 연결이 얼마나 중요한지 아빠가 돌아가시며 깨달았기 때문에 나는 삶의 중요한 변화를 공유하고 싶었다. 만난 지 얼마 안 됐지만 남자 친구와 함께 찍은 사진을 엄마에게 보내고, 내가 왜 이 사람을 좋아하고 어떻게 만나게 되었고, 지금 어떤 감정으로 만나고 있는지 소상히 이야기했다.

스웨덴에서 보낸 2년은 나의 연애관을 180도 바꿔놓았다. 좋아하는 사람과 사랑하는 게 떳떳하지 않을 이유가 없었고, 성인으로서 나는 행동에 책임질 수 있는 사람이기 때문이다.

“아니, 이 사람이 나와 결혼할 사람인지 아닌지 알고 싶으면
우리 가족과 잘 어울리는지 봐야지. 그래서 사귀는 동안
더 적극적으로 교류하며 알아가야지,
결혼할 때 다 돼서 한두 번 만나서 알 수가 있어?”

스웨덴에서 만난 스웨덴 친구는 우리나라에서는 대부분 부모님께 결혼을 전제로 한 관계일 때만 연인을 소개한다는 말을 듣고 놀라, 두 눈을 크게 뜨며 물었다.

스웨덴에서 사는 2년 동안, 자신의 이성 친구를 부모님이나 가족에게 적극적으로 소개하는 친구들을 많이 보았다. 크리스마스와 같은 큰 명절이나 주말에 집으로 초대해 같이 식사하거나 여름휴가를 같이 보내곤 하는데, 이 사소한 만남이 서로에 대해 알아가는 과정이었다. 어색함이나 위계 없이 부모와 자식의 이성 친구가 서슴없이 어울리는 문화가 부럽기도 하고 굉장히 합리적이었다. 인생은 누굴 만나느냐에 따라 달라지는데, 어쩌면 여생을 함께할지도 모르는 사람인데 한두 번 본다고 어떻게 그 사람에 대해 다 알 수 있을까?

그래서 나는 엄마에게 거짓말하고 남자 친구와 데이트를 하거나 여행을 가는 대신, 솔직하게 남자 친구를 소개하고 데이트하는 일상을 공유한다. 남자 친구네 집에서 머무르게 되어도 더는 거짓말하지 않는다. "엄마가 걱정하는 일 일어나지 않게 나 처신 잘해. 나도 나 스스로 책임질 일만 하니까 믿어주세요." 대신 엄마가 걱정하는 부분을 이해하며, 나는 책임감 있는 사람이라는 걸 주지시킨다.

"오늘은 J랑 달리기했어! 엄마한테 인사 전해달래. 오늘은 고깃집에서 같이 삼겹살을 구워 먹었어. 엄마가 보내준 김치 잘 먹더라고요!"

함께 운동하는 모습, 브런치를 먹거나 요리하는 모습, 여행 중인 모습 등 소소한 사진을 타고 우리의 이야기와 서로에 대한 감정이 엄마에게 전달된다. 엄마가 마음을 열 때까지 조금씩 천천히.

나의 이성 친구를 가족에게 소개하는 이 일은 굉장히 낯설고 조심스러웠지만, 관계를 공표하니 나와 그의 연애는 더욱 떳떳하고 자유롭고 자연스러워졌다. 엄마도 안심하는 눈치다. 스웨덴에 사는 동안 친구들의 연애를 지켜보면서 이성 친구를 가족에게 소개하는 게 굉장히 자연스러운 일임을 많이 느꼈다. 스웨덴뿐 아니라 다른 서구권 국가에서 온 많은 친구들은 남자 친구와 함께 사는 경우도 많았다. 결혼도 안 했는데 동거를 하는 셈이었다. 혼전 동거라니 한국에서는 눈총받을 수도 있지만 그들에겐 굉장히 자연스럽고 경제적으로 합리적인 선택이었다. 좋은 관계를 이어가기 위해서는 각자 서로를 이해하고자 하는 노력이 중요한데, 친구들은 함께 살면 파트너가 어떤 사람인지, 어디서 갈등을 빚고 어떻게 해결하는지 등을 알아가며 서로 더욱 가까워진다고 했다.

"스웨덴에서는 18세(우리나라 19세 또는 20세)가 되면 자연스레
대부분 학생들이 일을 하거나 대학을 가면서 독립을 시작해.
친구와 같이 살거나 많은 학생이 파트너가 있을 경우 함께 살아.
경제적으로 집값을 나눠내기 때문에 아낄 수 있기도 하지만,
사실 그보다도 함께 살면서 서로를 더 알아가고 이해해가는 형태로

동거를 생각하는 거지. 단순히 데이트하는 거랑 함께 살면서 겪는 문제는 다르잖아."

"스웨덴에서는 결혼을 전제하지 않더라도 파트너와 나의 가족이 만나는 경우는 흔해. 우리의 명절인 크리스마스나 미드 섬머, 또는 생일과 같이 특별한 날 만나기도 하고 가족 식사에 초대하는 경우도 흔해. 이런 만남을 통해서 나의 가족과 내 파트너가 잘 어울리는지도 보고, 파트너도 나를 둘러싼 세계를 이해할 수 있게 되는 것 같아. 오랫동안 다른 삶을 살아온 우리가 서로를 알아갈 수 있는 시간을 가지는 거지."

보수적인 유교사회에서 자라온 유교걸에게 동거를 하거나 상대의 가족과 시간을 보내는 친구들의 연애 형태는 새로움을 넘어 충격이었다. 하지만 그 새로움이 낯설거나 거부감이 들기보다 합리적이라는 생각이 들었다. 누군가를 만난다는 건 인생에서 굉장히 중요하니까. 더군다나 수십 년간 남남으로 살아온 두 사람이 오랜 만남을 지속하기 위해 서로의 가치관부터 사소한 생활방식까지 궁합을 보는 것은 당연했다. 함께 사는 것은 서로를 가장 가까이에서 경험하는 일이었고 각자의 우주가 아닌 '공동의 우주'를 디자인해나가는 일이었다. 한두 번의 만남이나 상견례를 통해 어떻게 우리가 화목한 가족이 될 수 있을지 알 수 있을까. 한국에서는 가족과 나의 파트너가 거의 만나지 않는다는 말에 눈이 휘둥그레진 친구들 표정이 아직까지 생생하다.

"도미닉, 너는 과일 알레르기가 있으니까 머핀 구울 때
블루베리를 넣지 않았어."

스웨덴에서 만난 독일 친구 커플 아네트와 도미닉 집에 놀러 간 적이 있다. 도미닉이 집에 도착하자, 블루베리를 넣지 않은 머핀을 건네며 아네트의 엄마가 말했다. 딸 커플의 집에 놀러 온 아네트의 엄마는 딸의 남자 친구의 취향과 식습관에 대해서까지 소상히 알고 있었다. 딸의 남자 친구가 아니라 아들과 엄마 사이 같았던 그 상황은 내게 신선한 충격이자 감동이었다. 연애란 나와 상대 단지 그 두 사람의 세계를 구축하는 일이라 생각했는데, 스웨덴에서 만난 친구들의 열린 연애를 보며 진정한 연애의 의미에 대해 다시 돌아보게 되었다. 상대방의 가족을 만나며 사랑하는 사람의 삶의 역사를 여행하고 한층 더 상대를 깊게 이해할 수 있고, 상처를 보듬기도 하며 있는 모습 그대로를 이해하기 위한 통로가 되었다.

'결혼할 사이도 아닌데…'
'괜히 부모님에게 소개해드렸다가…'
"만나는 사람 없어요."

연애를 숨기기에만 급급했던 나였는데, 스웨덴에서 경험한 열린 연애는 나만의 연애의 정석을 만들어갈 용기를 주었다. 연인을 소개하는 게 그렇게 두려운 일은 아니라는 생각이 든다. 지켜야 하는 사생활을 존중하면서도 사생활을 감추지 않는 개인주의의 서구 사회가, 가족 공동체를 중시하는 우리나라보다 오히려 가족 간 소통이나 유대관계가 더욱 활발하다고 느낀 지난 2년. 우리는 무엇이 그토록 겁나거나 불편한 걸까?

2년 반 전 여름, 옷깃만 스치고 지나갈 줄만 알았던 인연이 어느새 연인이 되었다. 만난 지 6개월 차가 되던 설 연휴에는 남자 친구가 나의 고향을 방문해 우리 가족을 만났다. 늘 딸의 연애를 걱정하는 엄마에게 그는 신뢰를 주고 싶어 했다.

"내가 너의 어머니를 만나면, 조금이라도 덜 걱정하시지 않을까?"

아무리 외국에서는 이성친구를 부모에게 소개하는 게 익숙한 문화라 해도 한국에서는 아니었다. 나에겐 가족이라곤 엄마와 동생뿐이라 소소한 만남이 될 예정이었다. 그러나 만남의 규모에 상관없이 그를 가족에게 소개하는 것, 반대로 우리 가족을 그에게 소개한다는 사실에 며칠 전부터 내 마음은 설렘과 긴장 사이를 오갔다.

국적, 나이, 언어의 장벽을 뛰어넘어 엄마와 그가 서로를 이해하고 연결될 수 있을지, 걱정 어린 설렘. 찰나의 만남에서 느껴지는 케미를 통해 우리는 서로의 관계가 어느 정도 발전할지 알 수 있다. 6년째 한국에서 살고 있는 그가 아무리 한국말을 잘하고 한국 문화를 경험해봤다고 해도 낯선 어른과의 첫 만남은 쉽지 않은 것이다. 게다가 평생 한국에서 살아온 엄마가 외국인을 딸의 상대로 맞이하는 것도 얼마나 낯선지 알기에 우리의 첫 만남은 더욱 중요했다. 첫 단추를 잘 끼울 수 있을까.

엄마는 점심에 우리를 맛있는 고깃집으로 초대했고, 저녁에는 직접 요리한 장어구이와 신선한 회를 준비하셨다. 아들을 챙기듯 손수 고기를 구워 한 점 한 점 우리 앞에 놓아주고, 장어구이를 처음 먹어보는 그를 위해 어떻게 먹는지 시범을 보이던 엄마. 그는 엄마가 정성스레 구워주는 고기와 처음 먹어보는 장어구이도 맛있게 먹으며 특출난 말솜씨와 유머로 분위기를 돋궜다.

"정말 맛있어요!, 꼭 배워야 하는 사투리가 있어요? 아따, 맛있다!"

내 걱정과 달리 편안한 분위기 속에서 우리는 꼬박 하루를 같이 보냈다. 함께 집에서 맥주 한잔을 기울이며 이야기를 나누는 동안 우리의 밤은 깊어져갔다. 엄마는 그를 위해 당신의 안방을 내어주었다.

화려하거나 강렬하진 않았지만 소박하고 따뜻했던 우리의 만남. 이 편안한 만남을 위해 엄마와 남자 친구가 얼마나 속으로 노력했을까 생각하니, 마음이 뜨겁게 달아올랐다. 삶에서 중요한 것은 보이지 않는 경우가 많다. 두 사람 모두에게 감사할 뿐. 엄마와 남자 친구 모두에게 어려운 첫 만남이었을 테지만 각자의 배려하고 노력한 덕분에 우리 관계에 싹을 틔웠다. 나와 그의 관계가 또 다른 나의 세계로 확장되던 순간, 나는 우리의 관계가 신뢰와 지지라는 토양 속에서 성숙하고 꽃필 수 있음을 깨달았다. 그리고 나의 관계에 떳떳하고 솔직한 것이 얼마나 중요한지도 말이다.

고향에서 돌아온 지 얼마 되지 않아 엄마는 반찬을 한 가득 해서 그의 집으로 보냈다. 함께 나누어 먹으라고 갈비찜, 전복, 김치, 떡 등을 넣어 보낸 커다란 상자는 엄마의 사랑과 우리에게 보내는 지지로 꽉 차 있었다. 단 하루의 짧은 만남은 한 사람을 완전히 알 수는 없지만 온전히 느끼는 데는 전혀 짧지 않은 시간이었다. 엄마도 그에게도 마찬가지였을 것이다. 결혼도 하기 전 그의 집에서 보내는 시간이 늘어가면서 여전히 엄마는 딸이 너무 쉽게 마음을 주는 건 아닌지, 결혼 전 아이라도 생기는 건 아닌지 걱정했지만, 어느새 내 선택을 존중해주고 믿어주셨다. 덕분에 나는 사랑하는 사람과의 관계를 발전시키는 데 더욱 믿음이 생겼다. 미래가 어떻게 될지 몰랐지만, 가족들의 지지는 우리가 서로 더 견고하고 단단한 신뢰를 쌓는 데 힘이 되었다. 우리 둘의 세상과 우리 주변의 소중한 사람들의 마음이 이어진 덕분에 만난 지 3년째 결혼을 약속했다. 감추면 감출수록 어떤 일이든 관계든 복잡해지기 마련이다. 대신 투명하게 공개하고 내가 떳떳하다면 어떤 일이든 관계든 안정을 찾는다. 엄마는 결혼할 사람만 데려오라고 하셨지만, 결혼할 줄은 몰랐어도 사랑하는 사람들에게 떳떳하게 공개 연애를 선언한 덕분에 나는 세상에서 하나뿐인 소중한 인연을 얻었다. 사랑과 성숙한 관계의 씨앗은 솔직함과 신뢰임을 믿는다.

동거 선전포고

나는 한국에서 대역죄인이다. 미혼 여성의 혼전 동거, 하지만 나는 동거를 결심한 것이 성인이 되어 가장 잘한 결정 중 하나라고 자부한다. 오히려 하지 않았다면 후회했을 게 뻔하다. 사실 남자 친구와의 동거는 엄마와 친척들 몰래 시작되었다. 그는 연애 2~3개월 차에 동거를 제안했다. 하지만 당시 나는 만난 지 얼마 되지 않은 남자 친구와의 동거 허락을 엄마에게서 받아낼 자신이 없었다. 30살의 성인인 내가 부모의 허락을 받아야 한다는 것도 아이러니하긴 하지만, 한국에 사는 이상 엄마는 한국 문화를 존중해주길 바랐다. 남자 친구는 고맙게도 이 상황을 이해해주었다. 대신 나는 3~4일은 남자 친구네 집에서, 3~4일은 우리 집에서 보내며 두 집 살림을 시작했다. 하지만 관계가 발전하면서 자연스레 그의 집에서 보내는 날들이 늘어났고, 그는 나에게 옷장, 방 한구석을 내주기 시작했다. 어느새 그의 집은 우리 집이 되어 있었다. 내 자취방에서 보내는 시간이 줄자 연애 5개월 차, 나는 엄마에게 동거 선전포거를 하기로 했다. '동거를 하지 않고 있다'라는 거짓말로 남자 친구와 엄마에게 상처를 주고 싶지 않기도 했지만, 무엇보다 내 연애에 대해 떳떳하고 싶었다. 용기를 가지고 엄마에게 혼전 동거 선언을 결심한 날이 다가왔다.

"엄마, J랑 동거를 하려고 해. 동거하면서 서로에 대해서도
더 잘 알 수 있고, 우리 관계에 대한 책임감도 더 커질 거야."

역시나. 딸의 갑작스러운 동거 선언에 경상도 엄마는 내 말을 단칼에 자르며, 전화기를 뚫을 듯한 목소리로 역정을 냈다.

"결혼도 안 한 여자애가 함부로 입에 그런 말 하지 마라,
빨리 집에 안 가나!"

"니가 한국인이지 외국인이가? 한국인으로 한국에서 태어나 여기
살면 한국의 전통과 관습을 존중해야지!"

몇 번을 전화해 설득하려 했지만 엄마의 마음의 벽은 철옹성 같았다. 예상은 했지만 더욱 단단했던 유교 사회의 벽. 분명 동거하다가 헤어지거나 결혼 전에 아이를 임신할 가능성을 걱정하는 거겠지. 혹여라도 헤어지는 경우 동거라는 낙인 때문에 '내 딸이 시집은 갈 수 있을까?' 싶어 걱정이 이만저만이 아니었을 거다. 엄마가 동거를 하지 말라고 한다 해서 하지 않을 내가 아니었지만, 적어도 엄마의 인정을 받고 싶었다. 그와 내가 동거를 한다는 게 부끄러운 일이 아님

을, 우리가 더 길게 우리 관계를 내다보고 있음을 알려주고 싶었다. 때문에 나는 포기하지 않았다. 스웨덴에서 내 두 눈으로 직접 동거가 연인 관계에서 얼마나 중요한지 배웠기 때문에 포기할 생각은 없었다. 고등학교 때 동거를 시작해 20대 초에 결혼하지 않은 채 부모가 된 스웨덴 친구 커플, 7년 차 연애 중인 독일 친구 커플, 그리고 20대 초반에 우크라이나를 떠나 스웨덴 남자 친구와 새로운 삶을 꾸려나가고 있는 타니아까지.

"스웨덴에서는18세(우리나라 19세 또는 20세)가 되면 자연스레 대부분 학생들이 독립을 시작해. 많은 학생이 파트너가 있을 경우 함께 살아. 경제적으로 집값을 나눠내기 때문에 아낄 수 있기도 하지만, 사실 그보다도 함께 살면서 서로를 더 알아가고 이해하기 위한 단계로 생각하는 거지.
단순히 데이트하는 거랑 함께 살면서 겪는 문제는 다르잖아."

나보다 훨씬 어린 친구들은 나보다 훨씬 더 성숙한 어른이었다. 동거 장인인 친구들의 낯선 삶이 처음엔 문화 충격으로 다가왔다가 어느새 부러움으로 변했다. 내가 알던 결혼, 연애, 출산에 대한 기존 관념이 와장창 깨지던 순간들. 뼛속부터 유교걸이었던 나는 결혼하고 싶은 사람이 생기면 꼭 동거를 해보리라 결심했고 바로 지금이었다.

몇 번의 설득에도 불구하고 '동거 반대'라는 엄마의 입장은 완고했고 엄마와 나의 팽팽한 줄다리기는 계속됐다. 전화로 설득이 어려우니 전략을 바꿔, 엄마에게 그의 집에서 우리가 같이 요리하고 밥 먹는 모습, 함께 운동하는 모습 등 소상한 일상을 메신저로 공유했다. 동거는 엄마가 걱정하는 만큼 이상한 것이 아니며, 우리 관계의 진실된 모습을 나누고 싶었으니까. 진심이 전달된 걸까. '동거는 절대 안 된다!'라며 몇 번을 두드려도 부술 수 없는 벽을 세웠던 엄마의 분노는 '니 알아서 해라'로 수그러들었다가 '이제는 J의 집이 너네 집이다'라는 수용 단계로까지 발전했다. 사귄 지 6개월 차, 남자 친구와 함께 고향에 내려가 엄마에게 인사도 드렸다. 우리 관계가 조금씩 무르익을수록 엄마는 우리를 신뢰하기 시작했다. 나의 진심이 엄마의 안심으로 바뀌자 비로소 엄마와의 동거 대첩은 막이 내렸다. 대신 엄마는 손수 만든 반찬을 한 상자 꽉꽉 채워 우리가 함께 사는 집으로 보냈다. 엄마의 사랑과 신뢰 그리고 응원으로 조물조물 양념된 음식.

지난 2년, 남자 친구와의 동거는 우리 관계가 무럭무럭 자랄 수 있는 토양이 되었다. 매일 사소한 일과를 같이 보내고, 상대의 취향과 생활 습관을 면밀히 들여다보면서 우리는 한 걸음 한 걸음 더 가까워졌다. 생활비와 집안일을 분담하고 우리가 꿈꾸는 미래를 함께 그리며 진솔한 대화를 나눈 시간들. 이 시간이 쌓여 우리는 연리지처럼 혼자라는 뿌리에서 우리라는 나무로 함께 성장하며 열매 맺을 준비를 하고 있다. 우리는 매일 함께 시간을 보내며 서로의 과거, 현재, 미래를 여행했다. 밥을 먹는 시간은 서로의 역사와 꿈꾸는 미래를 탐구하는 시간이었다. 청소, 빨래, 설거지, 요리 등 때로는 귀찮은 집안 일도 자연스레 역할을 분담하게 됐다. 한편 나는 생활비도 같이 분담하기 시작했다. 돈에 관한 문제는 연인 사이에서도 늘 껄끄럽고 어렵다. 하지만 불편한 이야기도 솔직히 털어놔야 서로 합의를 볼 수 있다. 우리는 경제 능력에 따라 생활비를 분담한다. 서로의 재정 상태를 공개하고, 생활비 분담과 지출 관리 등 돈 이야기를 나누던 그 순간은 남자 친구도 나도 불편하고 어색했지만, 이야기를 마친 후 우리는 우리가 생각하는 것보다 훨씬 가까워졌다. 친구와 비밀을 공유하면 훨씬 가까워지는 것처럼.

"J, 너는 나랑 함께 살면서 가장 좋은 점이 뭐야?"

동거 소감을 묻는 나에게 그는 퇴근 후 함께 이야기를 나누고, 밥을 먹을 상대가 있다는 점이라고 대답했다. 데이트를 위해 따로 시간 내지 않아도 매 순간이 데이트다. 200% 공감 가는 대답이었다. 좋아하는 사람과 함께 대화를 나누며 밥을 먹는 이 순간, 바쁘고 여기저기 치이는 일상에서 이보다 따뜻하고 편안한 순간이 있을까. 2년간 함께 사는 동안 우리는 서로를 더욱 편하게, 진실되게 대하고 배려하게 되었다. 그리고 그 시간들 덕분에 우리는 우리 관계의 다음 단계를 생각하고 계획하고, 미래를 향해 함께 나아가고 있다. 동거를 하지 않았더라면 어쩌면 함께 만들어나가지도 못했을 미래.

누군가를 만난다는 건 인생에서 굉장히 중요한 일이다. 수십 년을 남남으로 살아온 서로가 만남을 지속하기 위해 가치관부터 사소한 생활방식까지 맞춰보는 것은 자연스럽고 합리적이다. 함께 사는 것은 서로를 가장 가까이에서 경험하는 일이자 '공동의 우주'를 디자인해나가는 것이니까. 남자 친구의 어머니는 결혼하고 싶은 상대가 있다면 꼭 같이 살아보고 여행을 함께 가봐야 한다고 조언하셨다고 한다. 반복되는 일상과 예기치 못한 상황에서 인간은 가꾸지 않은 진짜 자기 모습을 내보인다. 한국에서는 혼전 동거가 여전히 눈총을 받지만 어떤 나라에서는 이 일이 굉장히 자연스럽고, 인생에 꼭 필요한 단계이자 경제적으로도 합리적인 일이다.

동거 자체는 중립적이다. 필요하다 생각하면 취하면 되고 그렇지 않으면 안 하면 된다. 적어도 나에게 있어 동거는 굉장히 합리적이고 성인으로서 책임감을 다하고 성숙할 수 있는 시간이었고, 나와 남자 친구가 서로에 대해 확신을 갖게 해준 소중한 기회였다. 일상의 책임감과 상대에 대한 배려심을 키우고 현실과 이상 속에서 함께 미래를 그려나가던 시간. 전통과 관습에 어긋나고 손가락질당할까 봐 무서워 동거를 해보지 않았다면, 이 성장 기회를 놓치고 말았겠지. 동거 덕분에 자신과의 관계에서 나는 조금 더 독립적이고 자유로운 사람이 되었고, 엄마와 나의 관계에서는 한층 더 두터운 신뢰를 쌓았다. 무엇보다 평생을 함께할 연인을, 그와 함께할 미래를 발견했다.

살고 싶어 엄마에게 쓰는 편지

부모가 자식에게 삶의 경험과 생각을 나누듯 자식도 부모에게 자신의 삶의 경험과 생각을 나눌 때, 비로소 자기 길을 닦아나가기 시작한다. 어쩌면 그래서 쓰는 이야기.

엄마, 오늘은 삶에 대해 얘기해보려 해요. 제가 좋아하는 노래 중에 가수 양희은 선생님이 부른 〈엄마가 딸에게〉라는 곡이 있어요. 엄마가 열다섯 살 딸에게 전하는 인생의 조언이 담긴 가사예요. 사랑하는 딸을 걱정하는 마음에 엄마는 딸에게 공부해라, 사랑해라, 성실해라 여러 가지 조언을 하지만, 결국 엄마가 하고 싶었던 말은 '너의 삶을 살아라'였어요. 저는 엄마가 산 세월의 반밖에 살지 않았는데 인생에 대해 논할 자격이 있을까 고민했지만, 이 노래에 용기를 얻었어요. 열다섯 살인 딸도 엄마랑 인생을 논하는데, 저는 그보다 두 배는 더 살았으니 이제 자격이 있지 않을까 싶어서요.

저는 모든 사람은 태어날 때부터 삶의 의미를 찾는다고 생각해요. 태어남과 동시에 삶의 유한함을 맞닥뜨리니까요. 말과 글을 배울 때까지 언어로 표현을 못할 뿐이죠. 어떤 이유로 나는 우주에 내던져졌는지, 어떻게 살고 싶은지, 어떻게 살아야 하는지. 모든 사람이 죽는 그 순간까지 고민하는 질문이 아닐까요. 질문하지 않는다면 질문해야 하는 문제라 생각해요. 엄마는 어땠어요?

"난 왜 태어났을까? 난 어떤 삶을 살고 싶을까?
내게 주어진 소명이라는 게 있을까?"

이 질문에 대한 해답을 찾기 위해 책도 읽고 주변 사람들과 적극적으로 이야기 나누며 저만의 답을 내리려고 하는데, 쉽지만은 않았어요. 그럴수록 더 찾아보고 다양한 사람들을 만나려고 노력했어요. 이런 제게 엄마는 뜬구름 잡는 소리만 한다며 현실 감각을 가지라고 말씀하시곤 했죠.

"태어났으니 그냥 사는 거다.
하고 싶은 것만 하며, 살고 싶은 대로만 살 수는 없다.
소명을 찾기보다 먼저 내가 생존하는 게 먼저다.
경기가 어려운데 배부른 소리 하지 말아라."

사실 엄마만 이런 이야기를 하신 건 아니에요. 제 주변의 많은 친구들도 늘 한 군데 정착하지 못하고 뜬구름 잡는 저를 많이 걱정하곤 하니까요.

"도희야, 다 그렇게 살아."

가끔 이런 생각도 들어요. 내가 너무 유별난가? 허황된 생각을 하는 건가 하고요. 하지만 저는 더욱더 현실적인 감각을 가지기 위해서 위의 질문에 대답하는 게 중요하다는 결론을 내렸어요. 지금 숨 쉬고 있는 이 시간이, 어려운 경제 상황이, 또 앞으로 살아갈 변화무쌍한 수십 년의(어쩌면 백 년 이상일지도 모르는) 시간이 현실인데, 생존에만 급급하면 생각하는 대로 사는 게 아니라 사는 대로 생각하게 되더라고요. 그래서 이 가혹한 현실에서 '생존'하기 위해 오히려 더 많은 생각이 필요한 게 아닐까요? 내가 사는 환경을 이해하고 나를 이해해야만 이 험난한 세상에서 방향키를 잡고 버텨나갈 수 있으니까요. '산다는 것은 세상에서 가장 드문 현상이다. 대다수 사람은 그저 존재할 따름이다.' 아일랜드의 존경받는 소설가 오스카 와일드가 한 말이지요. 저는 '살고' 싶어요.

존경하는 정재승 과학자는 저서 《열두 발자국》에서 '내가 정말로 원하는 게 뭔지를 알려면 세상에 대한 지도가 있어야 한다'라고 썼어요. 아무도 내 지도를 그려주지 않기 때문에 여행하고 사람들을 만나고 책을 읽으면서 직접 지도를 그려야 한다고요. 물론 이 과정에서 방황도 많이 하고 실패도 많이 할 거예요. 하지만 적극적으로 실패하고 방황할 때, 비로소 우리는 삶에서 어떤 가치를 추구하며 살 것인지, 어떤 사람들과 함께 살아갈지에 대한 자기만의 답을 내릴 수 있다고 해요. 실제로 우리 뇌는 스스로 선택해본 경험이 많을수록 확신을 가지고 자기 선택을 더 잘 내릴 수 있대요. 정말 많이 공감 가는 이야기였어요. 제 이야기를 듣는 것 같았거든요. 정재승 교수님 말대로 우리는 학교에서 지도를 그리는 방법을 먼저 배워야 하는데, 길을 잃지 않고 목적지까지 빠르게 도착하는 법만 배웠어요. 그런데 자기 지도가 없으니 목적지도 없어요. 그래서 종착점이 어딘지도 모른 채 남들 가는 대로만 가는 게 아닌가 싶어요. 우리 뇌는 다수의 선택을 따를 때 가장 안전하다고 느낀다니까요.

10대의 저 도희도 다른 친구들과 마찬가지로 오로지 '인서울 대학'을 목표로 열심히 공부했어요. 왜 공부하는지 몰랐고 다들 열심히 하니까 저도 더 열심히 해야겠다는 생각뿐이었죠. 대학에 들어와서는 남들이 다 '좋은 기업'을 목표로 하니까, 좋은 기업이 어떤 곳인지 나랑 맞는 곳인지에 대한 정의도 없이 다들 취업을 위해 스펙을 쌓으니까, 매일 학교 도서관에 가서 자격증이나 어학공부만 했어요. 사실 왜 하는지 뭘 하는지도 몰랐어요. 불안했을 뿐이죠. 친구들이 커피 한잔하자고 제안하면 30분이라고 속으로 시간을 재고 내려갈 정도였다니까요.

그런데 스물두 살 때 아빠가 하늘나라로 가시면서 숙제를 남겨주셨죠.

'딸아, 너는 어떤 삶을 살고 싶니?'

답을 못하겠더라고요. 한 번도 스스로에게 물어본 적이 없으니까요. 그래서 그때 혼자 떠난 유럽 여행을 시작으로 해서 스웨덴에서 돌아올 때까지 저만의 지도를 그리려고 노력한 것 같아요. 많이 시도했고 실패했고 여전히 지도를 그리고 있는 걸 보면, 방황이 너무 길어진 건 아닌가 싶기도 하지만요. 10대 때 좀 더 일찍 방황을 시작하고 실패를 했다면 어떨까 아쉬움도 들어요. 수능을 위한 공고한 공교육 현장에서 탈선하기란 어려웠겠지만요.

엄마, 스웨덴에 사는 동안 자기 지도를 그리는 친구들을 많이 만났어요. 진로, 취업, 결혼 등 삶의 중대한 결정 앞에서 친구들은 스스로 결정을 내리더라고요! 삶의 결정권을 주도적으로 행사하는 모습에 나는 주도적인 삶을 살고 있나 돌아보게 됐어요. 저도 알고 있어요, 치열한 경쟁 사회에서 부모님이 우리 삶에 평생 안전망이 되어주고 계시다는 걸. 하지만 저는 부모자식 간 관계가 좀 더 독립적으로 변할 수 있길 진심으로 바라요. 부모도 자녀의 교육과 삶을 위해 자신의 삶에서 많은 것을 희생하지 않고, 자녀의 선택을 존중하고 스스로 결정을 내릴 수 있도록 지켜봐주는 것. 다행히도 엄마는 엄마가 배운 게 없다며, 저더러 알아서 하라고 늘 믿어주셔서 감사해요. 방황이 길어질 때마다 그 신뢰가 깨지기도 하지만요! 제가 사는 매 순간이 제 발자국을 향해 나아가는 시간이고, 스스로 결과물을 만들어 증명해야겠죠!

저는 정답만 찾는 방법을 배웠지만 삶에는 정답이 없다고 생각해요. 자기만의 답이 있을 뿐이라 믿어요. 오히려 자기만의 답을 찾지 않으면 남들과 비슷해지고 더 경쟁력이 사라지지 않을까요. 그래서 저는 아무리 상황이 힘들고 절망스러워도 우리 모두 스스로에 대한 믿음을 지켜나가면 좋겠어요. 그리고 엄마와 삶에 대해 더 자주 내밀한 이야기를 나누면 좋겠어요. 내가 바라는 삶은 무엇인지, 어떤 일을 하고 싶은지, 결혼관은 어떤지 등 내 생각을 부모에게 전할 때, 비로소 부모는 자녀를 믿어줄 수 있지 않을까요?

물가에 내놓은 아기 같겠지만, 제가 한 인간으로 자신만의 행복을 찾아나가고 있음을 믿어주세요. 제 목소리를 찾고 엄마에게 더 적극적으로 들려드릴게요.

생애 처음으로 엄마와 나 사이에 징검다리를 놓아요.

가진 건 없지만 결혼은 할게요

출근길 지하철 역에서 매일 나를 생각에 빠져들게 만드는 광고가 있다. 우리나라 대표 결혼정보회사 '결혼해 듀오'의 광고. 막연하게 결혼을 꿈꾸던 어릴 적, 나이가 들어 결혼을 못하면 나도 저기 가입해야 하는 건 아닌지 걱정을 하기도 했다. 물론 지금 내 조건으로는 매칭이 성사되어 성혼에 이를 수도 없겠지만. 아니 가입 조건도 충족할 수나 있으려나…. 적게는 수백만 원에서 많게는 수천만 원에 이르는, 내 한 달 월급보다 많은 가입비를 내기도 벅찬데 말이다. 결혼정보회사의 조건에는 한참 못 미치는 나지만, 다행히 나는 사랑하는 사람과 곧 백년가약을 맺는다.

소중한 마음과 마음이 만나 맺어지는 결실인 연애와 결혼이 어느샌가 조건과 조건의 만남이 되었다. 나의 직업, 외모, 경제적 능력뿐만 아니라 부모의 직업과 재산까지 필요조건이다. 급이 맞는 사람들끼리의 만남. 인간은 비슷한 사람들끼리 어울린다고 하지만 한국에는 그 비슷함의 척도가 가치관, 취미, 성격 등의 내적 가치보다 돈, 명예 등 외적 가치에 치우쳐 있다. 대학생 시절엔 대학에도 급이 있어 급에 따라 미팅이 들어오는 학교가 달랐고, 사회에 나와 소개팅을 하려 하니 직장, 직업부터 나이, 외모, 키, 자동차 유무까지 조건이 더 늘어났다. 만나서 상대를 알아갈 시간을 갖기도 전에 소위 필터링이 된다. 지구촌 어디든 조건을 따지지 않는 곳이 있겠냐마는, 사람을 물질적인 조건으로 재단하는 것이 '아무렇지 않게 된' 우리 주변의 모습과, 자신이 부족하다고 생각해 많은 것을 포기하는 사람들이 너무 많아 참 씁쓸하다.

3년 전 러닝 동아리에서 남자 친구를 만났다. 처음에는 서로의 나이도 직업도 모른 채 비슷한 관심사를 공유하며 몇 번 데이트를 했다. 외국 문화에서는 초면에 나이를 묻는 것이 무례하기도 하지만, 누군가와 관계를 맺는 데 나이가 제약이 되지 않는다. 우리가 서로의 나이를 알게 된 건 내 생일을 앞둔 날. 몇 번째 생일을 맞이하는지 묻다가 남자 친구가 나보다 3살 어리다는 사실을 알게 되었다. 남자 친구는 대학원 졸업을 앞두고 논문을 쓰는 중이었다. 당연히 직장은 없었다.

우리는 매주 2~3회 함께 땀을 흠뻑 흘렸다. 운동 후 밥 먹으며 대화를 나눈 시간은 모국어도, 생김새도, 자라온 환경도 너무나도 다른 우리가 수많은 공통분모를 발견해간 시간이다. 서로 나이도 모른 채 데이트를 시작해, 좋아하는 운동, 책, 여행과 가치관을 나누며 순식간에 가까워졌다. 약 9000km 거리와 30여 년의 세월을 넘어 현재의 마음을 나누는 데는 국적도, 나이도, 직업도, 출신 학교도 중요하지 않았다. 조건으로 평가받는 게 아니라 마음과 마음이 이어지는 관계에 순수함과 따스함을 느꼈고, 사회적 지위에 관계없이 내 가치를 알아봐주는 사람이 있다는 데에 위안을 받았다.

"언니, 앞날을 생각해.
상대는 아직 대학원생이고 언니는 나이도 있는데….
현실적으로 결혼까지 생각할 수 있는 사람을
만나는 게 좋지 않을까?"

그와 데이트를 시작한 지 얼마 되지 않았을 때 친한 친구가 걱정 어린 조언을 건넸다. 나이가 들면서 더욱더 인연을 만나기 어렵다는 걸 알기에, 친구는 분명 걱정이 되어서 건넨 말임을 안다. 어떤 결말을 맺을지 아무도 모르는 이 연애를 시작해야 할지 수백 번 고민했지만, 당시엔 두려움보다 우연히 찾아온 인연에 대한 설렘과 기대감이 더 컸던 것 같다. 그때 만약 막연한 두려움에 자연스레 찾아온 인연을 억지로 끝냈으면 어땠을까. 생각만 해도 정말 아찔하고 슬퍼진다.

그와 함께한 약 3년여 시간 동안 많은 일이 있었다. 우리는 데이트를 시작한 지 얼마 되지 않아 함께 살기 시작했다. 그는 긴 학업을 마치고 대학원을 졸업했고 원하던 분야에서 직업을 찾은 반면, 나는 다니던 회사를 퇴사했다. 그는 우리 가족을 만났고, 우리는 결혼을 약속하진 않았지만 각자가 그리는 삶에 대해 매일 이야기를 나눴다. 어디서 어떤 일을 하며 살고 싶은지, 우리가 결혼하게 된다면 어떤 가정을 꾸리고 싶은지. 프러포즈를 받기 전까진 커플이라면 누구나 으레 하는 이야기가 아닐까 걱정이 되기도 했지만, 솔직하게 나눈 이야기 덕분에 자연스레 서로에 대한 확신이 생겼고 우리는 결혼을 약속했다. 모아놓은 돈도, 차도, 집도 없지만 우리는 3년이 넘는 시간을 함께하며 졸업, 취업, 퇴사, 동거 등 인생의 중요한 대소사를 함께 겪어내고 성장했다. 어려울 때 힘이 되어주고 어떤 일이 있더라도 늘 곁에 있어준 한 팀. 그리고 연애 3년째 평생을 약속했다. 부족한 것은 부족한 대로, 서로의 가능성으로 모자란 부분을 채우며 함께 살아갈 것이다. 완벽한 사람도 없거니와 그 무엇인들 완벽하게 준비할 수 있을까. 핵심은 완벽하지 않아도 서로 으쌰으쌰 헤쳐나갈 힘만 있다면 무적이다.

얼마 전 '퐁퐁남', '설거지론'이라는 신조어를 들었다. 연애 경험이 별로 없거나 전무한 남자가 연애 경험이 많은 여자를 만나 경제적 책임과 집안일까지 책임지며 하는 경우를 의미한단다. 퐁퐁남이 될 바에야 결혼을 안 하고 혼자 잘살겠다는 사람이 많다. 하지만 뼛속까지 사회적 존재인 인간이 혼자 살 수 없다는 사실은 이미 우리 DNA

에 새겨 있지 않나. 많은 사람이 조건으로 사람을 만나고, 사랑을 하기도 전에 그에 따르는 의무와 책임을 계산부터 하는 것 같아 마음 한 켠이 씁쓸하다. 사랑은 나의 행복을 위한 이기적인 감정이기도 하지만, 이타적일 때 그 행복이 더 커지는 걸 보면 사랑의 본질은 아낌없이 주는 데 있다. 사랑을 시작하기도 전에 우리는 진정한 사랑에서 이미 멀어져버렸다. 진정으로 누군가를 사랑할 준비가 된 사람은 연애 경험에 상관없이 스스로의 삶을 돌볼 줄 알고, 상대의 시간과 에너지를 존중하고 배려하며, 귀찮은 일을 나눠 할 수 있는 사람이다. 누가 어떤지를 판단하기 전에 내가 먼저 사랑할 준비가 된 사람인지 돌아보는 게 우선일지도 모르겠다. 진심과 사랑으로 꽃피어야 할 결혼이 수많은 조건으로 채워지는 오늘날, 우리가 사랑에 왜곡된 잣대를 던지는 건 아닐지.

오랜만에 친한 친구를 만났다. 결혼 적령기에 있다 보니 싱글인 그 친구는 요즘 결혼정보회사에서 시도 때도 없이 가입 권유 전화가 온다 했다. 한 번도 그런 전화를 받아본 적 없는 나는 친구에게 '너는 선택받았다'라며 농담을 던졌지만, 속으로는 친구가 거절했길 진심으로 바랐다. 친구는 사람을 만나기 어려운 요즘 가입을 잠시 고민했지만, 스스로 사랑을 찾기 위해 조금 더 기다리기로 했다고 말했다. 가입비에, 결혼에 성공하면 성혼비까지, 돈으로 사랑을 사는 기분이라며…. 친구의 결정에 안심했다.

진심 어린 사랑을 포기하지 않는 한 희망이 있다. 사랑을 시작하는 것조차 어려운 요즘, 사랑을 포기하는 대신 사랑의 본질을 자문하는 게 우리에게 필요한지도 모르겠다. 사랑이란 서로 부족한 부분을 채워가는 것이자, 한 곳을 보고 서로의 가능성을 키워가는 것이라 믿는다. 적어도 내게 사랑은 그렇다.

남들보다 두 배는 느린 사랑

-

"스스로 깨닫게 되겠지만, 사랑에 감수해야 할 위험이란 없어.
사람들은 수천 년 전부터 서로를 찾아 만나왔어."

-파울로 코엘료, 《브리다》에서

-

3년 전 이맘때쯤 나는 사랑을 찾고 있었다. 나의 세계를 온전히 공유하고, 자신의 세계를 열고 나에게 그 미지의 세계를 탐험할 기회를 줄 사람. 그리고 서로의 세계로 향하는 다리를 같이 만들 수 있는 사람. 데이트 앱, 친구 소개 등 여러 수단을 통해 몇 번의 만남을 시도해 봤지만, 사랑을 찾을수록 사랑은 멀어져갔다. 그러다 우연히 나간 러닝 클럽에서 예상치 못한 시점에 사랑을 만났다. 지구 반대편 영국에서 온 남자 친구. 우리는 평생 모르고 살아왔지만 굉장히 빠른 속도로 서로의 세계를 공유하며 가까워졌다. 그리고 지금 우리는 언어, 생김새, 좋아하는 음식, 살아온 환경 등 수많은 차이를 넘는 더 많은 공통점을 찾아온 지 3년, 결혼이라는 약속을 통해 더 긴 시간을 함께 그리고 있다. 영국과 한국의 거리, 그리고 각자가 다르게 살아온 시간이 무색할 만큼 우리는 짧은 기간 동안 충분히 많은 시간을 함께 보냈다. 거의 매일 함께 밥을 먹고 아침을 맞이하고, 달리기를 하거나 자전거를 타며 짧지만 밀도 있게 보낸 무수한 시간을 되돌아보다, 우리가 함께한 많은 시간이 기다림의 순간이었음을 깨닫는다.

누군가와 사랑을 할 때 가장 중요한 한 가지를 꼽으라면, 나는 '기다림'을 꼽겠다. 국제 연애를 하는 우리는 맞춰가야 할 점이 참 많다. 그리고 맞춰가는 모든 시간이 기다림의 순간이다. 남자 친구가 거북이 속도로 자전거를 타거나 달리는 나를 기다려주는 것은 물론, 매일 식사 메뉴를 정하는 것에서부터 동거, 이주 등 우리가 결정해야 하는 많은 일에 관해서까지 그는 늘 양보하고 기다려주었다. 연애 시작 전 조심스레 호감을 나누며 서로의 마음을 확인할 때까지 상대의 메시지를 기다리고, 데이트 신청을 기다리고, 데이트 신청을 할까 말까 고민하는 것부터 관계의 열매를 맺을 때까지, 그 모든 순간이 기다림의 연속이다. 사랑의 불꽃은 자연스럽게 타올랐을지라도 관계를 발전시키는 것은 소중한 시간과 에너지가 많이 드는 일이다.

연애 시작 전에 수백 번의 기다림이 있다면 연애를 시작하고 나서는 수만 번의 기다림이 존재한다. 수십 년간 가꾸어오던 나만의 우주에 상대를 초대하고 나면 모든 일상에 상대가 들어온다. 수십 년간 몰랐던 상대의 과거를 여행하고 지금의 그를 이해하는 데에는 더 많은 시간과 노력이 드는 법이다. 그래서 사랑이라는 씨앗을 심고 나면 정성스레 그 씨앗이 열매를 맺도록 시간과 마음을 쓴다. 이 시간과 마음은 기다림과 배려다. 그와 만난 지난 3년 동안의 우리 연애를 되돌아본다. 평생을 다른 환경에서 살아온 우리 두 사람. 모국어도 다르고 삶의 속도, 식습관 등 일생에서 발견하는 소소한 차이도 많지만 우리는 그 차이를 좁혀가며 더 많은 공통점을 발견하고 있다.

내 모국어는 한국어, 그의 모국어는 영어, 우리 둘 사이에 언어 장벽이 전혀 없다면 거짓말이다. 성인이 돼서야 영어 말하기를 터득한 나는 원어민만큼 고급스러운 영어를 구사하지는 못한다. 남자친구 역시 한국어에 관해서는 마찬가지다. 나의 영어 말하기가 그의 한국어 말하기보다는 조금 더 수월해서 우리는 주로 의사소통을 영어로 하지만, 일상적인 대화를 나눌 때에는 한국어나 영어를 섞어 쓰기도 한다. 다행히 둘 다 상대의 언어를 구사할 수 있다는 점은 우리 관계뿐만 아니라 주변 가족과의 관계에도 긍정적인 영향을 미친다.

그러나 특정 주제에 대해 토론하거나 서로 깊은 생각을 나눌 때, 또는 문화적 맥락과 굉장히 밀접한 이야기를 할 때에는 높은 언어의 장벽 앞에 무릎을 꿇고 만다. 하지만 그럴 때마다 우리는 서로의 생각에 가닿기 위해 언어를 정리하는 시간을 갖는다. 나는 내 생각을 한국어로 정리해서 의사를 다시 전달하거나, 그에게 그의 말을 잘 이해하지 못했다며 다시 한 번 말해달라고 부탁하기도 한다. 그러면 그는 쉬운 영어나 한국어로 풀어 설명해주고 나는 그의 한국어 연습을 돕는다. 그렇게 소통의 한계에 부딪힐 때마다 우리는 영어와 한국어를 오가며 상대의 눈높이에 맞게 생각을 정리하고, 맥락을 설명해주며 풀어낸다. 우리가 공통의 언어를 쓰고 모든 단어의 문화적 맥락을 공유한다면 필요 없었을 절차가 우리에겐 더 생기는 셈이다. 하지만 이런 의사소통의 한계는 상대의 언어와 문화를 더 깊게 이해할 수 있는 기회이자 상대를 배려하는 법을 배우는 시간이다. 상대의 눈높이와 속도를 이해하며 우리 관계는 더욱 깊고 단단해지고 있다.

우리가 겪는 문화 차이도 마찬가지다. 그와 내가 겪는 문화 차이는 우리 관계보다 우리 주변의 관계에서 발견된다. 아무래도 우리는 여행이나 미디어를 통해 다른 문화를 접할 기회가 많아 어느 정도 동서양의 문화 차이를 인지하지만, 우리 부모님 세대에는 그럴 기회가 많지 않았으니 당연한 일이다. 그래서 남자친구가 우리 부모님이나 친척을 만날 때에는 에티켓이나 예절이 여간 신경 쓰이는 게 아니다. 그런데 여기서 중요한 점은 남자 친구만 한국식 예절을 배우는 것이 아니라 우리 부모님이나 친척들에게도 영국 또는 서양의 매너를 미리 알려드리는 것이다. 서로가 만났을 때, 사소한 것에서 오해가 생기지 않도록 외교적인 장치를 마련해놓는 것이라고 할까?

연애를 시작한 지 얼마 되지 않아 처음으로 남자 친구와 엄마를 만나러 고향에 내려갔다. 남자 친구는 어떤 선물을 들고 가야 하는지에서부터, 밥을 먹을 땐 어떤 속도로 어떤 이야기를 나누며 먹어야 하는지, 이야기를 나눌 때는 어떤 주제로 대화를 이끌어나가야 하는지 긴장을 많이 한 눈치다. 엄마 역시 남자 친구는 어떤 음식을 좋아하는지, 침대가 편할지 방바닥이 괜찮을지 사소한 것에 신경을 많이 쓰는 눈치다. 한국에 산 지 6년째 되는 남자친구가 우리 문화를 잘 이해하고, 엄마 역시 마음을 열고 남자 친구를 있는 그대로 받아주었기 때문에 우리의 첫 만남은 언어, 국적, 문화 차이를 넘어 순조롭게 마무리됐다. 하지만 나는 이 순간을 위해 남자 친구와 엄마가 각자에게 익숙하지 않은 것을 이해하려 노력하고, 상대를 배려해 말과 행동으로 표현하기까지 얼마나 노력을 많이 기울였는지 마음 깊이 알고 있다. 보기엔 쉬운 행동도 수많은 노력을 거쳐 나온 것이니까.

국제 연애를 하다 보면 '차이'에서 비롯된 질문을 많이 받는다. 언어 장벽, 문화, 가치관, 라이프스타일 차이에 관한 문제부터 어디에서 살지를 어떻게 정하는지 등, 우리의 다름으로 인해 현실적으로 헤쳐나가야 할 문제가 국제 커플에게는 더 많아 보인다. 하지만 모든 관계는 평생을 다른 삶을 살아온 두 사람이 만나서 만들어가는 것인 만큼, 국제 커플이 겪는 문제도 결국 모든 연인이 고민하는 부분이다. 다만 고민해야 하는 맥락과 지리적 범위가 더 넓을 뿐. 같은 한국어를 쓰더라도 상대의 언어를 이해하려는 노력은 중요하고, 상대가 살아온 환경과 가치관을 존중하고 서로 맞춰나가는 것은 어떤 관계에서든 중요하다. 때문에 한국인인 나와 영국인인 그가 겪고 있는 차이가 본질적으로 다른 연인들이 고민하는 부분과 다르지 않다.

그와 만난 지 3년, 우리는 우리가 마주한 수많은 차이점을 넘어 더 많은 공통점을 발견했다. 세상에 대한 호기심, 아웃도어 액티비티 취미, 향유하고 싶은 라이프스타일, 꿈꾸는 가정 등 우리가 삶에서 좋아하는 것들과 추구하고 싶은 가치들에 대해서. 다름으로만 바라보면 상대와 나 사이에 더 많은 거리를 발견하게 된다. 하지만 다름을 상대의 세계로 들어가는 호기심의 문으로 바라본다면 우리 사이의 시공간적 거리감은 순식간에 0으로 수렴하고, 우리는 다양한 각도에서 삶을 바라볼 수 있다. 또한 우리의 관계가 본질적으로 다른 연인 관계와 다르지 않음을 알게 된다. 다름을 이해하고 배려하며 기다려주는 것이 지속가능한 사랑의 기반이니까.

내 속도도 모른 채 전력 질주하던 연애가 있었다. 지난 연인은 내 속도가 부담스럽다고 했다. 매 순간 최대한 나답게 마음먹고 최선을 다해 사랑하려 하다 보니, 나 혼자 결정한 크고 작은 일들이 누군가에게는 부담스러울 수 있다는 사실을 왜 몰랐을까. 내 속도를 내는데만 몰두하는 바람에 그의 감정에 대해서는 귀를 기울이지 못했다. 결국 속도가 벌어진 우리는 감정의 교차로를 함께 넘지 못했다. 사랑하는 지금의 남자친구를 만나기 전 나는 항상 상대가 내 속도를 왜 못 따라오는지 속상해하거나, 상대가 잘못 생각하는 거라며 설득하기

바빴다. 이제는 항상 기다려주는 남자 친구 덕분에 함께 걷는 법을 배우고 있다. 둘만의 적당한 속도를 찾아 나아가기 위해 가장 중요한 것은 서로의 속도에 맞춰주는 것이 아닐까. 서로가 서로의 속도를 배려해 발맞출 때, 우리는 서로에게 한발 더 다가가고 우리만의 우주는 조금씩 확장되며 견고해진다.

"오늘 저녁은 뭐 먹고 싶어?"

나의 물음에 그는 오늘도 역시나 "한식도 좋아"라고 말하며 나를 배려해주었다. 나는 오늘은 한식 말고 서양 음식을 먹자고, 고기와 빵을 먹고 싶다고 했다. 오늘은 서양인 패치를 붙였다는 나의 장난스러운 농담을 애피타이저 삼아 우리는 햄버거집으로 향했다. 오랜만에 먹는 햄버거를 맛있게 먹는 그의 모습은 내 마음에 더 맛있게 스며들었다. 앞으로 나도 그의 세계에 풍덩 발을 담그고 기다려주고 배려해줘야지 하고 마음먹으며, 햄버거를 한입 베어 물었다.

매일 한 템포 천천히 걷기

그와 나의 시간은 다르게 흘러가는 것만 같다. 영국인 남자친구와 사귀기 시작한 이후 새롭게 본 것이 있다면 바로 시간이다. 우리에게 주어진 시간은 24시간으로 똑같은데, 걷는 속도나 요리를 준비하고 밥을 먹는 것에서부터 삶의 목표를 향해 나아가는 속도까지, 내 마음은 늘 다급하고 무언가에 쫓기는 것과 달리 그의 마음과 행동은 한결 여유롭고 느긋하다. 내가 잰걸음으로 여유 없이 걷는다면, 그는 성큼성큼 한 걸음을 힘 있게 내딛는다. 요리할 때도 이것저것 펼쳐서 재빠르게 썰어 빠른 결과물을 만들어내려는 나와 달리, 그는 하나하나 재료를 조심스레 다루고 준비한다.

밥 먹는 것은 말해 뭐할까. 다른 한국 사람보다 평소 느리게 먹는다고 생각했는데도, 나는 그의 느긋한 식사 속도를 따라잡기 어렵다. 음식을 허겁지겁 먹어치우는 게 아니라 꼭꼭 씹어 재료 하나하나의 맛을 음미하며 먹는 느낌이랄까. 빠르게 먹은 탓인지 배가 금세 불러 내가 식사를 멈추는 반면, 그는 천천히 예쁘고 매너 있게 음식을 먹으며 적당히 기분 좋은 포만감을 유지한다. 나는 무엇이 그렇게 급한 걸까.

어느 날 그와 함께 버스를 기다리던 중이었다. 버스가 도착하자마자 사람들 사이를 비집고 잽싸게 타던 나는 흡사 출발선에 선 경주마 같았다. 다른 사람을 먼저 배려하고 마지막으로 올라타도 될 텐데, 반사적으로 내 몸은 '빨리 타서 자리를 잡자' 하고 반응했다. 텅텅 빈 버스 뒷좌석에 앉아 버스에 마지막 손님으로 오르는 그를 기다렸다. 내가 괜스레 민망해하자 그는 나뿐만 아니라 한국에서는 대부분 사람들이 지하철이든, 버스든 먼저 타려 서두른다는 인상을 받았다고 했다. 나의 이기적인 모습을 경쟁이 심한 사회 탓으로만 돌리는 건 아니지만, 어쩌면 우리는 무엇이든 빨리, 그 누구보다 먼저 쟁취해야 한다는 경쟁심을 은연중 학습해온 건 아닐까. 나보다 여유롭고 남을 배려하는 그의 모습과 급하고 이기적인 내 모습이 선명하게 대조되어 쥐구멍으로 숨고 싶었다.

삶의 목표에 관해서도 그는 느리진 않지만 느긋하고 여유롭게, 또 단순 명료하게 길을 닦아나간다. 벌써 1년이 끝나감을 깨닫고 새하얀 공책을 빼곡히 채운 새해 목표를 들여다본다. 건강, 재무, 자유 등을 한 해 스스로 가장 중요하게 생각하는 낱말들이 야심 찬 문장으로 엮여 있다. 새해 다짐 중 제대로 이룬 게 없는데 벌써 1년이 지났음을 깨닫고 절망하려는 찰나, '내년엔 목표를 꼭 꾸준히 실천해야지' 하고 다짐하다, 문득 이 많은 목표가 주어진 시간에 비해 너무 과한 건 아닌지? 진정으로 내가 원하는 것인지? 이런 물음이 떠올랐다. 내 하루는 24시간인데 이 수많은 일을 제대로 다 할 수 있을까? 우선순위 없이 너무 많은 것을 이루려다 분주하기만 한 건 아닌지.

분주함과 바쁨은 분명 다르다. 바쁜 것은 내가 가고자 하는 방향이 분명하고, 그 목표을 이루기 위한 가치를 실현하고자 나아가는 과정에서 나타난다. 반면 분주함은 가치도, 방향도, 우선순위도 없이 그저 쏟아지는 것들을 쳐내며 시간에 휩쓸리는 것이다. 그는 바쁘고 나는 분주한 것 같다. 그는 하고 싶은 일과 삶에서 지켜내고 싶은 가치가 뚜렷하다. 좋고 싫어하는 것도 분명하다. 자신이 돕고자 하는 사람들을 위해 시간, 재능, 열정을 쏟아붓는 것.

시간이 유한함을 알고 삶의 방향이 뚜렷했기 때문일까? 그는 삶에서 어떤 비바람이 몰아쳐도 방향타를 놓치지 않고 목표로 했던 것들을 실현해나가고 있다. 내가 종이 위에 빼곡 채워둔 수십 개의 새해 다짐에 시간과 에너지를 뺏기는 동안, 그는 단 두 가지의 표를 마음속에 새기고 마음속으로 그 목표를 위해 이미 움직이고 있었다.

단순하지만 집중하는 삶은 깊이 있는 학습을 가능케 하고, 의미 있는 변화를 만들어낸다. 새해 목표가 빼곡 차 있는 내 결심 노트를 다시 들여다보았다. 경제적 자유, 다이어트, 투자 공부, 운동, 커리어, 사이드 프로젝트 등 대부분 더 많은 것을 이루기 위해 욕심으로 가득 찬 노트. 진정으로 내가 달성하고 싶은 것인가? 내게 주어진 한정된 시간 안에 무엇 하나 제대로 달성할 수 있을까? 이게 내 삶에 어떤 의미가 있을까? 남에게도 도움이 되는 것일까? 자문해본다.

'더 빠르게 나아가려 했지만 제자리를 걸을 뿐이었다.'

독일 작가 미하엘 엔데의 소설 《모모》의 한 대목이다. 모모는 우리가 제한된 시간을 얼마나 가치 있게 쓰는지에 관한 이야기다. 소설 속에는 사람들의 시간을 빼앗아 목숨을 이어가는 회색 신사들이 나오는데, 이들에게 시간을 빼앗긴 사람들은 매 순간 시간에 쫓긴다. 사람들에게 대화, 휴식, 공상이나 몽상에 빠지는 시간은 모두 사치다. 시간은 (자본주의 사회에서 돈이나 물질적인 성공으로 환산되는) 유의미한 생산물을 만들어내는 데만 쓰인다. 그러고는 기계적으로 부족한 시간 내에 더 많은 것을 성취하고자 앞만 보고 달린다. 아이러니하게도 시간을 더 아낄수록, 삶에서 시간은 더 부족하고 삶의 온기는 차갑게 식어버렸다. 꿈과 상상은 잊혀가고, 사회가 유익하다 정의 내린 결과물을 만들어내기 위해 사람들은 매일 시간에 허덕인다. 자신만의 시간의 꽃을 피우지 못한 채 휩쓸려 살아가는 사람들의 모습에서 자연스레 내 모습이 보였다.

현대 사회를 살아가는 대부분 사람의 모습과 다름없겠지만, 유독 한국 사회의 시간 추는 빠르게 움직이는 것만 같다.

"한국 사회가 정말 빠른 것 같아?"라는 내 질문에, 그는 빨리빨리 문화이긴 하지만 효율적이지는 않다는 생각을 나눠주었다. 그가 바라본 우리 사회는 빨라서 무언가를 효율적으로 해내는 것이 아니라 급하다는 의미였다. 빨리빨리가 아닌 'hurry, hurry'(서둘러, 서둘러) 사회인 것 같냐는 나의 질문에 그는 아무 말도 하지 않았지만, 질문하는 동시에 나는 이미 수긍하고 말았다. 나도 모르게 휩쓸려 빠르게 지내온 시간들, 다급하게 달리기만 하니 제대로 이뤄낸 것도 없었다. 내가 피웠던 나만의 시간의 꽃은 어디로 사라졌을까?

2년 동안 북유럽 스웨덴에 사는 동안 한국보다 모든 것이 느리게 흘러가는 사회 속에서 내 시계 추도 두 배는 느려졌지만, 하루 24시간은 더욱 길고 풍요롭게 다가왔다. 나만의 시간의 꽃을 잘 가꾸던 그때. 빼곡 채워놓은 목표는 없었지만 많은 것을 하려고 하기보다 내가 진심으로 좋아하는 소수의 일에 진심과 시간을 쓰던 때. 나는 천천히 그리고 꾸준히 나아가고 있었다.

그를 통해 다시 내 시간을 반추한다. 그리고 느리게 갈수록 더 빠르게 더 제대로 갈 수 있음을 배운다. 오늘도 그 덕분에 나는 새로운 시각에서 일상을 들여다본다. 살아온 환경의 차이만큼 생각하는 것도 살아가는 것도 많이 다르지만, 그 차이 덕분에 우리 삶에서 결코 다르지 않은 삶의 중요한 가치를 다시금 깨달았다.

나만의 시간의 꽃을 피울 것.

새로운 한 주를 시작하는 오늘, 지난 한 주는 바쁘게 보냈는지, 분주하게 보냈는지 돌아본다. 평소보다 퇴근 후 약속이 많았고, 주말에도 토, 일요일을 꽉채워 일을 하거나 친구들을 만났다. 순간 시간 통제력을 잃거나 집중하는 환경을 스스로 만들지 못해 분주하게 보낸 시간도 있지만, 반절 이상의 시간을 바쁘게 보내려 노력한 것 같다. 내가 만나고 싶은 사람들을 오랜만에 만나고, 좋아하는 일을 집중해서 하고, 의식적으로 시간을 어떻게 쓰고 있는지 돌아봤기 때문이다.

다시는 돌아오지 않을 오늘을 분주하게 낭비하지 않는 방법은 하루 이 24시간을 어떻게 쓸 것인가 고민하고 의식을 통제하는 지점에서 시작된다. 출근 전 30분, 글을 쓰는 것도 나의 마음을 들여다보고 하루를 의지대로 이끌어 나가기 위함이다. 내 마음이 나아가고자 하는 방향과 주변 환경의 자극으로부터 거리를 둘 것. 그러면서도 타인과 나, 내 우주와 우주의 일부로서 균형과 조화를 찾을 것.

오늘 하루를 바쁘게 보낼 것인지, 분주하게 보낼 것인지 선택하는 월요일 아침, 모든 우리의 하루가 소진되기보다 채워지며 마무리되길 바란다.

우리는 모두 아프리카에서 왔다

"남자 친구 어느 나라 사람이야?"

남자 친구가 외국인이라고 하면, 흥미롭게도 많은 사람이 그의 국적부터 물어본다. 내가 사랑하는 그는 어쩌다 보니 백인 영국인으로 태어났다. 선진국에서 하얀 피부의 백인으로 태어난 행운 덕분에 그는 약 10년간 한국에서 살며 환영과 관심을 받는 특권을 누려왔다고 말한다. 그와 달리 나의 전 남자 친구는 흑인 미국인 장교였는데, 자신의 피부색 때문에 한국 사람들이 편견을 갖는다고 했다. 본인의 직업이나 국적을 알게 된 이후에는 사람들이 다르게 대우하는 게 느껴져 씁쓸하다고. 둘이 함께 길을 걸을 때면 '사람들이 내가 아닌 너를 쳐다보는 게 느껴져 부담스러워'라며, 그는 자기 때문에 내가 길에서 사람들의 주목을 받는 게 괜히 죄지은 것 같다고 고백한 적이 있다. 유독 우리는 의도치 않게 피부색이나 인종이나 국적 등 보이는 것만으로 사람을 다르게 대할 때가 있다. 우리는 모두 아프리카에서 온 호모 사피엔스일 뿐인데.

"Hej(헤이!)"

스웨덴에 살 때였다. 스웨덴 사람들은 나를 보면 언제나 스웨덴어로 인사하고 대화를 시작했다.

'생김새도 스웨덴 사람이 아닌데,
왜 자꾸 스웨덴어로 말을 거는 거지?'

딱 봐도 아시아인인 내게 당연히 영어로 Hi(안녕)라고 인사를 하리라 생각했고, 스웨덴어를 하지도 못하는데 폭포수같이 스웨덴어를 쏟아내 당황스러워 얼굴이 빨개지곤 했다. 나중에야 내가 스웨덴 사람일 수도 있으니까 스웨덴어로 말을 건다는 걸 알게 됐다.

스웨덴은 미국만큼은 아니지만 무척 다양한 인종이 모여 사는 곳이고 평등을 가장 중요한 가치로 여기는 나라다. 때문에 겉모습만으로 누군가를 외국인으로 판단해 영어로 인사를 건네면 많은 사람이 차별이라 생각한단다. 다수가 아닌 소수의 이방인으로 낙인을 찍고 소외시킬 수 있기에, 많은 스웨덴 사람들은 보이는 것만으로 누군가를 판단하고 규정짓는 것을 조심스러워했다. 태어나 처음으로 생김새나 피부색만으로 누군가를 멀리하고 편견을 갖지 않았나 돌아본 순간이었다. 스웨덴에 사는 동안 나는 항상 외국인이라 생각했는데, 스웨덴어로 건네는 인사 한마디에서 포용과 따스함을 느꼈고 그 사회의 구성원으로 받아들여지는 데 대해 안도감을 느꼈다.

'나를 아무도 낯선 외국인이라고 생각하지 않을 수도 있겠구나.'

누군가를 틀 안에 가두고 규정하는 순간, 우리는 상대를 온전히 이해하기 위해 첫걸음을 떼기도 전에 그로부터 멀어진다.

남자친구와는 러닝 클럽에서 만났다. 처음엔 그의 국적도 몰랐다. 달리기 전 간단한 자기소개를 하지만 이름만 말할 뿐, 어느 나라에서 왔는지 몇 살인지 묻는 사람도, 말하는 사람도 없다. 그게 중요하지 않으니까. 러닝 후 식사를 함께하는 동안 이야기를 나누며 자연스럽게 영국 사람이라는 걸 알았다. 세 번째 데이트를 할 때까지 그의 나이도 몰랐다. 몇 주 뒤로 다가온 내 생일 때문에 서로의 나이를 알게 됐지만 여전히 우리에게 나이는 중요하지 않다. 매년 생일을 축하할 때만 등장할 뿐이다. 우리는 나이와 한국인 또는 영국인이라는 맥락 안에 우리를 가두지 않으려 한다. 다만 한 사람으로서 바라볼 뿐이다. 그의 가족과 친구에게도 내가 한국인이라는 건 크게 중요치 않다. 대신 내가 어떤 사람인지에 대한 관심이 더 클 뿐.

남자 친구와 퓰리처상 사진전을 보러 간 적이 있다. 전 세계 곳곳에서 발생한 전쟁, 자연재해 등의 참혹한 역사적인 사건부터 생명의 탄생, 올림픽 우승 등을 기록한 환희의 순간까지, 순식간에 인간사의 희로애락에 젖어들었다. 5살 난 어린 두 딸과 함께 목숨을 걸고 수류탄이 사방팔방에서 터지는 멕시코-미국 국경을 넘는 온두라스 출신의 어머니, 이념과 종교의 차이로 서로에게 무시무시한 총과 날카로운 칼을 겨누는 사람들, 예기치 못한 테러로 눈앞에서 가족과 친구를 잃은 어린 소녀, 건물이 활활 타오르는 큰 화재 속에서 간신히 구출한 아기에게 인공호흡을 하는 소방관. 어떤 이들은 우리의 다름 때문에 서로 칼과 창을 겨누거나 폭탄을 던지고, 어떤 이들은 우리의 다름에 상관없이 인간의 자비로움, 용기, 사랑을 베풀었다. 양면적인 삶을 생생하게 보여주는 사진들 앞에서 남자 친구와 나는 한참을 말없이 서 있었다. 때로는 눈가가 촉촉해지기도 하고 때로는 입술을 깨물기도 하며 두 손을 꽉 잡았다.

그와 한국 영화를 보러 갔을 때, 가져온 휴지가 모자랄 정도로 꺼이꺼이 숨죽여 우는 그를 보고 속으로 당황했던 기억도 있다. 우리가 함께 본 영화는 〈담보〉였다. 빚 때문에 엄마와 생이별을 하고 사채업자에게 담보로 맡겨진 어린 승이와 낯선 아저씨 둘과의 좌충우돌 동거 생활을 그린 영화. 영화를 보기 전 사실 나는 그가 한국적인 정서를 이해할 수 있을까 걱정했다. 영화가 끝나자마자 참 어리석었다는 생각과 함께, 어쩌면 내 생각이 차별적이었을지도 모른다는 자각에 남자 친구 옆에 있기가 너무 미안했다. 그는 나를 한 사람으로 받아들이는데 나는 또 그를 외국인으로 규정지었구나. 그가 가장 좋아하는 영화는 한국 영화 〈국제 시장〉이다. 지구상 어디에 살든 사는 모습은 다를지라도 삶에 관한 모든 것은 인간의, 인간을 위한, 인간에 관한 것이기에 우리 삶은 결코 다르지 않고, 삶을 마주하는 우리 모습도 크게 다르지 않음을 새삼 되새긴다. 우리네 생김새, 국적, 사는 모습은 다를지라도 우리 삶은 결코 다르지 않고 다양한 감정을 마주하는 우리 모습도 크게 다르지 않다. '인종이 아닌 인류만 있을 뿐'이라는 프랑스 사회학자 타하르 벤 젤룬의 말을 가슴 깊이 되새긴다.

오늘은 남자 친구와 남아공 식당에서 저녁을 먹고 미국 대법관의 일생에 관한 다큐멘터리를 보며 한국, 영국, 미국 사회와 우리 삶에 대해 이야기를 나눴다. 다른 나라, 언어, 문화, 어느 하나 공통된 것이 없어 보이는 주제일지도 모르지만, 사실 모두 같은 선상에 있는 주제다. 영국인 남자 친구도, 남아공 식문화도, 미국인 연방 대법관도, 한국, 영국의 사회 문제도, 동시대의 한순간을 살아내고 있는 인간이나 문화에 관한 것이니까. 앞으로 평생을 함께하기로 약속한 우리. 내 앞에 앉아 있는 그의 얼굴을 빤히 쳐다보았다. 비로소 실감이 난다.

'이제는 정말 평생 이 사람과 함께 삶을 헤쳐나가겠구나!'

그와 저녁을 먹으며 약속했다. 우리를 한국인과 영국인이라는 맥락 안에만 가두지 않기로. 나는 나 그는 그, 개별적인 개체로 서로를 마주하고 서로의 세계를 탐구하기로. 우리는 70억 인류 중 한 명으로서 편견 없이 타인을 사랑하고 배려하며 타인의 아픔에 공감할 줄 아는 사람이 되기로 약속했다. 어디에 살든 익숙함과 낯섦, 소속감과 고독함, 고향과 타향, 경계와 비경계. 양극단에서 또는 그 사이에서, 어디에 속하지도 가 닿지 않더라도, 언제든 자유롭게 적응하고, 타인에게 공감하며 사랑을 나누며 살아가는 존재가 되자고.

한국과 영국 이 두 나라를 이으며 결혼을 준비하기 시작했다. 웨딩 플래너는 없지만 도움을 주는 많은 분들을 만났다. 참 감사하다. 2년 넘게 함께 살았지만 결혼을 준비하는 과정은 새삼스럽다. 식장을 잡는 것부터 사진, 반지 등 사소한 모든 것을 넘어 우리가 그리는 삶의 모습에 우리 둘의 의견이 반영된다. 우리가 손수 꾸리는 결혼식도 그랬으면 좋겠다. 아니, 그럴 것이다.

작은 투쟁의 막이 오르다

결혼식을 위한 작은 투쟁의 막이 올랐다.

한국에서 결혼식을 올리기로 결심한 후 결연히 다짐했다. 나만의 작은 투쟁을 시작하기로. 나는 한국 결혼 산업을 매우 싫어한다. 결혼 당사자인 신부와 신랑의 자율성이 반영되지 않는 데다, 신랑 신부를 위하는 듯 보이는 사탕발림 대잔치인 것만 같다. 업체들을 패키지로 묶어 엄청난 할인을 준다지만 그 가격도 투명하지 않고, 수많은 필수 옵션(옵션은 선택권이 있다는 뜻인데 필수라니?)과 보증 인원 때문에 내가 원하지 않거나 불필요한 것들을 억지로 해야 하는 경우가 많다. 웨딩홀이 마음에 들면 웨딩홀과 연결된 꽃집이나 스튜디오, 케이터링을 꼭 선택해야 하는 것처럼 말이다. 아무리 다양한 형태로 할인을 해준다 해도, 각기 다른 조건이 걸린 수십 수백 가지 패키지를 보고 있자면 머리가 핑 돈다. 너무나 다양한 선택지에 압도당하는 느낌이다. 결혼식 주인공의 선택권은 어디로 갔을까?

우리가 왜 결혼식을 올리며 행복한 결혼식이란 무엇인지, 결혼 준비를 시작한 이후 그 본질에 대해 곰곰 생각해본다. 사랑하는 사람과 평생을 약속하는 자리에 소중한 사람들을 초대해 둘이 하나가 됨을 선언하는 날. 지인들의 축하와 인정을 받는 일은 생각만 해도 설레지만, 빨리빨리 나라 한국 결혼식은 그 축하마저 속전속결로 30~40분 이내에 끝내야 한다. 대부분 웨딩홀에는 다른 커플의 예식이 다음 순서로 잡혀 있기에, 신랑신부도 마음이 급하고 하객도 마음이 급하다. 이런 상황에서 슬프게도 제대로 된 축하를 받을 수 있을 리가 없다. 그래서 평생 단 한 번뿐인 결혼식에 나와 남자 친구는 우리의 마음과 정성을 더 쏟기로 했다. 귀찮고 시간과 품이 더 들어도 나와 남자친구에게 더 필요한 것만 우리에게 더 의미 있는 방향으로 준비하기로 마음먹었다. 업체와 플래너가 똘똘 뭉친 폐쇄적인 결혼 산업에 농락당하고 싶지 않은 마음과, 강제적인 기성 문화에 대한 반항이랄까.

작년 말, 우연히 인스타그램에서 광고를 보고 웨딩 박람회에 간 적이 있다. 당시 드레스, 웨딩홀 등 결혼 정보 검색을 많이 하던 중 광고 타깃이 됐음에 틀림없다. 결혼 준비가 막막하기도 했지만 도대체 우리나라 결혼 산업의 구조는 어떨까 호기심이 발동했다. 순수한 호기심과 호객 행위에 경계 어린 마음으로 코엑스의 작은 홀에 도착해 보니 예복, 플래너, 예물 업체가 규격화된 책상을 따라 즐비했다. 등록 데스크 주변에는 웨딩 스튜디오 화보집이 전시되어 있었는데, 나는 친구가 이용했다는 스튜디오를 한눈에 찾을 수 있었다. 앨범 속 모델이 친구가 아니라는 점만 빼면, 친구의 웨딩 사진과 똑같았기 때문이다.

"OO야, 너 여기서 촬영한 거 맞아?"
"오, 어떻게 알았어? 나 그 스튜디오에서 촬영했어!"

친구는 자신의 웨딩 앨범 속에서 충분히 빛났지만, 친구와 같은 사진을 가진 사람이 어쩌면 수백 수천 명이 있을 수 있다 생각하니 기분이 묘했다. 공장에서 찍어내는 기분이랄까. 나를 위해 맞춤형으로 제작되는 것도 아닌데 가격은 또 어마무시하다. 공장형 스튜디오 전시장을 지나, 작은 테이블에 웨딩 플래너와 마주 앉았다. 우리를 맞이한 플래너님은 우리 취향과 예산에 맞는 여러 업체를 소개해주고자 정말 친절하게 상담해주셨지만, 상담 끝엔 불합리한 선택지와 선택에 대한 압박이 남았다.

"박람회 특가라 오늘까지만 이 가격에 드려요!
계약을 지금 하고 가시는 건 어떠세요?"

한두 푼이 드는 것도 아닌 결혼식에 당장 의사 결정을 할 수 있는 사람이 얼마나 있을까. 고객 한 사람 한 사람이 수입원인 웨딩 플래너를 뒤로하고 박람회를 나왔다. 역시나 불합리하고 불투명한 결혼 산업에 진절머리가 나는 것과 동시에, 1시간이나 상담을 해주고 아무것도 얻지 못한 그분께 미안한 마음이 들었다. 웨딩플래너가 잘 추려준 선택지를 보며 결혼을 준비하는 것은 편리하고 효율적일 수 있다. 하루종일 일 하기도 바쁜데 예물, 예복, 웨딩홀 등 수많은 업체를 찾을 여력이 없는 건 사실이니까. 하지만 편리함과 효율성을 명목으로 불합리하고 불투명한 결혼 산업 구조에 결혼식 당사자들이 맥없이 당하는 것 같아 씁쓸해진다. 동시에, 우리는 어쩌면 남들이 제시하는 해답지만을 가지고 선택을 내리는 데 길들여진 게 아닐까, 그래서 어쩌면 불합리함을 편리함과 효율성으로 포장해 정당화하는 건 아닐까 하는 생각이 들었다. 나는 내 결혼을 준비할 때만큼은 스스로 해내어 증명하고 싶다. 삶의 매 순간에 내 주도권을 지키기 위한 나만의 작은 투쟁이다.

결혼 준비를 시작했다. 플래너 없이 결혼 준비에 도움을 받고자 초록색 사이트의 온라인 카페에 가입했다. 80만 신랑 신부의 결혼 준비 역사가 녹아 있고 하루에도 수만 개의 결혼 정보와 업체 후기가 올라오는 곳. 안면은 없지만 결혼을 준비하는 온라인 친구들 덕분에 필요한 업체를 정보를 얻기도 하고, 사진이나 영상 등 업체 할인을 받기 위해 짝꿍을 찾을 수도 있다. 80만의 든든한 지원군과 함께라면 이 결혼 준비라는 전쟁통도 무사히 헤쳐나갈 수 있을 것 같았다. 그런데 가입한 지 얼마 되지 않아 나는 그 카페를 이용하지 않기로 했다. 수천 수만 개에 이르는 선택지와 예약 경쟁에 압도당하며, 정보를 검색하면 할수록 정보의 늪과 선택 장애에 빠지는 나를 발견했기 때문이다. 더욱이 80만 명이 가입한 그 결혼 카페에는 하루에도 몇백 개씩 '어떤 드레스를 입어야 할까요?' '이 부케 어떤가요?' '메이크업 샵 좀 대신 골라주세요!' '가족들 선물에 얼마나 돈을 써야 할까요?' '이 결혼 맞는 걸까요…?'까지 온라인 친구들 의견을 구하는 글들이 올라온다. 선택의 주도권이 나보다 남에게 있는 느낌이다. 게다가 일면식도 없는 온라인 친구들에게. 서로 도움을 주고받는 것은 좋지만 내 상황이나 나에 대해 잘 모르는 사람들에게 묻기 전에 혼자 충분히 고민해보는 연습이 필요한 건 아닐까. 나부터 스스로 물어보기로 했다. 인생의 새로운 챕터를 준비하며, 선택에 대한 책임과 작은 것에도 주도권을 쥐는 법을 배우고 싶었으니까.

초록창을 끄고 남자친구와 함께 결혼식에 필요한 모든 것에 대해 우선순위를 정리했다. 결혼식장을 꾸미는 일부터 프로그램 구성, 음식, 메이크업, 드레스, 예복 등 각각에 대해 우리가 중요하게 생각하는 것이 무엇인지 적어보니 쓸데없는 욕심은 버리고 취할 게 보였다. 결혼을 준비하는 과정은 나라는 사람을 만나는 과정임을 느낀다. 인생의 수많은 선택이 결혼 준비에 압축되어 있는 느낌이다. 웨딩플래너 없이 결혼식을 남자친구와 함께 한 땀 한 땀 만들어갔다. 결혼식 장소는 한눈에 반한 한옥을 예약했다. 식사 외엔 아무것도 제공되지 않고 꽃장식부터 음향 장비 업체까지 내가 직접 찾아야 한다. 바로 그래서 나는 여기를 선택했다! 야외인 만큼 제대로 꾸미지 않으면 없어 보이거나 허전해 보일 수 있다며, 친구들은 꾸미는 데 돈을 아끼지 말라는 조언을 주었다. 얼마 전 결혼한 친구는 꽃값만 800만 원을 썼다는데, 입이 찢어져 턱이 바닥에 떨어질 뻔했다. 800만 원이라니…. 고민 끝에 화려한 꽃장식보다 꽃은 결혼식 장소의 고유한 멋을 살리는 정도로 분위기를 돋우면 좋겠다고 결론을 내렸다. 예산을 최소한으로 정했고 인터넷으로 다양한 레퍼런스를 찾아 어떤 식으로 결혼식장을 꾸미고 싶은지 그림을 그렸다. 그리고 인터넷 플랫폼에서 예산에 맞는 가격을 제안해준 업체를 만났다. 생화와 조화를 섞어 꽃이 야외 식장의 고유한 멋을 해치지 않는 선에서 꾸미기로 했다. 식장을 예쁘게 꾸미지 않고서 소중한 분들을 맞이하고 싶다는 뜻이 아니다. 과연 그만큼의 비용을 지출할 만큼 꽃으로 식장을 꾸미는 게 중요한 일인지 의문이 들었다. 꽃이 주는 아름답고 향기로운 기쁨을 많은 사람과 나누고 싶지만, 그 돈으로 다른 곳에 더 가치 있게 쓸 수 있다면 말이다.

메이크업은 출장 메이크업을 예약했다. 친구들은 출장 말고 일생에 단 한 번, 강남의 메이크업샵에서 신부 화장을 받으라고 했지만, 식장이 먼 만큼 바쁜 당일 편하게 메이크업을 받을 수 있어야 했다. 나에겐 더 중요한 부분이었다. '출장 메이크업'이 왜 격 떨어지게 들린다는지 그 이유는 나도 잘 모르겠지만, 다양한 매칭 서비스 덕분에 내가 원하는 포트폴리오를 가진 고수님을 만났다. 가격도 말해 무엇할까. 좋은 서비스를 받는 데 합당한 비용을 지불하는 건 당연하지만 무언가 '결혼'이라는 단어와 '청담'이나 '강남'이라는 단어가 붙으면 거품이 끼는 듯한 마음을 떨쳐낼 수가 없다.

스튜디오 촬영은 하지 않기로 했다. 대신 남자친구나 내게 의미 있는 장소에서 스냅 촬영을 하기로 했다. 청첩장 디자인은 남자 친구의 가장 친한 친구에게 부탁했다. 6개월 전엔 스튜디오를 정하고 드레스샵 투어를 가고 3개월 전엔 청첩장을 완성하는 등 결혼식을 앞두고 몇 개월 단위로 해야 할 것들이 정해져 있다고 하지만, 아무것도 정해지지 않았어도 난 전혀 답답하지도 조급하지도 않았다. 우리가 어떤 결혼식을 만들고 싶은지가 분명하기 때문이다.

남들이 하라는 대로 하지 않고도 만족하는 결혼식을 만들어가는 것은 나만의 작은 투쟁이다. 결혼식을 위해 사소하지만 중요한 것들을 준비하며 내 안의 욕구와 욕망의 크기 그리고 선택의 기준을 더 세심히 들여다보게 된다. 내가 원하는 결혼식의 모습에 얼마나 가까운지, 내가 하는 선택에 지불하는 돈이 얼마나 가치 있게 쓰일지, 남들은 다 한다 해도 과연 나에게 필요한 것인지… 하나하나 챙겨야 할 게 많지만 온전히 내 손으로 소중한 분들을 모시는, 인생에 단 한 번뿐인 행사를 만들 수 있다는 것만으로 더 자유롭고 더 큰 정성을 들이게 된다. 결혼식 업체가 신랑 신부를 돈으로만 보지 않고 함께 아름다운 이벤트를 준비하는 파트너로 볼 수 있는 날이 곧 오기를 바란다. 내 삶의 주도권을 잃지 않는 작은 투쟁은 여전히 진행 중이다.

한국인은 누구이고, 나는 누구인가?

새하얀 피부, 금빛과 갈색빛이 오묘하게 조화를 이루는 머리카락, 〈해리 포터〉 영화 시리즈를 틀어놓은 듯한 말투. 그런 그를 보면 외국인이 맞구나 싶다가도, 순댓국집에서 순댓국에 새우젓과 들깻가루를 한 숟가락 풀어 밥 한 공기를 뚝딱 말아먹고서는 "저기요~ 깍두기 조금만 더 주세요"라던가, "정말 맛있게 잘 먹었습니다!"를 찰떡같이 구사하고 나오는 모습을 보면 외국인인지 한국인인지 혼란스럽다. 한국인만큼이나 한국 음식을 좋아하고 때로는 한국인보다 더 구수한 한국어를 구사하는 이 낯선 남자는 바로 내 영국인 남자 친구다. 9000km나 멀리 떨어진 신사의 나라 영국에서 온 그는 이제 한국에서 9년째 살고 있다.

남자친구는 영국에서 대학을 졸업하자마자 한국에 건너와 인생에서 거의 3분의 1이라는 시간을 낯설고 먼 나라 한국에서 보냈다. 어학당에서 한국어를 배우고, 국내 대학원에 진학해 한국어로 석사 과정을 마치고 어려운 취업의 관문까지 뚫었다. 이제 나와 결혼한 그는 아무런 연고도 없고 언어도, 음식도, 생활 양식도 모든 게 낯설었던 이 나라가 어느새 제2의 고향이 되었다며 기뻐했다. 인생의 약 3분의 1을 한국에서 보낸 그에게는 한국의 많은 것이 어느새 너무 당연히 여겨지지만, 여전히 낯선 것이 있다고 했다. 바로 한국인으로서의 정체성에 관한 문제다.

어느 날 저녁을 먹다 그가 물었다.

'우리 아이가 태어나면 한국 사회에서 한국인으로 인정받을 수 있을까? 아니면 우리 아이들은 외국인일까?'

갑작스러운 질문에 나는 대답을 선뜻 하지 못했다. 특히 아직 태어나지는 않았지만 미래 우리 아이들 이야기로 확대되니 말문이 턱 막혔다.

나에겐 너무나 당연하게도 한국인이라는 정체성은 한국어를 모국어로 쓰고, 부모 모두 한국인이며, 흑갈색 눈동자와 머리카락, 연황색 피부를 지닌, 즉 나와 비슷하게 생긴 사람들의 집단이었다. 그렇다면 미래에 태어날 우리 아이는 영어와 한국어를 모국어로 쓰고, 아빠는 영국인 엄마는 한국인에, 머리카락은 금발일 수도 있는데, 이 아이는 그렇다면 한국인이 아닌 걸까? 그의 질문 한마디에 혼란스러워졌다.

"우리 동료 A알지? 그 동료 아들 지미(가명)가 어린이집에 다니는데, 선생님이 영어 시간에 될 때마다 '지미어' 배우자고 한대. 사실 선생님은 악의 없이 한 말인데, 그 아들은 자기가 다른 친구들이랑 '다르다'라고 느껴서 혼란스워하기도 하고 소외감을 느끼기도 한대."

남자 친구는 미국인 동료의 아들 이야기를 들려주며, 우리 미래 아이들의 정체성 혼란에 대해 걱정했다. 남자 친구 동료의 아들은 한국인 미국인 혼혈, 남자 친구의 동료 역시 백인 아버지와 중국계 미국인 어머니 사이에서 태어난 혼혈이었다.

"미국이나 대부분 서양 국가에서는 사실 인종이나 피부색이 중요하지도 않고, 정체성의 척도가 아니야.
문화적으로도, 인종적으로도 너무나도 다양한 사람들이 살아가니까.
지미는 미국에서는 당연히 미국인으로 인정받는데, 한국인이기도 한 그 아이는 이 사회에선 한국인으로 인정받기가 어려운 것 같아.
시간이 좀 걸리겠지?"

너무나도 가까운 지인의 이야기를 들으니 정체성 혼란에 대한 문제가 전혀 남일 같지 않았다. 우리 아이는 한국에서 떳떳하게 한국인으로 인정받고 살아갈 수 있을까? 그렇지 못하다면 우리는 한국에서 살 수 있을까? 사실 아직은 자신이 없다. 지구촌 시대에 한국에도 수백만 명의 외국인이 함께 살고 있지만 아직도 우리에겐 그들은 외국인, 이방인, 타지인이자 언제든 자기 나라로 돌아갈 사람이지 한국 사회의 한 구성원으로 여기기란 심적으로 어려운 것 같다. 아무리 한국어를 유창하게 하고 매운 김치를 맛있게 먹어도 한국인이라 함은 흑갈색, 검은색 머리카락과 눈동자, 연황색 피부를 한 사람들이니까. 얼마 전 우리 친구 미국인 안나가 한국 시민권을 땄다는 반가운 소식을 들려주었다. 통·번역을 전공한 그녀는 한국인보다 더 유창한 한국어를 구사하고, 한국 문화를 그 누구보다 이해하려 노력하고 존중한다. 과연 안나는 한국인일까? 한국인이 될 수 있을까?

어렸을 적부터 학교에서 우리나라는 단일 민족 사회라고 익히 배워왔다. 사실 그때는 우리나라가 얼마나 동질적인 집단으로 구성되어 있는지는 미처 인지하지 못했고, 그 동질성이 사회적으로 어떤 의미를 지니는지 생각해볼 기회조차 없었다. 우리나라가 유독 동질성이 강한 사회라는 사실을 이해하게 된 때는 아시아를 넘어 유럽이나 미주로 여행을 떠나기 시작하면서부터다. 다른 피부색을 가지고 다른 모국어를 쓰는 다양한 인종이 한데 어우러져 살아가는 전 세계의 수많은 나라들. 그 나라에서 나는 이방인이었지만 유독 눈에 띄는 낯선 인종은 아니었다. 인종과 문화적 다양성은 대부분 나라에서 당연했기에 그 사회에서 유별난 존재가 아니었던 것이다.

스웨덴에서 백화점이나 마트, 식당에 가면 사람들은 내게 스웨덴어로 말을 걸곤 했다. 다양한 인종이 모여 사는 곳이기에 생김새만으로 어림짐작하고 나에게 영어로 말을 건다면 차별이나 마찬가지이기 때문이다. 스웨덴어를 못한다고 알려줘야만 사람들은 나에게 영어로 말을 걸었다. 이민자의 나라 미국 여행을 할 때에도 친구는 내게 "대부분 사람들이 네가 미국인인지 한국인인지 모를 거고 신경 쓰지도 않을걸? 인종차별 크게 걱정하지 마"라고 말했다. 브라질에선 백인, 황인, 흑인으로만 규정할 수 없는 다양한 인종들이 너무나 많은 것도 목격했다. 사실 어떤 피부색을 지니고 있는지가 뭐가 중요한가. 그냥 피부색일 뿐인데.

하지만 우리나라에서는 어떤가? 남자 친구는 자신이 한국어를 다 이해하고 한국어로 대화할 수 있는데도 대다수 사람이 자신의 생김새만으로 한국어를 전혀 못한다고 생각하고 한국어로 대화할 기회조차 주지 않거나, 한국어를 사용해도 영어로 말을 이어가는 사람이 많다고 아쉬워했다. 우리는 머리로는 피부색이 국적을 대표하지 않는다는 것을 알지만, 솔직히 나도 길에서 남자친구나 엄연한 한국인인 모델 한현민을 처음 만났다면 'Hello'라고 첫인사를 건넸을지 모른다. 모델 한현민의 어머니는 한국인, 아버지는 나이지리아인이다.

우리에게 한국인이란 어떤 사람들일까? 남자친구는 다문화사회인 영국의 이야기를 전하며, 자신에게 '영국인'이라 함은 영국에서 태어나 영국 여권을 지닌 것에 지나지 않는다고 생각한단다. 미래에 우리 아이가 태어나면 그들은 당연히 영국인으로도 인정받을 거라는 말도 덧붙였다. 국가 간 경계가 무너지고 피부색과 문화를 넘어 사랑의 결실을 보는 사람들이 많아지는 요즘, 과연 나에겐 '한국인'이라는 정체성은 어떤 의미인지 앞으로는 어떤 의미일지 고민에 잠겼다. 물론 나 역시 당장 나와 다르게 생긴 외국인을 길에서 보며 "안녕하세요"라고 인사를 건넬 준비가 되어 있진 않다. 하지만 한 사회에 살아가는 누군가를 타자화하는 순간 우리는 같은 세계에 살고 있는데도 영영 이어지지 못할지도 모르겠다. 누군가 인류를 일컬어 '한배를 탄 승객'이라고 했던 말을 기억한다. 우리에게 한국인이란 어떤 존재일까? 한국인이라는 정체성은 미래에는 어떤 의미를 지닐까? 한국을 낯설지만 애정 어린 눈으로 바라보는 그 덕분에 오늘도 나는 당연한 것을 낯선 눈으로 들여다본다.

9년째 한국에 사는 남자 친구는 자신이 평생 한국인이 될 수 없을 것 같다고 가끔 농담을 던지기도 한다. 한국을 너무나도 사랑하지만, 완전히 이 사회의 한 구성원으로 인정받기는 불가능할 것 같다며, 한국에서는 한국인 아니면 외국인이라는 이분법이 너무나 자연스러워 일상에서 가끔 소외감을 느끼기도 한단다. 그의 뼈 있는 농담에 반박하고 싶지만 고개를 끄덕이며 수긍할 수밖에 없다. 내 머릿속에조차도 한국인은 나와 같은 생김새를 가진 사람에, 한국인 특유의 정서 '한'과 '분단의 아픔', 아무 자원도 없는 열악한 사회에서 이만큼의 성취를 일궈온 역사를 이해하는 사람이니까.

"한국인은 생김새뿐만 아니라 비슷한 정서를 공유하는 사람인 것 같아. 문화적 다양성과 사람들의 배경에 상관없이 모두 존중하는 건 나에게도 너무나 중요한 가치지만, 아직까진 나조차도 네가 한국인으로 인정받고 살아가는 걸 상상할 수가 없어"라고 말하자 남자 친구는 다시 한 번, 자신에게 영국인이라는 정체성은 특별한 것이 아니라 여권일 뿐이라고 생각한다고 했다. 우리에게 아이가 생기면 그 아이들은 한국보다 영국이 더 살기 좋을 것이라는 말도 덧붙였다.

'나 자신을 태어난 나라나 속해 있는 집단으로부터 분리한다면,
나의 정체성은 어디서 찾아야 하나?
남자 친구의 생각만이 맞는 건 또 아닌데?
우리 아이들은 한국인이 될 수 없는 걸까?'

생각의 바다를 떠돌다 위계도, 차이도 없는 우리 모두의 공통점을 찾았다.

'인류라는 정체성'.

피부색이나 생김새는 다른 요소이지만 차별의 이유가 될 수 없으며 우리가 관계를 맺는 데 어떠한 장벽도 되지 않는다는 진실. 지난 10년간 길 위에서 그리고 매일 남자 친구를 통해 배우고 있다.

영어와 한국어, 하얀 피부와 황갈색 피부. 금빛과 갈색빛이 오묘하게 조화를 이루는 그의 머리카락, 검은 내 머리카락. 밥 대신 빵, 빵 대신 밥. 인사는 포옹으로 인사는 목례로. 그에게 가장 큰 명절은 크리스마스, 나에게는 설과 추석. 언어, 생김새, 먹는 음식부터 일상의 작은 습관까지 영국인 남자 친구와 한국 토박인인 나는 다른 점투성이다. 우리 둘의 아이는 영어와 한국어를 모국어로 구사하고 양쪽 문화 모두를 배우고 경험하겠지. 각자의 다름이 어색함 또는 유별남으로 번지는 게 아니라 자연스러운 것으로 여겨지는 날이 언제 올까? 정말로 오긴 올까?

그때가 온다면, 한국인이란 누구인가? 그리고 나는 누구인가?

에필로그: 눈치 없는 사람이 될래요

"왜 많은 한국 사람들이 태어난 나라를 떠나고 싶어한다고 생각해?"

저녁을 준비하던 중 남자 친구는 자신이 한국에 오기 전 가장 충격적으로 봤던 한국에 관한 다큐멘터리를 소개하며 질문했다. 그 다큐멘터리는 주로 미국으로 조기 유학을 떠난 어린 학생부터 안정적인 직장이나 사업 또는 축적한 부를 포기하고 미국 이민을 준비하는 중산층 가족과 한의사까지, 다양한 나이, 성별, 경제적 능력을 지닌 사람들 이야기를 다루었다. 특히 다큐멘터리 속의 미국 이민을 준비하는 사람들은 합법적인 취업 비자를 받기 위해 프로그래머, 간호사, 한의사 등 안정적인 직장을 다 포기하고 미국의 한 농장에서 단순 노동직으로 일할 절차를 밟고 있었다. 10년 전 다큐멘터리지만 지금과 별반 다를 게 없었다.

남자 친구는 높은 교육 수준에 특출난 기술이 있는 한국 젊은이들이 이를 다 버리고, 그저 이민을 떠나기 위해 농장에서 일할 결심을 했다는 것이 퍽 충격적이라고 했다. 물론 6개월만 농장에서 일하면 합법적으로 미국에 정착할 기회가 주어지긴 하지만, 어렵사리 성취한 것을 다 포기하고 단순 노동직으로 이민을 가는 것이 평범한 결정은 아니니까. 그래도 해외 이민 박람회에는 농장 취업 비자를 받기 위해 모여든 사람들로 북적댔다. 문득 대학 졸업 후 이민을 진심으로 고려하던 내 모습이 오버랩되었다. 그때와 지금 바뀐 게 있을까? 무엇이 우리를 그토록 떠나고 싶게 만드는 걸까?

20대 중반 졸업을 앞둔 시점 나는 다른 나라에 가서 살기로 결심했다. 사회는 나를 N포 세대라고 불렀다. 나는 베이비부머 세대의 자녀로 태어나 1990년대를 활짝 열며 치열한 경쟁을 뚫고 살아왔다. 그러나 처음으로 부모보다 가난하고 취업, 연애, 내 집 마련, 결혼, 꿈 등 인생의 많은 것을 포기한 N포 세대 중 하나가 되었다. 한창 꿈 많은 나이 20대에 경력 개발, 연애, 결혼, 자아실현 등 인생의 중요한 '셀 수 없는 많은 것'들을 돈 또는 시간 부족과 사회적 압력을 이유로 포기한다고 하여 우리는 N포 세대가 되었다.

'탈출하고 싶어'.

무기력한 현실이 답답하기도 했지만, 이 사회에서 살다 보면 내 삶은 포기와 불행으로만 가득 찰까 봐 두려워 20대의 나는 자꾸 다른 나라로 나갔다. 나라를 바꿀 용기까지는 없었고 더 나은 사회에서 살면 더 이상 포기하지 않고 살아도 되지 않을까 하는 마음에, 내 실존을 위해 자발적 이민을 목적으로 스웨덴으로 유학을 갔다. 그리고 한국으로 돌아왔다. 내 행복을 지켜내기 위해서. 한국에 돌아와 일부러 국내외에서 다양한 문화적 배경을 지닌 사람들을 만나려 시간을 쏟았다. 나 스스로의 경험과 시야에 갇히는 게 무서웠고 그걸 바탕으로 삶의 수많은 가능성을 점치는 것은 오만이라 생각했다. 나와는 전혀 다른 삶을 살아온 사람들을 만나는 일은, 익숙한 것들로부터 거리를 두고 내가 미처 보지 못한 삶에 새로운 가능성을 발견하는 방법이기도 했다. 신도 아닌 내가 삶을 계획하기엔 이 세상은 알 수 없는 일로 가득하다. 게다가 계획한 대로만 인생이 펼쳐진다면 너무 재미없지 않은가.

그렇게 살아온 환경에 거리를 두고 방향을 트는 나름의 전략은 내가 한국인 OOO으로서가 아닌, 이 우주에 내던져진 한 개인으로서 어떤 삶을 살고 싶은지에 대해 자문자답하는 시간이었다. 여전히 당연하게 여겨지는 것들, 사회나 주변 사람들이 내게 기대하는 것에 '왜'를 던지는 내면의 반란이기도 했고, 사회의 틀에 얽매이지 않고 내 경험과 신념에 근거해 삶의 주춧돌을 쌓는 기초공사 과정이었다.

'우리는 왜 불행할까?'

'나와 내 친구들은 왜 포기해야 할까'

'왜 다른 나라에선 당연한 것이 한국에선 당연하지 않을까?'

'나는 어떤 것을 택하고 싶은가?'

'한국은 더 많은 사람이 행복하게 살아가는 곳으로 변할 수 있을까?'

생각의 바다를 떠다니다 문득 '우리가 행복하지 않은 이유는 인생의 많은 선택을 암묵적으로 강요받았기 때문이 아닐까' 하는 결론에 닿았다. 그것도 내 취향이나 삶의 가치관이 반영된 것이 아니라 사회가 정해준, 소위 '좋은' 선택 말이다. 좋은 대학, 좋은 기업, 좋은 배우자 등등 그 좋음이 무얼 뜻하는지 묻지도 않은 채.

"사회 안전망이 부족한 것도 있겠지만, 한국 사람들은 남이 나를
어떻게 생각하는지에 관해 신경을 너무 많이 쓰는 것 같아.
가족뿐만 아니라 사회 전반적으로도.
그래서 내가 원하는 삶을 사는 사람이 많지 않고,
대부분 남들이 사는 방식대로 살다 보니 불행하다고 생각하는 사람이
많은 것 같아. 삶의 의미와 나다움에 관한 책들이 특히 한국에서
인기 많은 이유가 아닐까."

약 10년간 한국에서 살고 있는 영국인 남자 친구는 많은 사람이 한국을 떠나려고 하는 가장 큰 이유를 '눈치 사회'에서 찾았다. 그의 시선에서 내가 미처 생각하지 못했던 답을 찾았다.

다른 사람과 크게 다르지 않고, 다른 사람들이 사는 평균을 좇아가며 평생 살아가는 우리들. 함께 살아가는 사회에서 눈치는 가끔 미덕으로 작용하기도 하지만, 삶의 큰 그림에서 눈치는 평균 지향적인 삶을 만들어낸다. 내가 살고 싶은 대로 살기엔 항상 타인의 시선을 의

식하며 자란 우리로서는, 남들과는 다른 길을 선택하는 것에 대한 부담감이 너무 크다. 그러다 보니 나 역시 남들이 가는 길에서 뒤처질까 봐 늘 불안에 휩싸여 살았다. 불안의 원인도 몰랐고, 인생에서 다른 선택을 내릴 용기도 없었고, 내 마음을 들여다볼 생각조차 못했다. 타인의 행복을 좇는 연습만 하니 내 마음과 행동을 다스리기보다 외부 환경에만 온 신경을 쏟고, 자연스레 불안이 더 가중되곤 했다. 불안과 불행의 악순환 속에서 20대를 보냈다.

그랬다. 가장 행복한 국가 스웨덴에 살지만 스웨덴 사람들이 스웨덴에서 살기 때문에 행복한 것만은 아니었다. 각자 원하는 대로 살아가는 사람들 그리고 개인의 다양성을 제도적으로 문화적으로 인정해주며 공동체 문화가 잘 자리 잡은 사회.

행복에 관한 저명한 연구자 서은국 교수는 저서 《행복의 기원》에서 행복의 핵심은 나다운 삶과 내 주변의 소중한 사람들과 양질의 시간을 보내는 데 있음을 과학적으로 증명한다. 개인주의는 행복을 증대하는 문화적 특성이며, 행복의 결정적 열쇠는 일상에서 맺는 사람과의 관계가 어떻게 나타나느냐에 달려 있다. 제도는 당장 바꾸지 못한다 해도 내가 어떻게 매 순간을 살아갈지는 선택할 수 있다.

나는 행복이란 '눈치 없는 삶'이라고 결론을 내렸다. 내가 살고 싶은 대로 삶을 설계하고, 내가 좋아하는 사람들과 매일 연결되는 시간을 보내는 것. 매일 용기 있는 개인주의자 선언을 하다 보면, 결국 죽음 앞에서 나는 만족스러운 삶을 살았다 하고 눈을 감지 않을까. 이를 위해 가장 중요한 것은 '눈치 없는 사람이 되는 것'이다.

"그 무엇보다 너를 먼저 생각해. 너의 삶이잖아."

나도 사람인지라 인간관계, 가족, 사회 등으로부터 오는 스트레스 때문에 중심을 잃을 때면, 남자 친구는 늘 내 마음을 먼저 챙기라고 힘주어 말한다.

요즘의 나는 매일 아침 눈을 뜨자마자 5분이라도 명상을 하고, 누운 자리에서 한 문단이라도 내가 좋아하는 책을 읽는다. 하루의 중심을 잡기 위한 소중한 나만의 시간이다. 예전의 나였다면 바쁜 아침에 이 20여 분도 아까워 눈을 뜨자마자 샤워를 하러 달려갔을 텐데…. 아침에 갖는 이 짧은 시간이 내 감정과 상황을 알아차리는 힘을 기를 수 있는 시간임은 분명하다. 바쁜 출근길에는 엄마나 생각나는 사람에게 메시지를 보내고 마음을 표현한다. 직업에 내 행복이 좌우되던 과거와 달리 일에 대한 관점도 많이 바뀌었다. 내가 누군지, 내가 어떤 삶을 살고 싶은지 토대를 쌓아가니 내가 어떤 일을 만들어가고 싶은지 분명해졌다. 불안함이 전혀 없다면 거짓말이지만, 막연한 불안감에 휩싸이는 것도 줄었다. 맞는 일을 계속 찾고, 도전하고, 거절당하고 또 도전할 뿐이다. 이 모든 것이 온전히 나로서 살아가는 시간들이다. 과거의 나는 항상 미래를 계획하곤 했는데, 방향성은 갖되 더는 미래에 집착하지 않는다. 대신 지금 눈앞에 벌어지는 일에 최선을 다하고 마음이 일어나는 대로 행동하기로 했다. 내가 계획을 하기에는 이 세상은 알 수 없는 일로 가득한데, 계획한 대로만 인생이 펼쳐진다면 너무 재미없지 않은가. 어쩌면 현재 눈앞에 일어나는 모든 일이 나를 위해 이끄는 신의 목소리일지도 모르겠다. 영화 〈포레스트 검프〉에서 포레스트의 엄마는 '인생은 초콜릿 박스와 같다'라고 했다. 어떤 맛이 나올지 모르니까.

한국에 온 지 5년째, 한국에서 탈출을 꿈꾸던 나는 한국에 사는 지금 더는 불행하지 않다. 남의 눈치 보지 않고, 타인의 시선이나 말에 상처받지 않고, 상처받더라도 훌훌 털어내버리고, 내 삶과 주변 사람들에게 솔직하되 나의 삶은 내 삶대로, 타인의 삶은 타인의 삶대로 존중하려고 노력했다. 그게 바로 행복의 기원이었다.

나이, 성별, 전통적 가치관 등 여전히 나를 짓누르는 사회적 압력 속에서 오늘도 각개 전투를 벌인다. 가진 무기라곤 내가 살고 싶은 삶과 삶에서 지켜내고 싶은 가치와 솔직함뿐이지만, 자유로운 삶을 위해 승전보를 울리기 위한 유일한 무기라 믿는다. 내 삶을 타인에게 뺏기지도, 타인의 삶을 함부로 재단하지도 말자. 그저 각자 눈치 없는 사람으로, 각자의 행복을 함께 찾아가자. 우리 모두 각자의 자유로운 나나랜드 공화국민임을 선언하자!

어디에나 있고 어디에도 없는
나나랜드

초판 1쇄 인쇄 2023년 9월 1일
초판 1쇄 발행 2023년 9월 5일

지은이 김도희
편집 모놀로그 에디션
디자인 이시라

펴낸곳 모놀로그(Monologue)
출판등록 2015년 8월 18일 제2015-000063호
주소 서울특별시 중구 퇴계로44길 11, 302호
TEL 0505-927-9277
FAX 0505-977-9277
이메일 monologue.editions@gmail.com
인스타그램 monologue.editions

김도희 ⓒ 2023
ISBN 979-11-956173-1-9 (03810)

모놀로그(Monologue)
모든 창작은 내면과의 대화에서 시작됩니다.
메아리가 될 혼잣말을 책으로 전합니다.
Every creation begins with a monologue in mind.
A Monologue can be an Echo.

• 이 책은 저작권법에 의하여 한국 내에서 보호받는 저작물이므로 무단 전재 및 복제를 금합니다.
• 이 책 내용의 전부 또는 일부를 이용하려면 저작권자와 모놀로그(Monologue)의 동의를 받아야 합니다.
• 책값은 뒤표지에 있습니다. 파손된 책은 출판사가 아니라 구입하신 서점에서 교환해드립니다.